DU MÊME AUTEUR

Aux Éditions Gallimard

LE GOÛT DU MALHEUR, *roman*, 1993 (Folio nº 2734).

MORNY, UN VOLUPTUEUX AU POUVOIR, *essai*, 1995 (Folio nº 2952).

BERNIS, LE CARDINAL DES PLAISIRS, *essai*, 1998 (Folio nº 3411).

UNE JEUNESSE À L'OMBRE DE LA LUMIÈRE, *roman*, 2000 (Folio nº 3768).

UNE FAMILLE DANS L'IMPRESSIONNISME, coll. Livres d'art, 2001.

NOUS NE SAVONS PAS AIMER, *roman*, 2002 (Folio nº 4009).

LE SCANDALE, *roman*, 2006 (Folio nº 4589).

LA GUERRE AMOUREUSE, *roman*, 2011 (Folio nº 5409).

NAPOLÉON OU LA DESTINÉE, *biographie*, 2012 (Folio nº 5790).

NE PARS PAS AVANT MOI, *roman*, 2014 (Folio nº 6060).

UNE JEUNESSE PERDUE, *roman*, 2016.

LA VÉRITÉ SUR LA COMTESSE BERDAIEV, *roman*, 2018 (Folio nº 6691).

Aux Éditions Grasset

LA FUITE EN POLOGNE, *roman*, 1974.

LA BLESSURE DE GEORGES ASLO, *roman*, 1975.

LES FEUX DU POUVOIR, *roman*, 1977. Prix Interallié.

LE MYTHOMANE, *roman*, 1980.

AVANT-GUERRE, *roman*, 1983. Prix Renaudot.

ILS ONT CHOISI LA NUIT, *essai*, 1985.

LE CAVALIER BLESSÉ, *roman*, 1987.

LA FEMME DE PROIE, *roman*, 1989.

LE VOLEUR DE JEUNESSE, *roman*, 1990.

L'INVENTION DE L'AMOUR, *roman*, 1997.

LA NOBLESSE DES VAINCUS, *essai*, 1998.

DISCOURS DE RÉCEPTION À L'ACADÉMIE FRANÇAISE, 2000.

ADIEU À LA FRANCE QUI S'EN VA, *essai*, 2003.

Suite des œuvres de Jean-Marie Rouart en fin de volume

JEAN-MARIE ROUART
de l'Académie française

MES RÉVOLTES

roman

nrf

GALLIMARD

Il a été tiré de l'édition originale de cet ouvrage
trente exemplaires sur vélin rivoli
des papeteries Arjowiggins numérotés de 1 *à* 30.

Nous naissons, nous vivons, nous mourons au milieu du merveilleux.

NAPOLÉON

Tout est déterminé par des forces sur lesquelles nous n'exerçons aucun contrôle.

EINSTEIN

Ce que l'homme veut le plus ne dépend pas de lui. Il est voulu, et nul ne sait pour quoi, nul ne sait par qui.

ANDRÉ SUARÈS

J'ai fortement le sentiment d'être sous l'influence de choses et de problèmes qui furent laissés incomplets et sans réponse par mes parents, mes grands-parents et mes ancêtres.

K. G. JUNG

Il y a quelques années, un éditeur publia un de mes livres avec, comme il est d’usage, la liste déjà opulente de mes ouvrages. Par mégarde, on plaça mon discours de réception à l’Académie française dans la catégorie « romans ». Erreur riche de significations et de symboles car, c’est vrai, cette élection m’avait paru particulièrement romanesque. C’est pourquoi j’ai décidé de classer aujourd’hui dans la catégorie des romans ce livre qui peut apparaître comme une suite de souvenirs tirés du roman de ma vie. L’inconscient y joue un grand rôle, aussi je me demande si ce n’est pas sous sa dictée que j’ai tenté d’éclairer les zones obscures d’un parcours qui ne laisse pas de m’étonner.

Première partie

LA DÉCHÉANCE

L'APPRENTISSAGE DE LA DÉSOLATION

C'était un énorme cube de pierres et de moellons, abandonné au milieu de la luzerne et des chardons, autour duquel folâtraient des lapins. Il me fascinait. Que d'émotions sauvages j'éprouvais en le contemplant sous le soleil qui y réfractait sa lumière éblouissante. Il exerçait sur moi une attraction hypnotique. Comme un mystère. Ou la clé indéchiffrable d'une énigme. Des sentiments bouillonnaient en moi dont je ne saisissais pas encore la nature. À quelques pas, inutile et d'une insolente tranquillité dans cette désolation, subsistait la pimpante margelle d'un puits en état de marche, avec sa poulie, sa corde attachée à un seau en fer, donnant l'impression étrange que le propriétaire venait tout juste de s'absenter. Un buisson de lauriers accroissait, je ne sais pourquoi, cette impression. Un peu en retrait, à moitié dissimulés sous les herbes folles, apparaissaient les vestiges d'un sol en ciment sur lequel je pouvais distinguer la géographie des pièces, la trace des murs arasés et même l'emplacement du foyer de la cheminée dont ne restait que la pierre noircie de l'âtre. Un talus couvert par des buissons de cupressus protégeait de l'aigre norois, le vent du nord qui, à la mauvaise saison, gelait les os. Blotti dans cette haie, lançant l'éclair jaune vif de ses fleurs, un genêt d'Espagne diffusait des senteurs sucrées.

À main droite, le terrain s'élevait en pente douce vers la dune couverte d'oyats, dissimulant l'océan dont le fracas des vagues ne parvenait qu'à marée haute. Là, une vigne avait existé : maintenant moribonde, desséchée par les embruns, elle offrait une mine pitoyable, à l'image de la piquette que ses maigres raisins avaient dû produire. Protégée du vent par un gigantesque figuier qui avait démesurément prospéré, engendrant une minuscule forêt impénétrable et odorante : son parfum, si caractéristique, me restitue intact, avec une étonnante fraîcheur, lorsque par hasard je le retrouve, le souvenir de ces instants. Profitant de sa protection, un mûrier, étonnamment prodigue lui aussi, offrait de délicieux fruits dont le jus me donnait des mains d'assassin.

Le spectacle de ce tas de pierres me submergeait de pensées confuses. Quelque chose avait existé ici qui n'existerait plus. Mon imagination se blessait à reconstruire ces ruines. Bizarrement elles revivaient, s'animaient, retrouvaient la vie dont elles portaient l'irrémissible deuil. Ce qui surgissait, c'était cette image qui naît dans le moindre dessin d'un enfant, où il exprime avec naïveté son idée de la vie, de la sécurité, du bonheur : une maison. Et, en lieu et place de cette maison, ne restait que ce tas de pierres qui la suggérait de manière plus forte, plus pathétique, plus tragique. Oui, plus vivante qu'elle ne l'avait jamais été du temps où ses puissants murs se dressaient, soutenant un toit de tuiles, abritant une famille, des repas, des odeurs de cuisine et le parfum des gâteaux sortant du four. Je la recréais et je l'embellissais d'une féerie particulière à laquelle aucune maison réelle ne pouvait faire concurrence. Mais soudain le tas de pierres m'imposait sa loi, congédiant mes rêves. Et la margelle de ce puits, si intacte, préservée, provocante, je ne sais pourquoi, me transperçait le cœur.

C'était la maison de mes rêves, rustique, champêtre, sans prétention, sans histoire et sans légende, dont il ne restait rien. Je ne pouvais que recomposer en creux la vie simple que mes parents y avaient menée pendant dix ans ; une vie frugale dans cette ancienne bourrine construite de bric et de broc avec des matériaux rejetés par la mer ; la charpente et les solives provenaient d'une épave que les vagues avaient déposée sur la plage après un de ces nombreux naufrages qui ponctuaient la mémoire de l'île. S'éclairant à la bougie ou à l'aide de lampes à pétrole, cuisinant sur une cuisinière à charbon appelée à de multiples fonctions, ils ne souffraient nullement de cette apparence de dénuement, largement compensée par les vraies richesses qu'apportent la beauté d'un paysage, le silence animé de la nature et une solitude choisie. Et ce charme de la vie en autarcie, j'en ai hérité la marotte. Je n'ai cessé de caresser cet impossible rêve. Qui n'a jamais songé à cette douce utopie d'adapter ses besoins aux produits de la nature ? Non seulement pour communier plus étroitement avec elle, mais pour se laver de l'artifice des villes qui ne cessent d'accroître nos besoins tout en nous laissant toujours frustrés. Qui un jour ou l'autre n'a pas été tenté d'atteindre l'idéal polynésien où la nature fournit l'essentiel et rend accessoire le superflu ?

L'existence de mes parents était bercée par deux infinis. L'océan dont les vagues venaient mourir à deux cents mètres et dont le souffle puissant et les mugissements animaient le silence. Et surtout l'art, la peinture, qui pour mon père était le but de la vie, la seule passion capable d'éclairer d'une lueur de joie sa personnalité douloureuse, tout en nerfs, en chagrins, en insatisfaction. Là, sur cette île, il avait enfin trouvé le ciel et la lumière qui l'enchantaient chez les maîtres hollandais, qui étaient ses dieux. Cette lumière, il l'avait cherchée longtemps le long des côtes bretonnes. Plus tard je le verrais souvent partir sur son vélo harnaché des divers ustensiles nécessaires à son art, transportant un chevalet portatif, un pliant, pour aller s'installer au cœur des quadrilatères multicolores des marais salants. Seul au milieu des tas de sel étincelants, insensible au cri des mouettes et aux libellules qui voltigeaient autour de lui, il tentait d'exprimer sur sa toile la beauté du ciel, sa lumière radiante à travers la noria des nuages, de rendre surtout son paysage intérieur, son âme, à travers le spectacle changeant que lui offrait la nature. Loin de céder au folklore des rapins, sa tenue n'était nullement négligée ; il portait une veste, une cravate. On aurait pu croire qu'il allait au bureau, mais son bureau, où il installait son chevalet, c'était le ciel.

Notre terrain dont les dunes bordaient la mer était assez vaste puisqu'il occupait plus d'un hectare – je dis cela avec d'autant moins de sotte forfanterie de possédant que, à l'instar de la funeste propriété de la mère de Marguerite Duras engloutie par l'océan Pacifique, il devait avec la guigne qui s'acharnait sur mes parents finir morcelé, nous réduisant à une portion congrue, comme une tribu indienne se retrouvant étrangère sur son propre territoire. Mais à l'époque, avant l'instauration diabolique du fil de fer barbelé et de la spéculation foncière, cette lande me paraissait immense. Elle était employée par les autochtones de manière ancestrale et très peu romantique à faire sécher les bouzats, des galettes composées de bouse de vache détrempée dans l'eau d'une mare voisine et mêlée à de la paille. Récoltés ensuite, puis empilés à la belle saison, ils constituaient une réserve de combustible pour l'hiver. Car le bois était rare dans l'île. Entre ces bouzats séchant au soleil et les terriers de lapin poussaient des asperges sauvages, des berguignottes, qui servaient dans la confection des omelettes ou d'une soupe locale au goût aigrelet.

Par quel hasard mes parents étaient-ils parvenus sur cette île où ils n'avaient aucune attache ? Ce n'est que bien plus tard qu'ils apprirent que Renoir, avec lequel ma famille avait noué tant de liens, et aussi Monet y avaient séjourné, Renoir y peignant même un paysage au Bois de la Chaise. Ils avaient découvert que la bourrine et sa lande allaient être vendues aux enchères devant notaire à la bougie. C'est ainsi qu'ils en étaient devenus propriétaires. « Ô mondaine inconstance ! / Ce qui est ferme est par le temps détruit, / Et ce qui fuit au temps fait résistance. » Je n'avais pas lu Du Bellay mais je devais vérifier de manière cruelle cette réflexion sur l'impermanence des choses. Et mes parents plus que moi, qui ne profitèrent de ce petit paradis qu'une dizaine d'années avant qu'il ne parte en fumée. Bizarrement ils l'acceptèrent, avec ce fatalisme, cette résignation des doux devant les mystérieux décrets du destin qui s'acharne sur eux ; résignation qui dès mon plus jeune âge m'exaspérait, m'indignait jusqu'à la rage. Je me jurais de ne jamais suivre leur exemple. De ne pas laisser l'adversité me vaincre. Peut-être y parviendrait-elle, l'ornière familiale ne me laissait guère de chances de me singulariser, mais je vendrais chèrement ma peau.

Car quand on parle de paradis, tout de suite surgit l'enfer. Cet enfer je pouvais l'observer en haut de la dune, sous la forme menaçante d'un blockhaus, dont la tourelle hexagonale, même dépouillée de son canon de 75, conservait un air patibulaire. Envahi par les ronces, jonché de papiers gras et d'excréments, ses souterrains en béton dégageant une forte odeur d'urine, il avait perdu de sa superbe. Il m'impressionnait tant il paraissait indestructible. Plus tard, ô mondaine inconstance, j'allais assister à l'agonie du monstre qu'aucune puissance ne semblait capable de vaincre. Sournoisement, le temps et la mer accomplirent leur travail de sape. D'abord, la tourelle, semblable à la tour de Pise, montra des signes de faiblesse. Puis ce fut tout l'édifice, dont chaque grande marée rongeait l'assise, qui bascula dans la mer. Pathétique spectacle qui ne me procura aucune joie. J'avais fini par m'habituer à lui, il faisait partie du paysage. Lui aussi avait été la victime du temps. Pourtant j'aurais pu leur en vouloir, à lui et la soldatesque allemande, d'avoir sacrifié à coups de dynamite une maison paisible dont elle craignait, dans sa paranoïa militaire, qu'elle servît de base de repli à d'hypothétiques partisans.

Serrant les poings du désir de dominer ma vie, je fis le serment de ne pas me laisser imposer la loi de la réalité qui toujours du côté des puissants écrase les faibles, détruit non leur vie mais tout ce qui la rend douce, humaine. Je me promis de ne plus subir la dictature du malheur.

Là, dans mon impuissance face à cette ruine, est peut-être l'explication de ce que je suis. L'origine de ma mélancolie dans cette promesse de bonheur à jamais détruite. Et détruite pour rien. Par ce hasard imbécile de la guerre qui ne choisit pas ses cibles lorsqu'il s'agit des civils, cette quantité négligeable qu'on sacrifie sans scrupule. Là, aussi, ce sentiment qui m'étreignit dès mon plus jeune âge, à peine cinq ans, que cette adversité si amère, loin de me nuire, m'obligerait, à la manière des plantes dans une terre aride, à plonger mes racines plus profondément pour survivre.

Devant ce tas de pierres, c'est vrai, j'éprouvai ma première révolte. Et l'impatience de lui donner un jour une issue. Pourquoi mon père ne s'était-il pas attelé à la tâche de relever cette maison ? Pourquoi avait-il baissé les bras face à l'adversité, acceptant avec fatalisme son verdict ? Sans doute jugeait-il dans sa sagesse d'artiste qu'il valait mieux faire son deuil de ce bien matériel, que sa vraie vie était ailleurs. Cette maison, il me semble que c'est elle que je n'ai jamais cessé de reconstruire.

UNE ENFANCE EN RÊVEUSE BOURGEOISIE

Mes parents ne roulaient pas sur l'or. C'est peu de le dire. Ils avaient beau être nimbés de la légende de prestigieux aïeux et de non moins célèbres apparentements, leur chiche train de vie ne faisait qu'accroître le contraste avec leur riche pedigree. À leur manière roturière, ils pouvaient faire penser à ces châtelains décavés, confinés dans leur demeure chargée d'histoire, qui affrontent avec dignité le dénuement, se contentant de mobiliser des bassines et des casseroles pour limiter les ravages de l'eau qui ruisselle de leurs plafonds à caissons. Riches seulement de leurs souvenirs, de leurs nostalgies et d'un arbre généalogique hautement ramuré. Se dire qu'on a eu un ancêtre fameux au temps des croisades, ou qu'on est parent de Berthe Morisot et de Paul Valéry, est certes une satisfaction, mais cela n'aide pas beaucoup à mettre du beurre dans les épinards. Et toutes les anecdotes dont on me berçait sur les anciennes prospérités familiales ne parvenaient pas à me dissimuler une triste réalité. Elles ne me faisaient que mieux mesurer l'abîme qui m'en séparait. Toutes ces ruines accumulées au fil du siècle me donnaient le sentiment que nous étions en proie à une forme de damnation sociale. Certaines familles bourgeoises toujours ascendantes s'arrangent pour que chaque génération les hisse un peu plus haut sur l'échelle de la richesse et de la considération, enfantant presque machinalement polytechniciens ou énarques qui se mueront à leur tour en P.-D.G. florissants et en capitaines d'industrie conquérants ; d'autres familles au contraire, comme atteintes d'une forme de consomption sociale, s'acharnent à redescendre les degrés de cette échelle si difficile à gravir, comme ivres de leur inexorable chute. Inutile de dire que je pressentis vite que c'était dans cette funeste catégorie que le sort m'avait jeté. Quel espoir impudent aurait pu me convaincre qu'un jour je pourrais remonter cette pente ?

Telles étaient les pensées moroses que je nourrissais dans le sinistre appartement de mes parents ; des pensées aussi sombres que l'était cette brève enfilade de pièces mal éclairées par une clarté blafarde provenant d'une cour sans joie, exiguë comme un puits, du fond de laquelle remontaient les exhalaisons méphitiques de l'arrière-cuisine d'un restaurant chinois. Ainsi que les cris aigres et stridents de disputes entre bruyants mitrons. Cet appartement avait le tort inexpiable pour mon précoce snobisme d'être parfaitement petit-bourgeois. Ah ! comme j'eusse préféré une misère romantique, une bohème nécessiteuse dans un atelier glacé mais poétique où la fièvre créatrice fait oublier la vache enragée.

Sur les murs, ne parvenant pas à trouer la pénombre de leur lumière impressionniste, des tableaux de mes arrière-grands-pères, grands-tantes, oncles, tous adonnés au vice familial. Seule leur moindre valeur marchande leur avait épargné la vente aux enchères, issue fatale des trésors familiaux. Échappés du désastre – pour combien de temps encore ? –, un pastel de Berthe Morisot, un beau dessin de Lagneau, un autre de Millet attendaient sagement leur tour d'être sacrifiés sur l'autel implacable de l'impécuniosité. Enfin quelques meubles à sphinges de l'ancêtre Jacob et de ses fils Jacob-Desmalter semblaient eux aussi avoir un avenir en suspens.

Un coin de l'appartement était sacré. C'était celui où officiait mon père. Des oranges, des pommes, un couteau reposaient sur un tissu brodé, attendant d'être transfigurés. Interdiction était faite d'y toucher, une interdiction non écrite, non formulée, mais comme inscrite dans une loi suprême. Ces fruits étaient bien sûr réservés pour être immolés à l'art. Parfois c'est moi qui prenais la place de ces fruits. Assis sur une chaise, je devais me plier à mon rôle d'enfant modèle. Je ne sais si c'est l'effet d'un cabotinage en herbe ou l'acceptation passive de mon sort, j'acceptais sans broncher ces longues séances de pose. Je m'adonnais alors à ce qui a été la principale occupation de ma vie : rêver. Me perdre dans des songes infinis dont je sortais titubant, un peu ivre, comme si j'avais goûté à des paradis artificiels, devint chez moi une seconde nature. Cette autre vie chimérique, sans freins ni barrières, qu'on déroule au gré de sa fantaisie, me plaisait autant que je détestais celle, réelle, prosaïque, dans laquelle j'étais condamné à vivre.

Mon père semblait indifférent à ce cadre mesquin. Il surplombait d'un superbe dédain les vicissitudes de la vie matérielle. Grand, mince, élégant, la lèvre surmontée d'une fine moustache, il donnait l'impression d'être lui aussi perdu dans un rêve intérieur. Avec quelles âmes d'artistes fraternelles dialoguait-il dans les moments où il s'arrachait exténué de son chevalet ? Holbein, Dürer, Degas, Ingres, dont il ne cessait de contempler les œuvres dans les livres d'art qui leur étaient consacrés ? Le monde moderne, l'actualité ne l'atteignaient que très peu. Il les subissait comme il subissait les aléas de son existence qui l'empêchaient de se consacrer à sa passion.

La gêne financière dans laquelle son infirmité dans le maniement des expédients sociaux l'enfermait n'avait pas l'air de l'atteindre. Il en était le spectateur fataliste. C'était d'ailleurs un trait familial : richesse et pauvreté ne paraissaient nullement le résultat d'une volonté mais d'un processus aussi indépendant des actions humaines que le soleil qui brille ou la pluie qui tombe. Le résultat d'une météorologie, voire d'une loterie, à laquelle il fallait se soumettre sans protester. C'étaient des catégories, mais non pas immuables comme celles des castes dans le système brahmanique, car on pouvait passer de l'une à l'autre au gré des héritages. Ainsi mon père avait-il connu successivement l'une et l'autre sans que cela provoquât en lui le moindre désir de réagir pour changer le cours des choses. Cette acceptation résignée, aussi loin que je me souvienne, m'exaspérait. Elle suscitait en moi une fureur rentrée, stimulant dans mon for intérieur les ferments d'une ambition, aussi vague qu'inextinguible puisque littéraire, qui allait susciter la stupéfaction des miens et me faire considérer comme un extraterrestre. Cette résignation m'indignait tant que je crois même qu'elle m'empêcha longtemps de juger justement la valeur de mon père, aussi bien le grand artiste qu'il était que son honnêteté scrupuleuse, sa probité, son élévation spirituelle et la richesse de ses qualités humaines. Ce n'est qu'adulte que je revins à une vision plus sereine des choses. Quand je fus enfin en mesure de m'extraire de cette orbite de déréliction.

Autre explication de son fatalisme, il traînait derrière lui une enfance hérissée de déchirements familiaux dans de luxueux appartements, qui l'avaient dégoûté à jamais d'une opulence associée immanquablement au malheur. Le destin, qui le contraignait à cette chute sociale, semblait réaliser son vœu secret. C'est pourquoi la gêne financière ne lui pesait nullement. Profondément chrétien, il avait foi en la Providence qui pourvoirait au seul but qui comptait pour lui : accomplir sa destinée de peintre. Mais, comme chez tous les êtres de sa sorte, cette enfance inguérissable faisait resurgir ses carences affectives, exacerbant ses frustrations et aigrissant son humeur. Il traversait des crises de dépression qui réveillaient son caractère taciturne et le livraient sans défense à un mal de vivre auquel il ne trouvait de remède que dans son travail de peintre. Il n'échappait à ces tourments que pour en affronter d'autres liés au doute qui assaille tout artiste, et à ce désespoir qui est le lot des âmes éprises de perfection. Un cercle vicieux qui faisait de lui un père difficile, dépourvu de tous les attributs qu'il est d'usage de réclamer d'un chef de famille : sa fragilité l'empêchait d'être un rempart face aux difficultés et de prendre l'adversité à bras-le-corps. Il restait, en dépit de son âge, un enfant jamais guéri de ses blessures familiales. Et cette carence ne se révélait jamais mieux que lorsque lui venait la lubie d'affirmer son magistère paternel. Alors, manifestant un subit autoritarisme mal placé, d'autant plus péremptoire et intransigeant qu'il contraignait son naturel affable et compréhensif, il montrait à nu sa tragique insuffisance. Cette révélation me déchirait le cœur.

Mon père gardait dans ce cadre petit-bourgeois une grande dignité, aussi bien dans ses manières policées que dans son apparence. Vêtu impeccablement, avec même une certaine élégance, il portait beau. Bien des années plus tard, une de mes amies, le rencontrant, provoqua ma stupéfaction en me disant qu'elle l'avait pris pour un ambassadeur. J'avais encore du mal à détacher cet infortuné père de mon préjugé sur sa dépréciation sociale. Vers la même époque, j'eus l'occasion de découvrir le secret de son élégance vestimentaire, surprenante étant donné la modicité de ses moyens. Je reçus une lettre d'un homme qui se présentait comme le fils d'un tailleur. Celui-ci me demandait conseil : sa mère devenue veuve désirait refaire la décoration de son appartement et jugeait que les toiles de mon père qu'elle possédait n'étaient plus en harmonie avec les tentures qu'elle se proposait de faire poser. En conséquence, elle me faisait demander un modus operandi pour mettre en vente les œuvres, dont elle voulait se séparer. Je lui proposai de m'adresser des photos des toiles en question. Quelle ne fut pas alors ma surprise de voir que le tailleur avait eu la main heureuse, l'œil particulièrement avisé : il avait choisi les toiles les plus remarquables. Un marché fut vite conclu et je me réappropriai ces œuvres, d'autant plus facilement que leur propriétaire était pressée de s'en défaire pour poser ses nouvelles tentures. C'est ainsi que j'appris l'origine de l'élégance de mon père : chacun de ses costumes sur mesure lui venait en échange d'un de ses tableaux. Mais ma satisfaction de rentrer en leur possession me laissa un goût amer. Ce pathétique troc me révélait ce que je ne connaissais que trop, l'inaptitude de ce père d'une maladive modestie à commercialiser honorablement ses œuvres et à les céder à leur juste valeur. Se vendre était une opération aussi éloignée de sa nature que la prostitution, un accommodement qui semble naturel à d'autres artistes, sans d'ailleurs que cela préjuge en rien de leur génie.

Et quand je m'extrayais de cet appartement, c'était pour retrouver un boulevard Montparnasse bruyant, klaxonnant, exhalant des odeurs de bouche de métro et de gaz d'échappement, qui ne me semblait guère plus attrayant. La ville me paraissait sinistre, hostile. Je ne voyais nul endroit où me réfugier. Alors me revenaient les souvenirs idylliques de mon éden de Noirmoutier. Combien de mois me séparaient des vacances où je pourrais enfin retrouver ses marais salants multicolores, les plages de sable infinies si douces à fouler pour mes pieds nus ?

Seuls quelques lieux me permettaient d'échapper à ce spleen dont je connus précocement les ravages. Je trouvais souvent refuge dans l'appartement de mon grand-père, Louis, avenue Charles-Floquet, en face de celui de Paul Morand, ouvrant sur la tour Eiffel et les arbres du Champ-de-Mars. Mon grand-père régnait dans son vaste salon atelier couvert de toiles de maîtres, la *Dame en rose* et le *Pont de San Bartolomeo* de Corot, des Maurice Denis, quelques Renoir, son portrait par Degas, des aquarelles de Jongkind et des dessins de Millet, rescapés de la collection d'Henri, son père. Personnage gonflé d'orgueil patricien, chaleureux, sympathique, beau parleur, doué de mille talents qu'il s'efforçait de gâcher. Père de famille nombreuse – il avait eu sept enfants –, aussi peu apte à la paternité qu'à la fidélité, il n'était fait pour le mariage ; critique d'art aussi injuste qu'érudit, il n'avait su domestiquer aucun de ses dons. Un nationalisme outrancier l'avait porté à un antidreyfusisme exacerbé et à l'exécration de Zola.

Querelleur, dans un éternel échange de diatribes avec Daniel Halévy, ou avec Gide qui dans son *Journal* laisse percer l'exaspération que lui inspirait son comportement belliqueux, polémiste qui inondait le journal d'Adrien Mithouard et la revue *Les Marges* d'articles vengeurs, sous son nom ou sous le couvert de pseudonymes, il s'était marié avec Christine Lerolle, l'une des deux *Jeunes Filles au piano* de Renoir. Mariage des plus orageux qui opposait deux caractères tranchés, d'autant plus opposés que les Lerolle, catholiques progressistes, professaient, eux, un dreyfusisme farouche. En outre, catholique intransigeant, il était la proie du démon de la concupiscence contre lequel ses confessions et ses remords ne parvenaient pas à le protéger. Éditeur passionné, créateur des Éditions de l'Art catholique, mais vite desservi par sa nonchalance, et par son obsession compulsive du beau sexe, il incarnait un fastueux ratage, un gâchis magnifique de privilèges intellectuels et sociaux. Mais c'était mon grand-père, et je l'aimais.

Auprès de lui je respirais cette atmosphère de haute culture, de folie littéraire, de poésie : Baudelaire, Verlaine, P.-J. Toulet étaient ses dieux, Chateaubriand et Renan ses modèles de style, Degas, qui avait été son mentor, restait son idéal artistique. Il avait apporté sa contribution à l'édification artistique de Berthe Morisot en écrivant sur elle une monographie chaleureuse. Ce que je retrouvais auprès de lui, loin de l'asphyxie familiale du boulevard Montparnasse, c'était le grand style, la vie à grandes guides, une prodigalité de grand seigneur toujours prêt à sabler le champagne, et la survivance éclatante d'une prospérité familiale. Je remplissais mes poumons et mes yeux. Dans cet appartement lumineux, parfumé par les effluves de gâteaux sortant du four que lui mitonnait sa gouvernante et de l'eau de Cologne Jean Marie Farina dont le vieux marcheur toujours vert s'enduisait le corps, je m'envolais vers des rêves de grandeur, la fugitive restitution d'un bonheur perdu. Mais quand la porte se refermait, elle me rendait à un constat cruel. Je mesurais tristement, dans toute son étendue, la rapide déchéance familiale.

Tout aussi dépaysante et finalement déprimante était, chaque semaine, mon incursion chez d'autres heureux du monde : mes cousins. Descendant de Berthe Morisot et du frère de Manet, Eugène, ils associaient, rue de Villejust, un grand train de vie et un héritage prestigieux. Sous l'affectueuse tutelle de Julie, la fille de Berthe, toute une ribambelle de cousins, cousines, oncles et tantes profitaient fastueusement de leurs privilèges au milieu de tableaux qui auraient fait l'orgueil de plusieurs musées – ce qu'ils ont d'ailleurs fait depuis. On était à une confluence artistique prodigieuse puisque les collections venues des parents de Julie se mêlaient à celle, non moins prestigieuse, d'Henri Rouart.

Se mêlaient également les généalogies puisque ma mère et sa sœur ayant épousé les deux cousins germains, je me retrouvais en pleine fraternité de sang. Partageant nombre de grands-parents, de souvenirs communs, nous étions dans une union familiale étroite, complice, affectueuse, presque incestueuse à force d'imbrication de parentèle, à ce détail près qu'elle n'impliquait pas le régime de la communauté de biens.

Aussi était-ce toujours avec un sentiment de joie que je retrouvais chaque semaine ce monde d'insouciance, de fête, d'une légèreté que n'excluait pas, dès qu'on montait l'escalier qui conduisait chez Julie, une présence artistique et spirituelle d'autant plus séduisante qu'elle était simple et bon enfant. Ni la prétention ni la vanité n'avaient cours.

À la belle saison nous profitions d'une extension de ce terrain de jeu vers un autre, plus favorable encore aux activités des enfants : le château du Mesnil. Acquis par Berthe à la fin de sa vie, ravissant, à taille humaine, comportant des greniers, des soupentes, des souterrains, mille cachettes dans les bosquets et les frondaisons, agrémenté d'une piscine et riche en pommiers, en poiriers qui offraient de succulentes Doyenné du Comice, c'était un vert paradis, à soixante kilomètres de Paris, dans la vallée de la Seine, près de Meulan. Julie, vieille dame menue, fluette, dissimulait, derrière le bon sourire de son cœur généreux, une détermination d'acier trempé à mettre en lumière sa mère Berthe et son oncle Édouard auxquels elle vouait une admiration tant artistique que sentimentale. Malheur à ceux qui, faussaires, marchands de tableaux véreux, tentaient d'une façon ou d'une autre de ternir leur gloire, elle se montrait impitoyable. Mettant en berne son âme de chrétienne et sa tolérance, elle se muait en tigresse. Depuis sa vaste chambre, tendue d'une toile de Jouy bleue assortie à son lit à baldaquin, elle régnait discrètement, avec une indulgence infinie, sur toute cette marmaille, secrètement réjouie de la voir grandir, s'amuser, faire toutes les bêtises dont elle était capable, et dont elle ne se privait pas. Bienveillante, d'une infinie douceur, n'élevant jamais le ton, elle se contentait de prélever, à sa manière discrète, une légère dîme sur cette engeance turbulente : armée de ses pinceaux et d'une minuscule boîte à couleurs, elle dessinait ses petits-enfants dans leurs jeux, faisait leur portrait, rejoignant ainsi par un rituel magique la mère qu'elle avait perdue, mais qui, au fond, ne l'avait jamais quittée.

Mon principal compagnon de jeu était mon cousin Yves, sensiblement plus âgé que moi. Élevés ensemble, dormant en vacances dans des lits jumeaux, habillés de la même façon puisque je portais ses culottes courtes, sa tenue de premier communiant, avant d'hériter de ses blazers et de ses pantalons de flanelle, nous nous ressemblions comme deux frères. Seule ombre dans le lien profond, dans l'histoire qui nous unissait, la dilection que me vouait ostensiblement sa propre mère. D'où me venait la préférence de cette tumultueuse tante Victoria ? Elle, si peu maternelle avec sa propre progéniture, pourquoi reportait-elle son affection et sa tendresse de mère sur un enfant de sa sœur ? Cette inégalité de traitement qui se réglait parfois à coups de poing – et même d'un coup de pied à la mâchoire qui me valut trois points de suture – devait plus tard s'aigrir et laisser des cicatrices inguérissables. Cette compensation me semblait obscurément légitime. Moins favorisé par le sort, n'était-il pas normal que je le sois par l'amour ? Cette conception de la redistribution des richesses ne m'a pas quitté.

UNE BOURRASQUE DANS LE SANCTUAIRE IMPRESSIONNISTE

C'était un village sur lequel pesait une lourde touffeur orageuse. Il en émanait une rare quiétude, comme si l'Histoire, la guerre, les révolutions l'avaient oublié. Bien protégé dans une enclave de la vallée de Barétous, non loin d'Oloron-Sainte-Marie, il semblait assoupi dans sa vie pastorale depuis des siècles, n'obéissant qu'à ces lois ancestrales qui rythment les diverses activités des paysans et des bergers. Ceux-ci, le parler guttural, la voix rauque, cassée à force d'avoir crié pour appeler leurs bêtes et stimuler leurs chiens, étaient d'un naturel placide et pacifique, fiers, flatteurs et courtois, comme un dicton désigne les Béarnais. Ils entonnaient les soirs d'été des chants mélodieux, mélopées qui emplissaient les nuits d'été. À l'approche de l'automne, ils étaient saisis d'une agitation fébrile à l'occasion du rituel de l'égorgement du cochon, cérémonie cruelle et bruyante car la bête, ébouillantée, récalcitrante à son supplice, jetait des cris à fendre l'âme, mais mal nécessaire à la confection de jambons et de boudins réputés. À la même époque, descendant des alpages après les mois d'estive, les troupeaux de moutons, gavés d'herbe grasse, traversaient lentement le village, l'inondant de toisons blanches, précédés par les fameux patous, gros chiens de berger bonhommes et nonchalants, encadrés par des labrits rageurs en serre-files. Alors montait de ce rassemblement de bêtes, tout sonore d'un assourdissant concert de clochettes, une odeur forte de suint, de fromage et de montagne profonde. À quelques lieux de là était la frontière espagnole, non loin du fameux gouffre de La Pierre-Saint-Martin que les spéléologues feraient plus tard entrer dans la légende.

Devant la belle église, jouxtant un château féodal, sur une vaste place, deux honorables maisons de maître de style Empire servaient de demeure à une vieillc famille béarnaise de juristes, d'avocats et d'hommes de loi : les Castéran. C'était la maison de mes grands-parents maternels. Une famille tout en douceur, en gentillesse, en harmonie, où régnait une atmosphère féminine, virginale, préraphaélique, à l'écart de toute réalité prosaïque, croyant vivre un éternel conte de fées, ce qui la prédisposait à devenir la proie des aigrefins. Ma mère et ses quatre sœurs, d'origine sévillane par leur mère, petite-fille de l'amiral de Reales, avaient été élevées à Madrid où leur père, centralien, proche de la cour d'Alphonse XIII, dirigeait les chemins de fer espagnols. Elles avaient trouvé refuge dans cette demeure qui leur tenait lieu autrefois de villégiature après les sévères revers financiers de leur père qui, en homme confiant, avait placé sa fortune dans de mauvaises mains. Une guigne plus tard suivie d'une autre – la demeure devait être durement ébranlée par le tremblement de terre de 1967. Comme si cette gentille famille se préparait déjà pour être de plain-pied avec nos malédictions familiales.

À l'une des extrémités du village, ouvrant sur un pont qui enjambait un gave impétueux qui dévalait des montagnes, face au fronton de pelote basque, se trouvait l'ancienne demeure du mousquetaire Aramitz. Cette belle maison aristocratique, chargée d'histoire, était habitée, hantée, devrais-je dire, tant sa propriétaire semblait fantomatique, hors du monde réel, avec ses tenues d'une autre époque, ses chapeaux excentriques, sa canne à pommeau d'argent. Dans ses rares excursions hors de son antre, véritable musée où s'entassaient les vieilleries, elle promenait dans le village un mépris aristocratique. Désargentée, digne dans le malheur, elle donnait des leçons de piano pour survivre, ce qui était une sorte de déchéance car elle avait été une pianiste réputée. Nul bien sûr dans ce village d'hommes et de femmes très peu au fait des questions de la vie culturelle, et n'en éprouvant aucun complexe, ne savait que cette vieille femme avait non seulement été jeune, très belle, mais aussi l'égérie du poète béarnais Tristan Derème, qui l'avait immortalisée – certes pour un public d'happy few – dans ses odes et ses élégies. Mais la montée du poète à Paris avait été fatale à leur amour car celui-ci était tombé dans les bras d'une célèbre actrice de la Comédie-Française, Béatrix Dussane. La pauvre Laure de Salette, c'était son nom, confiait depuis à son piano ses chagrins d'Ariane délaissée.

Rien donc de particulièrement frappant qui justifiât qu'Arette méritât le détour.

Il était pourtant donné à ce village sans histoire de jouer un rôle non négligeable, pour moi, ma naissance, mais aussi pour une bonne part des rejetons de la famille impressionniste. D'ailleurs, celle-ci semblait avoir exploré le terrain en envoyant les Manet à Oloron-Sainte-Marie pour les éloigner des désordres de la Commune. Édouard y avait peint une ferme fortifiée à l'étrange pont-levis sur la route de Pau. À chaque voyage, Julie faisait arrêter sa voiture et nous faisait nous recueillir devant cette maison immortalisée par celui qu'elle n'appelait jamais qu'« oncle Édouard ».

C'est dans le village d'Arette que mon grand-père, Louis, allant rendre visite à Francis Jammes à Orthez, et au peintre Charles Lacoste, fit une étape qui allait avoir tant de conséquences sur nos destinées familiales. Enchanté par le charme du lieu, il décida de demeurer quelques jours dans une auberge sise sur la grand-place, en compagnie de mon père, qui lui servait de chauffeur, car ce grand voyageur n'eut jamais son permis de conduire.

Mon père fut intrigué par le ballet des jeunes filles qui habitaient la maison patricienne. Toutes vêtues de noir, elles portaient le deuil de leur mère. Il remarqua particulièrement l'une d'elles, une blonde, jolie et réservée. Il lui fit demander cérémonieusement si elle accepterait de poser pour lui. La suite se devine. Un an plus tard, les fiançailles étaient célébrées dans l'église du village en présence de la tante Julie, de son mari Ernest Rouart et de toute la parentèle impressionniste. Un des fils de Julie, Clément, succomba alors également au charme de Victoria, l'une des sœurs de ma mère, aussi brune que ma mère était blonde, aussi exubérante que ma mère était placide, aussi audacieuse que ma mère était réservée. Opposition de caractère qui, bien loin de les séparer, les liait d'une affection passionnée. Elles s'adoraient comme deux amies inconditionnelles, échangeant des confidences dans l'espagnol de leur jeunesse. Tout cela se termina par deux mariages, une ribambelle d'enfants, des moments de bonheur, mais aussi des tensions et de l'amertume, bref le charme en dents de scie de la vie de famille, à ceci près que la famille dans laquelle les deux jeunes filles pénétraient, en raison de la confluence inhabituelle d'une folie artistique héréditaire et des pesanteurs de l'existence bourgeoise, était sujette à un survoltage nerveux bien éloigné de la félicité si harmonieuse qu'elles avaient connue auprès de leurs parents.

Victoria, la volcanique, fit donc une irruption tempétueuse dans cette famille qui semblait pacifiée et confite dans les conventions bourgeoises. Depuis que deux génies, chacun à sa manière, les avaient bousculées, elle semblait aspirer à un paisible repos. Telle une tornade, la nouvelle belle-fille souffla le sirocco de son caractère bouillant et fantasque rue de Villejust – aujourd'hui rue Paul-Valéry –, réveillant ce sanctuaire voué aux cultes associés de Berthe et de Manet, et comme figé depuis leur disparition. L'atmosphère, sans être lugubre, y était recueillie, monacale, un brin morose. Ni les Manet – sauf Édouard –, ni Ernest, membre du tiers ordre dominicain, n'étaient de gais lurons. Seul Paul Valéry, neveu par alliance, jetait dans ce temple sacré les étincelles de son esprit et le feu d'artifice de son intelligence. On parlait à voix basse, on communiait dans le culte des grands disparus. La religion catholique et la peinture considérée comme une oraison accompagnaient un silence compact et un ennui teinté de mélancolie. La furia créatrice des grands artistes, leurs désordres sentimentaux – ceux d'Édouard, non de Berthe – avaient laissé la place à une vie parcimonieuse, mesurée, rythmée par les offices religieux, les mariages, les baptêmes, les premières communions et, rituels tout aussi religieux, les expositions, les rétrospectives des grands morts pour lesquelles le talent de Paul Valéry était dûment réquisitionné. Le poète s'exécutait en préfaces plus ou moins inspirées. C'était bien le moins qu'il pût faire car, avant d'être statufié vivant et glorifié par les grandes orgues de l'Académie, il n'était qu'un poète peu productif, obscur dans son expression et comme voué à le demeurer socialement, dont le génie était alors incertain au beau milieu de ces gloires posthumes certifiées. De plus, n'ayant aucune fortune, à l'instar de son épouse, Jeannie, nièce de Berthe, personnalité édifiante, qui confiait avec talent à son piano le lamento de ses infortunes conjugales, son train de vie était largement soutenu par la généreuse Julie. Celle-ci était en effet la seule héritière tous azimuts de Berthe et des frères Manet, et son mariage avec Ernest avait encore de belle manière accru une richesse déjà considérable.

La pétulante Victoria, vu son statut provincial, sa cruelle absence de fortune, son ascendance artistique totalement inexistante, aurait dû en bonne logique être placée en situation d'infériorité et absorbée comme une pièce rapportée négligeable. C'est tout le contraire qui se produisit. Preuve que les lois sociales qu'on imagine implacables sont bonnes filles. Ce bout de femme, ni très belle, ni munie d'un grand bagage scolaire, mais douée d'une intelligence suprême, celle de la vie, soutenue par un charisme éclatant et un tempérament flamboyant, allait en quelques années tout régenter. Dans ce milieu certes favorisé, mais un peu engoncé dans les préceptes timorés de l'éducation bourgeoise qui n'incline pas à aborder des gens auxquels on n'a pas été au préalable présentés, et vous enferme dans votre quant-à-soi, on regardait avec une stupeur mêlée d'admiration et d'envie cette jeune femme si libre de ses mouvements. Elle osait tout. Ils n'osaient rien. Elle croquait la vie, eux observaient en spectateurs paralysés l'extraordinaire comédie en cent actes divers où il leur semblait qu'il n'y avait pas de rôle pour eux. N'hésitant pas à lier conversation avec qui bon lui plaisait, que ce soit au restaurant, au café, et même dans la rue, elle ramenait chez elle avec un grand naturel le produit de ses rencontres. Elle ne faisait pas toujours une pêche miraculeuse, mais cette sympathique audace avait l'avantage d'apporter l'air du dehors et des visages nouveaux.

D'un tempérament sociable, ennemie du confinement, elle ne pouvait réprimer sa nature curieuse, goûtant avec délice le sel des conversations chaleureuses dont elle avait contracté le goût, adolescente, à l'ombre des *ramblas* à Séville. Surtout quand par hasard elle tombait sur un hispanophone. Alors dans son enthousiasme, un verre de porto aidant, elle était capable de monter sur une table et de chanter a capella une malagueña qui lui valait un tonnerre d'applaudissements.

Subitement la mélancolique Julie et le sage Ernest découvrirent que, sans même s'en rendre compte, ils étaient passés à côté de la vie ; et elle se présentait à eux, au mitan de leur existence, drôle, tumultueuse, théâtrale, sous les traits de leur belle-fille. Ils se soumirent à son autorité de bon cœur, d'autant plus qu'elle leur apportait ce bien inestimable pour Julie : des enfants.

Ce fut une révélation. Une miraculeuse épiphanie. Comme si Julie revivait dans l'âge mûr sa propre jeunesse insouciante, comme si sa mère elle-même ressuscitait devant ces berceaux, au milieu des cris joyeux, des piailleries d'enfants braillards autour desquels s'affairaient nourrices et gouvernantes. Étrangement, ses propres enfants n'avaient pas procuré à Julie autant de bonheur : comme frappée d'hibernation par le deuil de sa mère, elle les avait élevés dans le devoir, ne leur concédant qu'une stricte affection. Ses petits-enfants la révélaient à elle-même. Ils lui restituaient intact un bonheur enfoui. Elle renaissait, prête à tout accorder, à tout pardonner à cette bru fascinante. Car celle-ci ne s'embarrassait pas de subtilités diplomatiques ni de vains scrupules dans l'exercice de son pouvoir absolu. Elle faisait régner sa loi, couvrant de bienfaits ceux qui l'aimaient ou la craignaient, impitoyable avec ceux qui ne succombaient pas à son charme ou tentaient de limiter son influence. Personne n'osa s'opposer à elle. Qui d'ailleurs l'aurait souhaité ? Généreuse, injuste, passionnée, n'était-elle pas la vie même ? Son mari, le nonchalant et insouciant Clément, s'enchantait d'avoir épousé cette séduisante bourrasque qui le réveillait de son penchant à l'apathie, et se laissait conduire par le bout du nez, se contentant de froncer les sourcils pour la forme devant les libéralités de cette épouse prodigue.

Sa belle-sœur Thérèse, femme du frère de Clément, Julien, grand psychanalyste arrivé à point nommé dans le psychodrame familial, serrait les dents. Elle accumulait dans son cœur les blessures d'amour-propre, remâchant les humiliations rentrées, et sécrétant en silence, sous un sourire crispé, une bile noire de ressentiment. Outre qu'elle ne faisait pas le poids face à sa belle-sœur, elle pâtissait d'un double préjugé : elle avait divorcé d'un premier mari, crime inexpiable pour la très catholique Julie, et elle ne pouvait avoir d'enfant. Considérée à ce double titre comme une portion congrue, elle nourrissait des projets de vengeance qu'elle ne devait assouvir que de manière posthume. À sa décharge, la malheureuse avait de quoi se sentir rejetée. Dans ce milieu, on se demandait à quoi ce genre de femme excommuniée et stérile pouvait servir. Femme au foyer, sans enfant, faisant de la mauvaise graisse, l'oisiveté la livrait à des pensées peu amènes. Son esprit rationnel butait sur un grand mystère catholique : comment se faisait-il que son statut de divorcée passât pour impardonnable aux yeux de Julie, alors que celle-ci considérait les flirts et frasques sentimentales de Victoria avec indulgence, comme des jeux badins ?

À cette injustice qu'elle ressentait cruellement s'ajoutait la jalousie : mariée à Julien, psychiatre austère et intelligent, comme le sont les membres de sa corporation, elle voyait avec appréhension défiler chez elle, dans l'appartement qui servait de cabinet à son mari, beaucoup de femmes, dont certaines étaient belles, mais qui, comme souvent les patientes de psychanalystes, étaient dépressives et souffraient d'insatisfaction existentielle. Autant de proies facilement disponibles pour un bel homme qui s'instituait leur confident et entrait dans les replis obscurs de leur âme. S'ajoutaient à cela nombre de colloques, de symposiums dont elle était exclue, et dont elle pressentait qu'ils étaient des occasions, chez ces praticiens obnubilés par *la chose*, de mettre en pratique, à la faveur de la nuit tombée, les théories sur la libido. Enfin, dans l'appartement du dessous, telle une Circé dans son antre, résidait sa terrible belle-sœur. Sa rivale, petit pruneau sensuel et aguicheur, ne manquerait pas l'occasion, si elle se présentait, de ranger son mari au nombre de ses conquêtes. D'autant que son époux débonnaire n'avait rien d'un Othello. Cette menace, qui, comme les pressentiments enfantés par la jalousie, ne manque jamais de se réaliser, était sans doute la pire.

Au lieu de désamorcer les préventions dont elle était l'objet par des manifestations de cordialité, de gentillesse, de chercher par la bienfaisance et la bonne humeur à acquérir de la popularité, elle rancissait son acrimonie dans les commérages, les piques, le fiel, et se revanchait de ses déboires en chuchotant des propos aigres sur la trop brillante belle-sœur et sa camarilla de pique-assiettes, car les sœurs de Victoria, belles, célibataires et désargentées, bénéficiaient aussi des subsides de Julie. Sensible à toutes les frustrations, sentimentales autant que financières, elle regardait la rage au cœur, si insignifiantes fussent-elles, ces ponctions sur son futur patrimoine. Décidément, cette belle-sœur ne manquait aucune occasion de susciter son ire. Elle lui offrait tous les prétextes pour exercer sa médisance : normal, Victoria et sa bande d'amis faisaient la fête, dansaient jusqu'à pas d'heure, sablaient le champagne, flirtaient, et ces festivités se déchaînaient, ô blasphème, dans le salon atelier même de Berthe, devenu le théâtre de fêtes endiablées qui secouaient les murs, augustes témoins de la conférence de Mallarmé sur Villiers de L'Isle-Adam : « Ici un homme au rêve habitué… »

Victoria opéra des renversements d'alliance et bouleversa l'ordre des préférences dans la descendance de Berthe. Elle commença par contrer l'influence de Jeannie, à laquelle Berthe avait confié Julie, ainsi que du clan Valéry qui bénéficiait d'une forte cote d'amour et de privilèges. Inutile de dire que le grand poète, tout préoccupé d'azur, de poésie pure et d'équations du second degré, ne comprit goutte à ce qui se tramait. Lui qui dans sa correspondance avec Gide en 14-18 ne fait aucune allusion à la guerre mondiale, avait encore moins de raisons de s'intéresser à la sourde et picrocholine guérilla familiale. Victoria décida en revanche de favoriser les descendants de l'autre sœur de Berthe, Edma, en la personne de sa fille Blanche, et surtout de son petit-fils, le séduisant Michel Forget, commandant de la Légion au charme irrésistible et au courage légendaire, mort à la tête de son bataillon à Cao Bang. La Légion baptiserait de son nom son quartier de Kourou.

Étendant très loin les ramifications de son influence sur la gent impressionniste, elle s'enticha d'un jeune adolescent qui éveillait dans son bon cœur une particulière commisération : fils naturel, il avait été adopté par une élève de Renoir, Jeanne Baudot, peintre elle-même, grande amie de Julie, tandis que sa mère passait du rang de bonne à tout faire à celui plus honorable de gouvernante. Filleul de Jean Renoir, ce jeune homme vivait douloureusement le hasard de sa naissance illégitime, que certains ne manquaient pas de lui rappeler cruellement. Victoria, par provocation, s'institua sa protectrice, le cajola, l'invita en toutes occasions, ignorant que cette action charitable était un bon placement : Jean Griot, futur résistant, se hisserait, son intelligence aidant, ainsi qu'une ambition stimulée par un désir de revanche, jusqu'à devenir le chargé de presse du général de Gaulle, et l'un des directeurs du *Figaro*.

Puis Victoria usa de tout son crédit, qui était illimité, pour subvenir aux besoins de sa sœur Juliette, ma mère, moins favorisée qu'elle financièrement – c'est peu de le dire –, mariée à mon père, peintre absolument démuni de toute compétence à trouver sa subsistance et qui tirait le diable par la queue. Dans les moments où la situation pécuniaire frisait la catastrophe, un mot d'elle à Julie suffisait. La manne alors tombait du ciel. Jusqu'à la prochaine échéance. Combien de dessins, d'aquarelles de Berthe ou de Degas furent-ils ainsi sacrifiés ? Il est vrai qu'il y en avait à profusion sur les murs, dans les soupentes, les caves, les tiroirs, les greniers, une profusion aussi inépuisable que l'était la bonté de Julie.

C'est ainsi que par une chaîne mystérieuse l'art échangé en subsides était à nouveau transmué en art.

Victoria jeta son dévolu sur moi. Elle me prit en affection avec la ferveur brûlante qu'elle vouait à ceux dont elle s'entichait, mais qui avec moi se mua en une passion exclusive. N'étais-je pas le fils de sa sœur préférée ? De plus la nonchalance de ma nature paisible, une sorte d'abandon rêveur et de fragilité teintée de mélancolie, attirait la sympathie. Je n'étais pas comme les garçonnets de cet âge, bourrus, revêches aux caresses, querelleurs, tout aux fureurs de leurs jeux guerriers. J'étais dans un rêve perpétuel, un nuage, qui pouvait laisser croire, vu mon inaptitude aux apprentissages scolaires rudimentaires, que j'étais, sinon idiot, du moins légèrement demeuré. Mon marasme scolaire n'était donc pas de nature à lui inspirer beaucoup d'espoir sur mon avenir. Ce handicap, loin de la décourager, redoublait son affection. Elle devait être la première de ces protectrices qui se sont penchées sur moi tout au long de ma vie et ont adouci de leur tendre soutien les duretés de l'existence. Si on ajoute à cela la dilection absolue que me portait ma mère, tentant de compenser par un surcroît de tendresse la culpabilité qui la rongeait de m'avoir abandonné, quatre années durant, chez les pêcheurs de Noirmoutier, je ne manquais pas d'amour. J'en recevais peut-être trop. Plante chétive, transplantée dans l'hostile macadam parisien, exilée de l'air pur et du souffle roboratif de l'océan, je trouvais dans cette serre chaude un délicieux cocon de tendresse.

LES BONS SAUVAGES DE MEUDON

Une île heureuse. Sans palmiers ni lagon, mais étrangement exotique, comme celles que décrivent les ethnologues découvrant en Polynésie des hommes et des femmes vivant à moitié nus, adonnés à une vie délicieuse sans autre morale que le plaisir et la liberté. Telle était l'impression que donnait l'institution de la Source à Meudon, sise dans une belle maison de maître à l'orée du bois de Fausses-Reposes, et que ses pères fondateurs avaient créée pour appliquer les principes avancés de Mme Montessori. On y était, en dépit des formes policées, du confort bourgeois, libertaire dans l'âme, ennemis de toute contrainte, de toute punition. Les réprimandes, les colles, y étaient inconnues et jugées comme des pratiques barbares. C'était l'abbaye de Thélème en culottes courtes. Considérant que l'enfant, dans l'enseignement traditionnel, était victime d'une oppression insupportable de la part des adultes, véritable colonisé privé de ses droits fondamentaux, innocent souffre-douleur sur lequel les parents se défoulaient à coups de gifle, de fessée, voire de martinet, pour se décharger de leur propre violence. Ici, c'était tout le contraire. On les arrachait à ce bagne pour leur laisser le loisir de s'épanouir selon les seules lois auxquelles on obéissait, celles de la nature. Cette nature qui laisse ses enfants prospérer harmonieusement sans qu'il soit besoin d'amender son sol, de tailler ses arbres, de domestiquer ses animaux. L'enseignement traditionnel, qui vise à faire de ces chérubins de petits adultes en les gavant d'un savoir souvent inutile au moyen de la coercition et d'une rude discipline, n'avait-il pas pour fin d'en faire des instruments exploitables et corvéables dans l'économie capitaliste ?

Mais cette philosophie subversive était tout empreinte de douceur. Née avec l'essor de la psychanalyse et partageant son refus de la dictature des normes, cette institution ne visait nullement à insérer les élèves dans la vie réelle. Elle avait un autre objectif que ce but vulgairement pratique, un objectif plus noble, plus idéaliste : tâcher de les rendre heureux. Rousseau aurait applaudi. Son ombre planait, et aussi celle des Fourier, des Gracchus Babeuf, dont les principes pédagogiques révolutionnaires nourrissaient cette idéologie un peu fumeuse. Aussi les professeurs, en majorité des jeunes femmes, toutes très jolies, en particulier la directrice qui ressemblait à une star de cinéma qui se serait costumée en stricte femme sérieuse, ses beaux yeux dissimulés sous de lourdes lunettes d'écaille, un chignon assagissant sa chevelure de vamp, ne s'adressaient-elles aux élèves qu'avec d'infinies précautions d'usage, une douceur d'ange, même une sorte d'appréhension, comme si elles craignaient de blesser les êtres sensibles qu'on leur confiait. Elles s'ingéniaient à les considérer comme des prodiges, de petites merveilles, leur prodiguant des caresses, leur distribuant à tout propos des bonbons, et ne se résignant qu'à contrecœur à leur inculquer des rudiments d'orthographe, de calcul, de géographie. Attentives à leur bon plaisir, à leurs désirs, semblables à de douces geishas, elles semblaient n'avoir comme mission que de se faire aimer afin de pouvoir transmettre délicatement leur savoir. Car l'amour était la clé de cet enseignement raphaélique qui semblait retranché du monde, de sa violence et de ses travaux forcés.

Quel pari fou, sympathique, inspiré des fantasmagories chimériques de psychanalystes comme Bruno Bettelheim, ou d'ethnologues comme Bronisław Malinowski, que leurs recherches sur les mœurs des peuplades primitives des îles Trobriand avaient convaincus que le paradis de l'enfance, à l'instar de celui des bons sauvages, devait se prémunir contre les dangers contenus dans les principes fondateurs de la civilisation occidentale : son capitalisme avide, violent, destructeur, fauteur de répression, de frustration sociale et de guerre.

Le désir était roi. La contrainte bannie. Les bêtises, les sottises et toutes les mauvaises manières de cet âge turbulent considérées avec bienveillance. Les leçons devaient être instillées de telle sorte que les élèves les réclament. Et pour y parvenir, on les présentait comme des jeux. C'était en tout point l'éducation que Montaigne avait reçue de son fantasque père. Le résultat, il faut l'avouer, n'était pas si mauvais. Mais pouvait-on l'instituer en système ? Là était la question. Une question que l'on éludait avec l'aveuglement propre aux nouveaux prosélytes, comme tout ce qui était susceptible de troubler la mise en œuvre de ces préceptes sacrés. Le bonheur, le bonheur seul comptait. Il y avait du vrai dans cette conception : à quoi sert de produire des cracks, des forts en thème, de brillants sujets, appelés à devenir des polytechniciens ou des normaliens, s'ils traînent une enfance malheureuse qui les minera de l'intérieur, en faisant de futures victimes des dépressions nerveuses dont la personnalité s'effondrera devant le premier obstacle ? Tant d'échecs de l'âge adulte proviennent de cette assise instable causée par les blessures enfantines et les carences d'amour.

Ce que recherchaient ces pédagogues avancés, c'était aussi d'extraire de ces enfants le trésor profond qu'ils détenaient et qu'ils expriment parfois avec brio dans la poterie, le dessin, l'aquarelle, l'écriture automatique. Ainsi laissaient-ils à chacun la bride sur le cou afin qu'ils expriment leurs rêves souterrains, leurs aspirations secrètes, sans qu'intervienne jamais l'influence ou la censure des adultes. Ils estimaient que chaque enfant est un génie, un Rembrandt en puissance, un Léonard de Vinci en herbe, un Mozart assassiné par l'exigence impitoyable des adultes, soucieux de le détourner de ces vraies richesses pour le faire entrer dans le moule commun, stérilisé, amputé de son originalité profonde. Baudelaire n'avait-il pas écrit : « Le génie, c'est l'enfance retrouvée à volonté » ? La surestimation de cette nappe phréatique contenue dans le tréfonds de l'enfance se heurte à un écueil, et à l'épineuse question de la nature et de la culture, qui devait opposer notamment Lévi-Strauss et Roger Caillois dans une célèbre polémique. L'art est rarement inné. Il suppose une culture, quelle qu'elle soit, qui implique des modèles, des maîtres. Du moins dans sa conception traditionnelle. Peut-être l'art contemporain, dans son absence de critères, de références, son souci de se ressourcer à l'être profond, apporte-t-il une forme de réponse aux principes des pédagogues de la Source ? Pour moi, leurs expérimentations eurent un résultat inattendu. Au cours d'un de ces exercices d'expression libre, on demanda à chacun de réaliser ce qu'il souhaitait, avec tous les moyens possibles. L'un modela un cheval en terre glaise, l'autre à coups de colle et de ciseaux fit un collage. Bien interloqué devant cette demande, je me creusais les méninges. Soudain j'eus une idée, fulgurante : sur quelques pages, j'écrivis une histoire, je l'illustrai maladroitement – bon sang peut mentir –, je reliai le tout avec une agrafeuse, j'inscrivis mon nom sur la couverture, ainsi que le titre. Oui, c'était un livre. Ne serait-ce quc pour cela, je garde une certaine tendresse pour les pédagogues un brin farfelus de la Source.

Mens sana in corpore sano : un esprit sain dans un corps sain. Tel était l'autre précepte de cette philosophie du bonheur. D'où cette abondance de jeux de plein air : badminton, ping-pong, jeu de barre, colin-maillard, qui excédaient de beaucoup le temps consacré à l'étude et créaient une atmosphère de vacances.

Pour parfaire cette éducation sans omettre la question religieuse, un jeune et sémillant prêtre, élégant dans son impeccable soutane, donnait des leçons de catéchisme. L'Évangile, cette religion de l'amour, n'était certes pas susceptible de désapprouver cet enseignement. Une fois par mois, il confessait les jeunes catéchumènes dans sa chambre. M'accueillant avec un sourire, il me prenait bizarrement sur ses genoux et, avec une infinie sollicitude, me demandait que je lui avoue mes péchés. Je m'évertuais à en inventer pour ne pas trop le décevoir. Si inventif que je sois, il ne me donnait pas l'impression qu'il allait me condamner à l'enfer. Il me tapotait la joue et me donnait l'absolution en me demandant seulement pour prix de mon pardon de réciter un « Je vous salue Marie » avant de me coucher. Ce que je ne manquais pas de faire. Puis il passait à un autre élève, qui, mimant un profond recueillement, attendait son tour d'être purifié.

Ainsi, chaque matin, à la gare Montparnasse, un train de banlieue m'emportait vers mon éden. J'ignorais bien sûr que je devais mon séjour dans cette enclave paradisiaque à la libéralité de Julie, toujours Julie. Car l'enseignement de ces principes de communisme libertaire n'était pas donné. Il était même fort onéreux. Douce contradiction de ces bons apôtres ! Pour saper les fondements injustes de la société capitaliste, on exigeait de ces grands bourgeois argentés qu'ils creusent eux-mêmes leur tombe à coups de carnet de chèques.

Passant sans transition de l'idyllique Noirmoutier au sombre et funèbre appartement parisien, puis à nouveau dans ce bain irréel de bonheur sans entrave ni nuage, je me demandais à quel monde j'appartenais. J'étais comme ce personnage de *La vie est un songe* de Calderón, fils de roi ballotté sans cesse par son père entre un cachot putride et un luxueux palais. En d'autres termes, j'étais mûr pour devenir un authentique schizophrène.

UNE LUMIÈRE DANS UNE VIE MAUSSADE

Encore une île. Décidément, les îles devaient jouer un grand rôle dans ma vie. Celle-là était d'une autre nature : une île chaude, douillette, bercée par les alizés de l'infini. Dès mon retour de l'école, le cœur percé de mauvaises notes et lourd d'humiliations, ma mère m'installait en face d'elle, près d'un radiateur, assise sur un fauteuil Jacob en velours cramoisi, armée de grandes aiguilles avec lesquelles elle confectionnait pour moi ces pull-overs flasques et informes que d'avance je détestais. Elle allumait la TSF posée sur un guéridon tout proche. Un gros poste qui crachouillait des parasites. Nous attendions avec ferveur le moment où commencerait l'émission « Rendez-vous à cinq heures » de Pierre Divoire. Et même avec un brin d'appréhension, tant nous avions besoin de cette émission pour nous embarquer hors du quotidien. Mais la voix de Pierre Divoire, admirablement ponctuel, ne nous faisait pas défaut. Un rien cabotin, il semblait pressé de faire résonner sur les ondes sa belle voix mélodieuse, radiophonique en diable, dont il était assurément fier, comme les gens doués d'un organe particulièrement flatteur, de beaux pectoraux ou d'un gros sexe. Il savait parler aux femmes, auxquelles son émission s'adressait : il employait des intonations de velours, ciselait de suggestives métaphores qui allumaient des braises dans leur cœur. Dans cette heure oisive qui sépare l'après-midi des corvées du dîner, ce coq radiophonique les savait seules, disponibles à des conseils, au courrier du cœur ou à la rêverie. Sans doute des milliers d'entre elles devaient-elles être amoureuses de la voix de cet homme qui savait si bien moduler ses inflexions et se délecter d'un mot rare ou précieux, qu'il semblait sucer comme un bonbon. Mais ce n'était pas pour écouter ce séduisant phraseur que ma mère et moi nous installions à heure fixe devant notre vieux poste.

Nous avions, dans le cadre de cette émission, un autre rendez-vous, avec une femme dont j'ignorais alors quelle grande actrice elle était : Nathalie Nerval, sociétaire de la Comédie-Française, dotée d'une voix chaude, lointaine et mystérieuse. De cette voix grave, elle reprenait la lecture d'un roman interrompu la veille. Le fil n'était pas difficile à renouer. Deux ou trois indications suffisaient pour se remettre dans l'ambiance. Et la magie nous enveloppait, ma mère et moi : plus rien ne comptait que cette voix et les romans qu'elle nous lisait avec autant de conviction que s'il s'agissait de sa propre histoire. Plus rien n'existait : ni le petit appartement étriqué et mochard où nous vivions, ni la fenêtre donnant sur la cour sinistre d'où montaient, le soir, les effluves pestilentiels du restaurant chinois, ni cette vie à laquelle ma mère se résignait en souriant et qui n'avait tenu aucune des promesses d'un cœur pourtant modeste, ni ma propre vie, esquissée, mais condamnée à une impasse, pis, à la médiocrité. Tout cela s'effaçait. Nous étions ailleurs. Pas forcément avec des gens heureux, riches ou favorisés par le destin. Il s'agissait souvent d'héroïnes de Daphné du Maurier, de Somerset Maugham, des sœurs Brontë, des jeunes filles nobles et pauvres qui rêvaient leur vie, proies idéales pour tomber dans le piège d'un suborneur ou d'un imposteur, jeunes femmes mal mariées abonnées au vague à l'âme, jeunes hommes des meilleures familles, frais émoulus d'Oxford, entraînés dans les abîmes et la ruine par des créatures en perdition. Souvent les larmes nous montaient aux yeux devant les mésaventures de ces malheureux idéalistes trompés par la vie et les illusions du bonheur. Mais qu'importait après tout ces malheurs qui n'étaient pas les nôtres !

Comme le temps passait vite ! Trop vite, dans ce séjour indiscret de la vie des autres, de leurs amours, de leurs illusions, de leurs rêves d'être riches, beaux et célèbres. Soudain, la voix de Nathalie Nerval s'évanouissait. Elle donnait rendez-vous au lendemain. Et Jean Divoire, impatient de jouer avec les volutes de sa voix ensorcelante, reprenait le micro.

Ma mère et moi demeurions silencieux. La magie survivait. Elle nous enveloppait. Une part de nous-mêmes restait à Aberdeen, à Torquay, avec les pauvres jeunes filles idéalistes exilées du bonheur. Ma mère ne faisait pas de commentaires. Pas de morale. Ce n'était pas son genre. La vie ne s'en charge-t-elle pas toute seule, sans qu'il soit besoin d'y ajouter son grain de sel ? Nous n'avions nul besoin de nous parler pour le comprendre. Nous trouvions délicieux de nous rejoindre au-dessus de nous-mêmes dans un monde, sinon idéal, du moins non médiocre, ce qui n'était hélas pas le cas du nôtre.

Le craquement d'une clé de la porte d'entrée mettait définitivement fin à la magie : mon père rentrait tout chargé de l'électricité du dehors, meurtri, blessé par les avanies et les déceptions. La vie courante était lourde, comme une épreuve de chaque instant où s'écorchait son âme d'artiste. Il était pressé de rejoindre sa palette, sa boîte à couleurs, l'essence de térébenthine dont il parfumait l'appartement et les oranges qui, sur le napperon brodé, attendaient sagement d'exister sous son pinceau. Mon père avait beau être silencieux, immergé profondément dans son art, son inquiétude semblait continuer de battre la chamade et nous troublait. Ma mère et moi nous nous regardions, et avec les yeux nous nous disions : à demain.

Ce que j'aimais dans ces histoires, c'était être emporté ailleurs par une voix en compagnie de ma mère. Aussi je ne me souviens précisément d'aucun personnage, ni d'aucun titre de ces romans que Nathalie Nerval avait l'art de faire revivre de sa voix suave. Sinon de cette atmosphère particulière aux œuvres anglo-saxonnes. La seule héroïne, c'était elle, cette voix. Et aujourd'hui encore il me semble qu'elle me parle, comme un fantôme du passé.

N'avais-je pas déjà contracté ce vice à Noirmoutier où, pour tromper ma tristesse d'enfant esseulé, j'allais, à la nuit tombée, rendre visite dans son antre à la grand-mère Martin, merveilleuse vieille sorcière, toute fripée, bossue, parfumée du lait caillé dont elle se nourrissait, et qui ressemblait, sous sa coiffe traditionnelle, la kichenotte, avec ses yeux bridés et son visage tanné, à une vieille squaw. Tout en cuisant sa soupe aux herbes dans l'âtre, sur un trépied, dans une obscurité qu'animaient les ombres dansantes projetées sur les murs par les braises, atmosphère propre aux sortilèges, elle me racontait les histoires les plus effrayantes qu'elle tirait de chroniques sanglantes des guerres vendéennes. Pour en surajouter dans l'horrible, elle me tenait en haleine avec d'épouvantables légendes de la mer où des pieuvres géantes immobilisaient des navires, où des cachalots croquaient comme des petits fours les matelots tombés à la mer. Quand je me couchais, j'avais ma provision de cauchemars, mais ces mauvais rêves avaient l'avantage de me distraire de mes accès de mélancolie. Je pressentais le grand mérite des histoires, des légendes et de toutes les inventions romanesques : en troquant sa vie contre celle des autres, fût-elle imaginaire, on ne gagnait pas forcément au change, mais on cessait de geindre sur la sienne.

La radio éteinte, pour ma mère comme pour moi, c'en était fini du rêve. Il nous faudrait attendre le lendemain pour renouer avec cet instant enchanté. Le lugubre présent nous enveloppait à nouveau dans sa grisaille, le morne quotidien d'une vie désargentée : chacun retrouvait ses occupations – ma mère les tâches ménagères, le dîner à préparer, mon père son chevalet toujours dressé devant une nature morte de pommes et d'oranges. Et moi la rancœur qui me rongeait. Je ressassais mon insatisfaction d'une vie privée d'horizon. Combien de temps devrais-je encore attendre pour quitter cet appartement mesquin, sombre, ouvrant sur l'abîme d'une cour qui retentissait des altercations, des cris aigres, brefs, stridents, semblables à des combats de chats, provenant de l'arrière-cuisine du restaurant chinois? Je maudissais mon âge qui me maintenait dans cet esclavage. Je souhaitais des malheurs exceptionnels à ma malheureuse famille, un bénéfique bombardement, même si la guerre finie rendait cet espoir impossible, peut-être même un providentiel incendie pour nous contraindre à n'importe quel exil de cet appartement haï. J'aurais voulu qu'un magicien me vieillît dix ans pour fuir, m'extirper de la mesquinerie petite-bourgeoise dans laquelle m'enfermait un destin injuste. Je rêvais d'aventures qui m'emporteraient hors de ces murs suintant la médiocrité, loin de ce quartier de Montparnasse que j'exécrais. Le temps a eu beau passer, je ne me retrouve jamais devant ce carrefour, entre la rue de Vaugirard et l'avenue du Maine, sans un sentiment d'angoisse qui me poisse le cœur. Il me semble que tous les efforts que j'ai pu faire, l'énergie déployée, ont consisté à fuir ces lieux, à tenter de les effacer de ma mémoire. Si mon ambition a eu une origine, elle est là : prendre la poudre d'escampette. Ne plus subir l'humiliation d'une existence aux ailes rognées.

Ce que je pressentais confusément de la vie, le grand tumulte des passions amoureuses, le théâtre social, les tempêtes de la politique, tous les drames d'adultes, je rêvais qu'ils m'emportent dans leur houle. Tout plutôt que le morne ennui où je m'étiolais. J'aspirais à je ne sais quelle violence qui briserait le train-train des jours, leur insipide et monotone répétition. J'appelais de mes vœux les violences capables de bouleverser l'ordre des choses, les révolutions, les guerres, les catastrophes. Elles me semblaient préférables à l'immobilité. Je me heurtais toujours à cette barrière infranchissable qui m'emprisonnait : mon âge. Qui pouvait m'en délivrer ? Il fallait être patient. Mais le démon de mon cœur, c'était justement l'impatience. L'impatience que quelque chose arrive enfin. J'attendais. J'attends toujours.

D'où, très vite, ma boulimie de lectures. Le premier livre important que je lus, vers douze ou treize ans, *Le Rouge et le Noir*, me procura un envoûtement dont je ne crois pas être sorti. Je revois sa couverture jaune si caractéristique des Classiques Garnier. C'étaient des livres confortables, imprimés en caractères très lisibles sur du beau papier, dont le texte n'était pas encore colonisé par cette inflation de notes professorales à la mode aujourd'hui. C'est peu dire que j'ai flambé à sa lecture. Quel roman sera capable de m'inspirer la fabuleuse impression qu'il m'a donnée ? Bien sûr, d'autres romans ont suscité en moi des transes comparables. Mais celui-ci était le premier, et je compris qu'il m'ouvrait une porte particulière. Le monde qu'il me faisait découvrir, je m'apercevais qu'il était non seulement riche en évènements, en dépaysements, en personnages, mais il me chuchotait à l'oreille un étrange message : par un extraordinaire prodige, il me semblait que ce livre n'était écrit que pour moi. L'auteur savait-il que, plus d'un siècle après lui, un jeune lecteur s'identifierait à tel point à lui ? J'avais un monde en moi qui vibrait à l'unisson de celui de l'écrivain. Il n'était plus un étranger dont on lit l'ouvrage en restant à distance : il était moi. Son monde, c'était mon monde. Je venais de découvrir la littérature.

Julien Sorel était un frère. Pauvre comme moi, ambitieux comme j'espérais l'être un jour dans le grand jeu de la vie réelle, méprisant sa condition, humilié par la vie, rêvant au grand soleil du succès, à l'amour qui répare les injustices, il évoluait dans cette atmosphère de tambours voilés de crêpe noir d'une France en deuil de l'empereur. Je découvris *La Chartreuse de Parme*, que j'aimai infiniment, ce conte de fées pour adultes doré par la lumière chaude de l'Italie. Fabrice del Dongo n'avait-il pas lui aussi une merveilleuse tante qui l'adorait, et l'aimait en secret ? N'était-elle pas l'exact pendant de cette tante Victoria que désormais j'appelais Sanseverina ? Et puis, et puis...

De cette époque les livres, les romans surtout, devinrent mes compagnons d'infortune. Ils m'apportaient les lumières d'une vie idéale. J'attendais fiévreusement d'eux, outre l'évasion par le rêve, ce qu'on demande d'ordinaire aux cartomanciennes et aux voyantes : qu'ils me disent mon avenir. Je leur demandais comment fait-on pour vivre, pour aimer, pour être heureux ? Je ne lisais pas, je me lisais. Je lançais des appels au secours à tous ces frères dont les affres n'étaient pas différentes des miennes. J'espérais grâce à eux voir plus clair dans le fatras de mes contradictions, dans cet épais brouillard qui obscurcissait l'avenir. Très vite je compris que ce qui m'excitait, me passionnait, dans la littérature, c'était la vie. La vie dans son extraordinaire variété, éclairée par la multiplicité des talents. Moi qui me sentais si seul, si incompris, si frustré de la fréquentation de grands esprits fraternels, je les avais soudain, innombrables, tous à ma disposition, accessibles à n'importe quelle heure du jour ou de la nuit.

Cette folie de lectures, grisante, ensorcelante, constitua peu à peu un monde parallèle, en apparence détaché de moi mais irriguant toutes mes fibres. Je dois à la vérité de dire que je ne me rendis pas compte de cette intoxication. Ni à cette époque ni plus tard d'ailleurs.

Je me souviens à ce propos de la leçon cuisante que je reçus, alors que bien des années avaient passé, lors d'un de mes premiers déjeuners en Corse chez Jean d'Ormesson. Déjeuner impressionnant à plus d'un titre, car il y avait là le beau-père de Jean, Ferdinand Béghin, souverain, impassible, hautain, raide comme la statue du Commandeur. De plus, connu pour son peu d'aménité de patron de droit divin. Les convives se demandaient avec un mélange de curiosité et d'amusement comment le nouveau venu allait s'en tirer face à l'implacable tyran domestique. Pétrifié moi-même, je ne savais comment dérider la statue. Comment plaire, non seulement à lui, mais à cette assemblée qui m'observait comme elle aurait observé un fildefériste franchissant avec témérité un gouffre escarpé. Alors, avec l'enthousiasme irraisonné des timides, je me mis à parler des livres que j'aimais. Et rien n'est pire qu'un timide qui a réussi à franchir l'obstacle du silence. On ne l'arrête plus. On se taisait. La table m'écoutait. Soudain, alors que je caressais la douce illusion d'avoir conquis mon public, et brillamment réussi mon examen de passage, le vieux Ferdinand Béghin, de toute son autorité de paterfamilias et de patron légendaire, m'interpella de l'autre bout de la table :

« Jeune homme, est-ce que par hasard il y a un livre que vous n'avez pas lu ? »

Ce fut la chute. C'était aussi humiliant que de tomber de cheval. J'étais effondré. Des sourires complices adoucirent ma déconvenue. Il y avait là trop de victimes des humiliations de l'intraitable tyran pour qu'on ne regarde pas ma mise au pas avec indulgence. Aujourd'hui le souvenir de cet échec me reste. Mais les épines s'en sont allées avec tout ce qui leur est associé, la jeunesse, l'inexpérience du jeu social. Certes, dans la forme, j'avais tort. On n'assomme pas les gens entre la poire et le fromage avec sa culture de bazar. Mais sur le fond, n'avais-je pas raison ? Je voulais proclamer ma véritable identité dans le lieu le moins approprié pour l'accueillir, affirmer qui j'étais, dire que ma vie, ma vérité étaient là, dans les livres que j'aimais.

L'INTERCESSEUR AU CŒUR DÉCHIRÉ

C'était un bel hôtel particulier en briques roses qui donnait sur le Champ-de-Mars. Avec son faux air londonien, il aurait pu être une demeure d'Agatha Christie ou, à défaut, abriter une de ses histoires de crime commis entre un pudding et une tasse de thé. L'hiver, quand un peu de brume l'enveloppait, l'illusion était parfaite. Un lieu idéal pour commettre un forfait, un empoisonnement au curare, une machination diabolique pour capter l'héritage d'une douairière. Il flottait en effet dans l'air des relents macabres qui donnaient l'impression que cette demeure était hantée. Avait-on pris la précaution de faire chasser ses maléfices par l'exorciste de Notre-Dame de Paris ? Cette maison était le siège d'une institution scolaire appelée le cours Godechoux, école sur mesure, celle-là aussi, dûment garantie par des psychanalystes renommés, comme le docteur Lebovici et Diatkine, spécialistes de l'enfant à la réputation mondiale. Accessoirement, c'était une boîte à bac. La crème de la bourgeoisie y plaçait ses rejetons dont les maigres prouesses scolaires ne permettaient l'accès à aucun lycée. Le cours était situé près de la tour Eiffel, avenue de La Bourdonnais, dans un quartier ultrachic. Son enseignement n'était pas donné. Les parents payaient pour l'emplacement, ils payaient pour le cadre, ils payaient pour le faux air anglais, le vernis psychopédagogique, ils payaient surtout parce que ce cours privé évitait un cul-de-sac scolaire. Il fallait bien mettre les enfants en échec quelque part afin qu'ils obtiennent, ou feignent d'obtenir, le bac, clé de voûte de la bourgeoisie. Cet établissement, j'y étais à l'évidence prédestiné. Restait la question du tarif prohibitif. Là encore, on eut recours à la tante Victoria, qui intervint avec son zèle et son efficacité habituels auprès de la généreuse et providentielle tante Julie, qui ouvrit son carnet de chèques. Peut-être sacrifia-t-elle dans ce pieux dessein une aquarelle de sa mère, Berthe, ou de « l'oncle Édouard ».

Miracle, déclic, le cancre se mua en élève normal. Pas en crack, en cador, ou en lauréat du concours général. Les matières nouvelles, l'anglais, le latin, excitèrent ma curiosité. Quant à la littérature, qui succédait aux dictées et à l'analyse logique, elle devint une passion. Une passion qui devait avoir des conséquences funestes.

Ce cours privé était la propriété d'une Mme Godechoux, très grosse et très opulente dame, au triple menton, aux bajoues maintenues par un je-ne-baise-plus assorti à des robes à fleurs qui semblaient taillées dans le tissu de ses rideaux. Elle scrutait ses interlocuteurs de ses gros yeux de chouette surprise dans la lumière des phares, à travers, pour parfaire encore son personnage démodé, des bésicles attachées à son cou par un cordon de soie. Elle comptait bien rentrer dans ses fonds en ponctionnant cette bourgeoisie égarée dans l'aventure de la méritocratie, car la philanthropie n'était pas son fort. Pour mener ce petit monde de professeurs, certainement recrutés et payés au rabais chez les demi-agrégés, demi-licenciés, voire bacheliers – on n'était pas regardant sur les diplômes –, elle avait choisi un homme extraordinaire : Jean Kahn, dit, de son nom de résistant, Dessertenne. Il était le père de deux intellectuels brillants qui devaient faire parler d'eux : Jean-François, le journaliste, et Axel, le généticien. Mince, svelte, les yeux clairs protégés par de petites lunettes cerclées de fer, nerveux, agité, fébrile, vibrionnant, passant d'une classe à l'autre, apaisant là un chahut, remplaçant ailleurs au pied levé un professeur malade, il possédait un étrange charisme. On admirait la passion qu'il mettait dans ce sacerdoce. On pressentait que dans un autre lieu et dans d'autres circonstances, s'il n'avait été bridé par un scrupule intérieur, il aurait pu épanouir des qualités exceptionnelles, son intelligence affûtée et sa vaste culture. Sa passion, outre l'art moderne qui était sa marotte, c'était la littérature.

Bien que son existence fût toute consacrée aux adolescents, il vivait douloureusement de trouver chez eux si peu de réponse à cet amour des lettres auquel il tentait de les initier. Frustré depuis des années d'un dialogue avec une jeunesse qu'il idéalisait, mais qui le décevait dans son enseignement quotidien, ajoutant cette déception à une déception plus générale à l'égard de la vie qui blessait sans cesse son âme éprise de perfection, il avait l'impression de se survivre à lui-même. Dès qu'il me vit, il flamba.

Il découvrit en moi un être atteint du même virus. Ce fut l'amorce d'une préférence qui culmina quand je fus admis en classe de troisième où il enseignait le français.

Dès lors, entre le directeur professeur et l'élève, tous deux fous de littérature, se produisit une sorte d'arc électrique : le professeur semblait n'avoir d'autre élève que moi, et moi, fier de cette préférence, je m'efforçais par des orgies de lectures de la justifier. Nous sautions allègrement par-dessus les auteurs du programme pour nous jeter à la tête les noms de Gide, de Claudel, de Montherlant, devant des élèves médusés. Après le cours, M. Dessertenne me retenait pour un entretien seul à seul, au grand dépit de mes camarades et à ma satisfaction. Mon amour-propre, qui avait eu son compte d'humiliations, trouvait légitime cette tardive reconnaissance. Nous étions sur une pente dangereuse. Nous le savions. Nous le pressentions. Mais ni l'un ni l'autre nous ne pouvions briser cette chaîne d'union, affective et littéraire, hautement passionnelle, qui, comme une fièvre, nous unissait.

L'année scolaire avançait. Les brumes et les pluies de novembre faisaient peser sur les arbres du Champ-de-Mars une atmosphère de plus en plus britannique. Tel un manoir écossais, le collège dérivait dans une nuit qui tombait de plus en plus tôt, ouvrant les rues adjacentes au fantasme de Jack l'Éventreur. Les classes surchauffées, après avoir senti le chou de la demi-pension, étaient envahies par cette odeur de fauve qu'exhalent des adolescents turbulents, pas trop exigeants sur la toilette matinale. M. Dessertenne s'asseyait, puis se levait, le visage parcouru de tics nerveux, en proie à cette fièvre sacrée qui le saisissait dès qu'il parlait de littérature. Brillant, imagé, filant l'anecdote, il était le meilleur spécimen de ce qu'a pu offrir l'enseignement des lettres. Sans doute n'était-il pas agrégé, à peine licencié, mais son stage dans la Résistance, des lectures approfondies et disparates avaient été une école autrement riche. Je buvais ses paroles. J'entrais dans une sorte d'hypnose. Ce professeur m'entraînait dans un pays enchanté auprès duquel toute autre réalité paraissait fade, sans saveur. Bien sûr, il lisait cette fascination dans mes yeux. Et peu à peu, conscient du peu d'appétit des élèves pour un enseignement qu'ils subissaient comme un pensum, il ne s'adressa plus qu'à moi. Il est vrai que mes condisciples troublés par la puberté, boutonneux, mal dégrossis, amateurs de foot, de revues salaces, ne constituaient pas un public ouvert aux aventures de la Sanseverina et aux malheurs de Mme de Warens. Ils ne comprenaient ni les tenants ni les aboutissants de ces histoires qui étaient pour moi le sel de la vie. Certains s'efforçaient de prêter une oreille attentive, mais ils étaient vite gagnés par la somnolence. Ou une passivité d'Arabe sous la canicule, attendant que sonne la cloche de la récréation comme une délivrance.

Aussi un observateur extérieur aurait-il noté dans cette classe à l'odeur forte de ménagerie une curieuse ambiance. Un morne troupeau, au front bas, semblable à des laitières de Salers dans leur pré, levant le museau au passage de l'express de Brive-la-Gaillarde, d'une incuriosité inguérissable pour cette matière plus céleste que réellement pratique. Certains, dans leur regard, laissaient percer une lueur d'indulgence pour ces élucubrations littéraires aussi indéchiffrables pour eux que du chinois, du sanscrit, ou de l'araméen. Ce qui les laissait perplexes, les troublait, c'était le spectacle de ce professeur si respecté, mais au caractère raide, peu affable, rugueux même, s'adresser à l'un d'entre eux avec une infinie sollicitude, comme s'il guettait chacune de ses réactions et avait besoin de son regard pour poursuivre ce qui dépassait de loin un cours de littérature, le magnifiait pour en faire l'expression de son âme littéraire ardente et blessée. Il y avait là, pour eux, un mystère. Aussi inexplicable que l'est ce que Julien Gracq appelle l'éréthisme littéraire, cette forme d'idolâtrie des lettres, des livres, des écrivains, dont nous étions l'un et l'autre gravement atteints. Plus le cours avançait et plus le fossé se creusait entre un public indifférent et l'élève privilégié. Parfois l'élève donnait la réplique au professeur : je me souviens d'un jour où, rompant avec la discipline, sans solliciter la moindre autorisation, j'interrompis le monologue du prodigieux professeur, pour citer un passage de *La Chartreuse de Parme*. Le bonheur qui se peignit sur son visage, une sorte d'extase qui embuait ses lunettes, donna l'impression qu'il était sous le coup d'une apparition ou d'une transe mystique. Délaissant le sujet qu'il traitait, un dialogue s'engagea, qui créa un malaise : jamais le professeur n'avait à ce point laissé voir le peu de cas qu'il faisait de la classe et de l'intérêt exclusif qu'il portait à son élève favori. Je sentis combien cet homme était seul, combien il souffrait de ne pas trouver dans la foule grossière des élèves un écho de sa passion littéraire. Il perdait de son prestige pour devenir pathétique. Mais tandis que je voyais s'accroître mon pouvoir sur lui, je me sentais envahi par un trouble. Un équilibre venait de se rompre. Une loi immémoriale entre professeur et élève venait d'être transgressée. Nous entrions dans une zone périlleuse.

Un élément perturbateur intervint en la personne d'un jeune juif tunisien beau, sympathique, ouvert, arrivant de Nice, bronzé, du sable sur ses mocassins, doué d'une désinvolture et d'une aisance méditerranéennes. Si jeune qu'il fût, il faisait danser la vie. Inculte, très peu littéraire, il ne semblait avoir d'autre ambition que de se bronzer à tous les soleils qu'il rencontrerait. Mélancolique, sombre, mal dans ma peau, j'étais en tout son contraire. Il me proposa son amitié, que j'acceptai. Il me demanda de lui prêter des livres. Je lui confiai *Le Repos du guerrier* de Christiane Rochefort, roman sulfureux à cette époque qui passerait aujourd'hui pour une bluette. Un autre lien nous rapprochait : nous étions l'un et l'autre amoureux d'une inaccessible beauté qui gagnait tous les cœurs, d'autant plus inaccessible qu'elle était plus âgée que nous et appartenait à la classe de première. Mais mon nouvel ami, doué d'une confiance en lui-même qui renversait tous les obstacles, avait réussi à l'aborder, à lui parler, et à nous faire inviter chez elle, un dimanche, rue Nungesser-et-Coli, en face d'un stade où, à l'heure du goûter, nous voyions évoluer les équipes de foot. Elle s'appelait Anne-Marie Cahen-Salvador et devait plus tard épouser Nicolas Seydoux, le patron de la Gaumont. Elle aimait notre trio. Jeune fille originale, assez littéraire, son esprit fantasque se plaisait à cette amourette inoffensive. Elle jouait de notre rivalité, favorisant tantôt l'un tantôt l'autre au gré de son caprice. Elle maintenait une atmosphère si ludique que jamais notre amitié n'en fut compromise. Sans doute parce que nous n'étions pas vraiment amoureux. Nous devînmes abonnés aux après-midi de la rue Nungesser-et-Coli.

L'année s'écoulait. Noël passa. Une bise glacée venue du Champ-de-Mars soufflait sur l'avenue de La Bourdonnais. La seule personne à prendre ombrage de mon amitié avec le jeune Tunisien était M. Dessertenne. Dans les commentaires dont il assortissait les relevés de notes à l'attention de mes parents, il les avertissait d'une amitié qu'il jugeait bizarrement suspecte. Il leur demandait d'exercer leur vigilance. Puis étrangement, il les mettait en garde contre mon évolution sentimentale. Ces subtilités psychologiques d'un homme féru de psychanalyse passaient très au-dessus de la tête de mes parents. L'orage peu à peu accumulait ses nuages noirs au-dessus de moi. La mansuétude du professeur, pourtant jamais prise en défaut, sa délicieuse partialité à mon égard, se refroidissait insensiblement. Il me retenait toujours après la classe, mais son visage se renfrognait soudain. Il alternait avec moi les démonstrations d'affection, les compliments, et d'inexplicables vexations. Un jour, devant la classe stupéfaite, il me réprimanda sans rime ni raison, laissant éclater une colère qui finit par le suffoquer et qui, faisant monter un sang rubicond sur son visage blafard, l'obligea à quitter la salle de classe en claquant la porte, claquement si fort et si maladroit qu'il la referma sur sa main. Il poussa un horrible gémissement. Et pendant plusieurs jours il offrit le spectacle de sa main bandée. Vision qui me troublait : j'y voyais le témoignage à la fois symbolique et douloureux des sentiments contraires et excessifs qu'il me portait.

Je n'avais pas une grande expérience de la vie, mais je sentais obscurément que la douche écossaise, l'alternance de caresses et de réprimandes que me réservait M. Dessertenne n'étaient, dans le bien comme dans le mal, que la conséquence de son attachement pour moi. Un attachement qui lui pesait et qui, pour une raison mystérieuse, le faisait souffrir. Je savais qu'au fond de lui-même il m'aimait. Et je l'aimais aussi, profondément, comme un père de substitution. Le reste appartenait aux complications et aux fluctuations du cœur humain. Instinctivement, même si j'abusais parfois de ma situation de chouchou en me montrant désinvolte avec lui, et même de temps à autre presque insolent, je comprenais qu'il était essentiel à mon évolution future : le point d'appui auquel, comme le lierre, je m'agrippais pour prendre mon essor. Et lui aussi sentait ce besoin que j'avais de lui, qui s'ajoutait à son désir avide de transmettre sa passion à un disciple qui en fut digne. Dans ce lourd climat de nervosité, il fallait que quelque chose arrive.

Toutes les conditions d'un drame étaient réunies. Il survint à l'improviste, sans que je m'y attende, pas plus sans doute que le principal protagoniste, en proie à un désarroi intérieur dont il ne trouvait l'issue.

Chaque année, à la mi-mars, on procédait à une sorte d'évaluation scolaire, mise en jambes en vue du BEPC. Les devoirs préparés à la maison devaient être rendus à une date fixe. Le jour de la remise de ma copie de français, dissertation sur un texte de Camus, je fus le seul, par une bête forfanterie, ou par une provocation destinée à user les nerfs fragiles et ô combien sensibles de M. Dessertenne, à ne pas rendre mon devoir. C'était un manquement qui allait fatalement déclencher sa colère, colère blanche, intériorisée, rageuse, propre à aggraver l'ulcère à l'estomac auquel il devait immanquablement être sujet. Curieusement, il ne marqua pas la fureur attendue. Il me retint après le cours. D'un air doucereux, sans me regarder, il me demanda, nous étions un vendredi, de déposer mon devoir à son domicile le lendemain. Il me tendit une feuille sur laquelle était inscrite son adresse. J'éprouvais un sentiment de stupéfaction. À la satisfaction d'amour-propre se mêlait un malaise : il y a une barrière infranchissable entre la vie privée d'un professeur, son logement, et un élève, si apprécié soit-il. Pourquoi levait-il ce tabou ? La perspective de mon devoir à terminer me tira de ma réflexion.

Le lendemain matin, un samedi donc, muni de ma copie que j'avais particulièrement soignée, je pris l'autobus 92 et me rendis à l'adresse indiquée, dans le quartier du Trocadéro. Le cœur me battait. Après tant d'avanies scolaires, j'aimais être distingué par mes professeurs. Et quelle plus grande faveur que d'être invité par l'un d'entre eux, de surcroît le plus éminent, pour lequel je nourrissais une admiration sans bornes.

L'immeuble à l'ombre du Trocadéro était d'une banalité bourgeoise. J'étais anxieux et curieux en pénétrant dans le sombre vestibule. L'appartement était au rez-de-chaussée. Je sonnai. Rien ne se produisit, puis un bruit me parvint que je ne pus identifier. Je sonnai une seconde fois. Pas plus de résultat. Je décidai de glisser la dissertation sous la porte. Puis le cœur léger, au fond heureux d'avoir échappé à un tête-à-tête, je déambulai dans les jardins du Trocadéro, près de la Cinémathèque. Il faisait beau. Une douceur printanière réveillait les effluves odorants des arbres en fleurs. Je me demandai si mon texte aurait l'heur de plaire à M. Dessertenne. En parlerait-il en classe comme il arrivait parfois ? Aurais-je droit à ces compliments que je recevais d'un air modeste, et qui avaient le don de susciter la jalousie de mes camarades ? Bref je me berçais de ces douces illusions qui aident à apprivoiser l'avenir, qui parfois se révèlent justes, mais sont souvent l'occasion de déceptions amères.

Le lundi matin, toujours dans ces dispositions guillerettes, je me rendis au collège. J'assistais à un cours de latin lorsque le surveillant général, M. Genton, pénétra dans la classe, murmura quelques mots au professeur et me demanda de le suivre. Nous gravîmes tous les étages de l'hôtel particulier où flottait en permanence une odeur de chou et d'encaustique et parvînmes devant la porte de l'impressionnant bureau de la propriétaire, Mme Godechoux elle-même. Le surveillant général frappa et me fit entrer. Je me trouvai alors devant l'état-major du cours privé au grand complet : Mme Godechoux, derrière un large bureau, tout étincelante de bijoux, frémissante de son triple menton, qui me fixait à travers ses bésicles d'un air intéressé ; le surveillant général prit place sur une petite chaise ; quant à M. Desserrenne, plus fébrile et gêné qu'à l'accoutumée, il se leva, se rassit, puis se leva à nouveau pour s'adresser à moi. Dans un lourd silence il prononça son verdict : « Nous sommes dans l'obligation de nous séparer de vous... Vous êtes renvoyé. » Puis il s'embrouilla dans une justification confuse, prononçant distinctement le motif de cette exclusion dans une accusation, « l'homosexualité », qui me parut à la fois hautement littéraire et tout à fait farfelue. D'un lourd percheron de l'enseignement, enfermé dans les bornes d'une étroitesse d'esprit et de préjugés déjà obsolètes à l'époque, cette justification aurait pu à la limite être plausible, mais d'un subtil intellectuel comme lui, frotté de psychanalyse, elle était tout simplement invraisemblable. C'était un démenti à lui-même, à tout ce qu'il était. Mme Godechoux intervint alors pour donner tout son poids à cette décision, en alléguant qu'elle était d'autant plus justifiée que j'avais tenté de corrompre un élève de ma classe, le jeune Séfarade tunisien, en lui prêtant un ouvrage interdit : *Le Repos du guerrier*. M. Dessertenne la coupa avec agacement pour lui indiquer que c'était certes là un autre grief, mais qui n'avait rien à voir avec le principal motif de renvoi, l'homosexualité. Mme Godechoux marmonna quelques mots inaudibles, vexée de s'être aventurée avec un bagage par trop modeste dans ces questions littéraires vraiment absconses. Je ne me défendis pas. Comment l'aurais-je pu ? J'étais abasourdi. Je demandai : « Quand dois-je partir ? » « Aujourd'hui », me répondit M. Dessertenne d'une voix blanche, les yeux fixés sur ses chaussures.

Je quittai donc le collège le jour même pour n'y plus revenir. Sous le prétexte de reprendre mes affaires, je me payai cependant le luxe d'aller dire adieu à mes camarades dans la classe d'où l'on m'avait extrait pour mon procès. Quitte à être victime d'une injustice, il me semblait juste d'éviter de la subir en silence et de la clamer. D'une voix en apparence contrite mais au fond théâtrale, je leur annonçai : « Je suis renvoyé. » Et j'ajoutai, ménageant mon effet, « pour homosexualité ». Leur stupeur égala celle du professeur dont j'avais interrompu le cours. Ils me regardèrent éberlués comme s'ils avaient affaire à un camarade décidément pas comme les autres. Mais pas dans l'acception de M. Dessertenne. Ils pressentirent qu'il y avait là une mystérieuse embrouille dont le sens profond leur échappait.

Je me revois remontant l'avenue de La Bourdonnais

dans cette atmosphère printanière sucrée et tiède, à la fois meurtri et stupéfié par l'extraordinaire aventure qui m'advenait, sentant tout le poids de la vie peser sur mes épaules. J'étais surtout troublé par le comportement du directeur. Comment avait-il pu passer aussi rapidement de cette préférence si marquée à la décision de mon exclusion ?

Mes parents furent surpris de me voir surgir à l'improviste dans leur sombre appartement. Sans doute imaginèrent-ils que j'étais malade ou victime d'un malaise, ce qui les prédisposait favorablement à entendre mes explications. Quand je leur annonçai, avec ce sentiment de fierté intérieure que me procurait l'effet que j'allais produire – peut-être s'y glissait même un peu de forfanterie tant cette accusation me hissait dans le monde des adultes bien avant l'âge requis –, « J'ai été renvoyé… pour homosexualité », je vis se peindre sur leur visage l'expression du plus vif étonnement. Ils me regardèrent à la fois soulagés et ébahis. Le plus important pour eux était que je ne sois pas malade. Quant à l'homosexualité dont on me gratifiait, c'était pour eux une curiosité exotique. Le seul homosexuel dont on connût les frasques dans la famille était Eugène, le frère de mon grand-père, le grand ami de Gide, que ses hautes fonctions de sénateur de la Haute-Garonne n'avaient nullement assagi. Mon père et ses frères se donnaient entre eux la consigne de se tenir à distance, lors de ses visites, pour se soustraire aux inévitables papouilleries dont il gratifiait les enfants à sa portée. Ils se dispersaient à son approche comme une volée de moineaux à l'apparition d'un milan.

À cet oncle se bornait leur culture en matière d'homosexualité. Cette originalité concernait surtout des adultes. Jamais ils n'avaient connu d'adolescent qui en fût atteint. Et manque de chance, cela tombait sur moi.

Esprits tolérants, d'une compréhension franciscaine, doutant du bien-fondé de mon exclusion, ils se contentèrent de m'entourer de leur affection comme avec un malade qui aurait besoin de calme et de repos. Les choses tournèrent plus mal pour M. Dessertenne. J'étais entré dans ce cours privé sur la recommandation de mon oncle, Julien, éminent psychiatre et psychanalyste, ami de Serge Lebovici, qui y donnait des conseils psychopédagogiques. Mon renvoi, et les conditions scabreuses dans lesquelles il avait été opéré, provoqua leur stupéfaction et leur mécontentement. Aucun des principes de la déontologie pédagogique n'avait été respecté. On reprocha au directeur d'avoir transgressé les règles élémentaires de la psychologie. On ne lui dissimula pas la gravité de sa maladresse. Cette façon d'agir injuste et brutale aurait pu avoir de graves conséquences, y compris le suicide de l'élève mis en accusation.

Cette affaire prit alors un tour presque cocasse. Sur le conseil de mon oncle et de ses confrères psychiatres, on décida de me faire passer des tests à l'institut Claparède à Neuilly pour juger de l'orientation de ma sexualité et faire un diagnostic plus précis de mes tendances. Je me revois au milieu d'hommes et de femmes en blouse blanche qui me présentèrent très sérieusement des photos d'hommes nus, puis celles de femmes également nues. Sans tenter de m'influencer, on me demanda vers qui allait ma préférence. Bien qu'un peu surpris, je ne manifestai aucune hésitation : les femmes nues. On me fit subir alors le test de Rorschach. M'interrogeant sur mes rêves, les hommes en blouse blanche voulurent savoir si je me livrais à des pratiques solitaires. Puis tous ces praticiens discutèrent doctement entre eux du résultat des tests. Je sortis de l'institut Claparède totalement blanchi. J'étais une parfaite graine d'hétérosexuel. Moimême je n'en doutais pas. Bien ou mal, je savais ce que j'étais et je ne comprenais guère qu'il fallût faire autant d'examens cliniques pour me le confirmer.

Au collège, ma soudaine disparition resta enveloppée de mystère, sauf bien sûr pour son instigateur. Au premier étage, celui de la secrétaire et du surveillant général, se trouvait, bien en vue à côté de la porte, un panneau vitré où on affichait les dates de vacances et d'autres informations pratiques. Il servait aussi de ban d'infamie. On pouvait d'ailleurs y lire en gros caractères cette annonce glaçante propre à inspirer une salutaire frousse : « L'élève Francis Puyalte a été renvoyé. » Élève chahuteur, inamendable aux avertissements, donnant une issue tapageuse à sa crise de puberté, ce n'était certainement pas un mauvais bougre : il devait s'assagir et devenir un journaliste connu. En revanche mon nom n'apparut jamais sur ce tableau. Comme si je n'avais jamais existé. Pourquoi le directeur ne m'avait-il pas jugé digne d'être livré à la réprobation générale ? Je doute que sa conscience, alors qu'il passait plusieurs fois par jour devant ce tableau, fût en repos. Je n'existais pas, mais n'était-ce pas pour avoir trop existé ?

Quelques années plus tard, devenu journaliste, j'allai rendre visite au directeur dans sa boîte à cancres. Je le trouvai toujours aussi fébrile, gêné de me voir surgir tel un cadavre réapparaissant de longues années après sa disparition. Son regard était fuyant derrière ses lunettes cerclées de fer, je le sentais mal à l'aise. Pourquoi allai-je le voir ? Était-ce pour obtenir une explication ? Celle-ci était à l'évidence au-dessus de ses forces. Je sentis que je ne faisais que raviver sa blessure. D'ailleurs la cloche sonna, cette cloche stridente qui m'était si familière, et il prit prétexte de la reprise de son cours pour mettre fin à notre pénible entretien. Il me tendit une main molle et me salua sans me regarder. L'année suivante, j'appris son suicide : il s'était jeté d'un train. Sa mort me bouleversa. Je n'avais su comment lui exprimer que, bizarrement, je ne lui en voulais pas.

Cet épisode de mon renvoi m'atteignit au plus profond. Il me désenchanta de l'idée que je me faisais du monde des adultes, de leur justice. J'avais perdu un professeur que j'adorais, un modèle, un passeur littéraire, en qui j'avais toute confiance, et qui m'avait apporté beaucoup ; surtout cette complicité littéraire irremplaçable, élection secrète incompréhensible pour ceux qui, si cultivés qu'ils puissent être, n'en ont pas connu le charme puissant, aussi grisant que l'amour. À quelle nappe commune d'insatisfaction cette affinité puisait-elle pour nous amener à une si fervente communion à travers les livres ? Mais je perdais ce mentor dans des circonstances si troubles qu'elles jetèrent à jamais pour moi un doute sur l'honorabilité de l'ordre social, ainsi peut-être que sur le double fond suspect de ceux qui s'arrogent le droit de juger. Je revoyais sans cesse le théâtre de cette cour de justice improvisée dans le bureau directorial où la mercantile Mme Godechoux, si besogneuse à faire sa pelote sur le dos de ses cancres, s'instituait, faisant trembler ses bajoues flasques, professeur de morale ; le servile surveillant général, M. Genton, tentant maladroitement d'apporter de l'eau au moulin de l'accusation, tous assistant le directeur dans sa machination dont, à l'évidence, le mobile profond leur échappait. Comment, sans honte, pouvaient-ils se rendre complices de la condamnation d'un élève innocent ? Et ce qu'on me reprochait, en aurais-je été coupable, quel tribunal, hormis ceux du Moyen Âge, aurait pu m'en faire grief ? Je n'avais commis que la faute d'avoir suscité chez ce professeur une passion qui le torturait.

Pourtant, bizarrerie du cœur humain, il me manque. Il ne m'a jamais vraiment quitté. Je lui dois tant. Surtout cette écoute bienveillante qu'un adolescent recherche chez un adulte et qu'il trouve rarement dans sa famille. Il était le seul à partager ma passion pour les livres et pour ce grand débat qu'ils ouvrent sur la vie. Souvent je me demande ce qu'il aurait pensé des futuritions de son protégé, de mes livres, lui qui si souvent répétait : les fruits tiendront-ils les promesses des fleurs ? Il me semble qu'il est toujours là, penché sur mon épaule, ombre douloureuse, dans les livres que je lis, ces livres qu'il m'avait appris à aimer, et dont il m'aidait à déceler la poésie secrète.

UNE CHAMBRE DE BONNE OUVERTE SUR L'INFINI

De ma fenêtre, j'observais l'étendue des toits de Paris. Je voyais les hauteurs du Père-Lachaise d'où Rastignac avait lancé son fameux défi. Le Sacré-Cœur tout immaculé qui se dressait au-dessus de l'océan de zinc qui miroitait sous le soleil, le dôme d'or des Invalides. L'hiver, ces toits se couvraient d'une neige scintillante donnant une impression irréelle de féerie. Sous le soleil, sous la pluie, dans la brume, ce paysage suscitait en moi toujours autant d'enchantement. Cette multitude d'immeubles abritait d'innombrables familles, des riches, des pauvres, des vieux, des jeunes, de pieuses vieilles filles, des courtisanes, d'honnêtes mères de famille, tout un peuple bigarré de travailleurs, de parasites, de clochards, de malfrats, dont les existences tissaient autant de romans. Ils se trompaient, se quittaient, se réconciliaient, faisaient l'amour pour de l'argent, pour le plaisir, se livraient à mille trafics. Dans les restaurants, des barbons tentaient, l'addition payée, de circonvenir de jeunes coquettes. L'infini de ces destins, la loterie des rencontres offraient à mon imagination un vaste espace de rêverie. C'était fascinant. Mais ce

Paris surpeuplé me semblait vide d'âme sœur. À mes pieds la rumeur des voitures, des klaxons montait, exhalant son odeur de gaz carbonique. Pourtant j'étais heureux. Enfin délivré de la pesanteur de l'appartement familial, j'étais chez moi. Cette chambre de bonne mansardée, étouffante en été, glaciale en hiver, ne comportant de commodités que sur le palier où flottaient des remugles de soupe aux choux ou, pis, l'aigre senteur de sardine grillée mitonnée par ma voisine, me comblait de joie. Un lit étroit comme celui de Bonaparte en Italie, une bibliothèque surchargée, le masque de l'Inconnue de la Seine, une table, la reproduction de *Sorrow* de Van Gogh, estampe d'une tristesse poignante, remuaient mon romantisme. Sur un électrophone, je passais sans fin le même disque : je me poignardais avec l'*Adagio d'Albinoni*, lamento qui semblait la musique même de mon âme.

Délivré du poids de ma famille qui, deux étages plus bas, me laissait agir à ma guise, j'aurais profité de ma liberté avec un sentiment de griserie si je n'avais pas continué de traîner avec moi cette honte due à ma nullité scolaire. Car côté études, cela continuait à n'être pas brillant. Je grillais les cours privés les plus chics : École alsacienne, cours Pollès, cours Montaigne. Toujours grâce à l'inépuisable générosité de Julie. Indécrottablement nul, inapte à réussir des devoirs que l'élève le plus moyen réalisait sans peine, à la fois favori des profs de lettres que ma culture littéraire rendait indulgents, cote d'amour qui m'évitait de justesse un renvoi cette fois mérité, j'emmagasinais une terrible culpabilité. Cette scolarité était un enfer. Je travaillais, pourtant, mais sans pouvoir appliquer le fruit de mon travail. J'étais un cas. Et rien n'était plus humiliant pour moi que de voir des camarades incultes me laisser sur place dans les classements, moi qui dévorais Balzac, Maupassant, Tolstoï, et qui grâce à ces géants me sentais appartenir à une aristocratie, la seule qui comptât, à cent coudées au-dessus de ceux qui me dépassaient. Une explication flatteuse de ces échecs existait pourtant. Je ne l'appris hélas que récemment.

Un matin, je reçus un coup de téléphone d'un homme qui se présentait comme le président de l'association des surdoués. Il me proposait tout à trac d'être le président d'honneur de leur prochain congrès qui se tiendrait à Strasbourg. Je crus d'abord à une farce. Mais voyant que l'affaire était sérieuse, je me récriai. J'eus beau protester, arguant d'une nullité somme toute banale, mes arguments ne parvenaient pas à convaincre mon interlocuteur. De guerre lasse, j'acceptai. Et me voilà à Strasbourg, au milieu d'authentiques génies qui voulaient tous m'enrôler sous leur bannière. Et plus je protestais, plus je renforçais leur conviction : j'étais un surdoué. Je n'insistai plus, j'acceptai cette consécration qui donnait des lettres de noblesse à cette époque sombre. Alors, comme cette révélation eût été bénéfique vis-à-vis de mes parents et de mes professeurs, et même de moi. Mais, quelle que soit la vraisemblance de cette hypothèse, elle ne me servait vraiment à rien. C'était comme si soudain on me remboursait une vieille dette douloureuse avec de l'emprunt russe.

Je n'épiloguerai pas sur ces années d'échecs répétés, de bacs ratés puis réussis in extremis, je les ai déjà évoquées et je ne veux pas me parer de cette gloire noire des cancres qui est une forme de coquetterie. Je n'avais en fait qu'un bagage pour m'embarquer dans l'avenir, un seul, avoir beaucoup lu, plus que tous les cadors et les premiers de la classe qui me volaient un succès qu'au fond de moi-même je me sentais inexplicablement mériter. D'autant que je portais une certaine responsabilité dans ces échecs. Pourquoi, élève déjà très moyen, avais-je choisi de m'aventurer dans la section classique, latin grec, la plus difficile en raison non seulement des matières étudiées mais du niveau d'excellence de ceux qui la choisissaient ? Snobisme littéraire ? Goût réel pour ces matières que j'adorais plus qu'elles ne me le rendaient ? Plus que les thèmes latins, l'apprentissage des règles grammaticales, c'était le parfum que j'aimais, non seulement celui du dictionnaire Gaffiot ou du Bailly, mais les mondes auxquels ils me donnaient accès. J'ai follement aimé la Grèce antique, les querelles de Démosthène et d'Isocrate à propos des ambitions de Philippe de Macédoine, Alcibiade élevé aux genoux d'Aspasie, la mort de Socrate, l'expédition des Dix-Mille de Xénophon, la mort du messager des Thermopyles, racontée par Hérodote et Thucydide, ce monde me parlait une langue fraternelle. Traduire Homère, si ardu que ce fût, apportait un plaisir inégalé : comment de telles aventures, si animées, palpitantes, érotiques, pouvaient-elles contenir tant de poésie, d'humour, de sel attique. Tout en Grèce, à commencer par la mythologie, était teinté de légèreté, de fantaisie, d'esprit et de littérature. Le monde romain ne m'était pas aussi sympathique : légistes tatillons, centurions brutaux, tribuns et empereurs sanguinaires constituaient un peuple cruel qui se délectait des jeux du cirque. César, Cicéron et Tacite observaient d'un œil glacé ces dépravations d'État, sans que jamais sous leur plume n'apparût le lait de la tendresse humaine. Seuls Virgile, Ovide ou Tibulle laissaient entrevoir des âmes sensibles. Mais comme ils avaient dû se sentir étrangers à ces mœurs de brutes sans scrupules et de tabellions arrogants ! Le plus abominable était le sort réservé aux esclaves révoltés de Spartacus. Paraphrasant Oscar Wilde à propos du suicide de Rubempré, j'aurais pu m'exclamer à mon tour : la mort de Spartacus est le pire malheur de ma vie.

Pourquoi donc avais-je choisi cette discipline réservée aux cracks ? Rêve d'excellence, désir de rivaliser avec les meilleurs ? Faire des rêves au-dessus de mes moyens ? Finalement qu'ai-je fait d'autre ? Et de ceux-là, écrire est certainement le plus présomptueux.

Je regardais cette lutte scolaire improductive, humiliante, comme un inexplicable mystère. Pourquoi devais-je souffrir, quelle faute devais-je expier ? J'avais l'impression d'être l'objet alors d'une malédiction, de la damnation d'une Némésis, comme ces héros grecs qui, ayant déplu à un dieu, sont l'objet de sa vengeance. Comme Ulysse victime de Poséidon, qui retarde toujours son retour à Ithaque, ou Héraclès dont Zeus provoque la folie meurtrière. Quelle main me paralysait, m'enfermait dans des échecs et des déboires sans que ma volonté puisse en enrayer le cours ? Et côté cœur, ce n'était pas brillant non plus. Les lumières y côtoyaient les ombres, les bonheurs fugitifs étaient payés d'un inexplicable lot de tristesses.

Pourquoi, pourquoi, pendant ces années, étais-je enfermé dans une cage de malheur ? Je ne me l'explique pas. Je suis obligé d'avoir recours aux astres, à la conjonction des planètes. Il était inscrit dans mon destin que je doive subir cette pénible expérience au cours de laquelle ce ne sont pas tant les épisodes désagréables, le sentiment de malchance, que cette impression d'impuissance qui rend l'existence intolérable. La vie ne vous appartient plus. On est le jouet de forces obscures. On est condamné à subir en attendant que le charme maléfique n'opère plus.

Ma vraie vie était ici, dans cette chambre de bonne. Entouré de mes vrais amis, les livres, caressant grâce à eux des rêves, je m'adonnais à une débauche de songeries éveillées. Avoir lu Malraux, le colonel Lawrence, Kessel me donnait une soif d'aventures. Leur exemple me semblait d'autant plus fraternel qu'ils avaient connu eux aussi des déboires familiaux, des humiliations sociales, un parcours scolaire des plus hésitants. Quel était leur secret, celui de métamorphoser ces préliminaires d'échec en succès littéraires et en gloire ? Quelle était la martingale ?

Il y avait là une sorte de miracle. Mais comment s'opérait-il ?

Ce que j'aimais particulièrement dans le personnage de Malraux, pour lequel je garde une ineffaçable admiration mêlée d'une curieuse tendresse peu en accord avec ses vertus viriles, c'était le poids de son enfance triste, médiocre et nécessiteuse dans la banlieue, à Bondy, épisode sinistre dont il interdisait qu'on lui parle et sur lequel il a toujours refusé de s'exprimer. Était-ce à cause de cette jeunesse qu'il avait voulu fuir qu'il s'était jeté à corps perdu dans cette vie aventureuse, dangereuse, où il avait joué si souvent le trompe-la-mort ? À cette gloire littéraire fulgurante, il ajoutait des combats sociaux contre les abus du colonialisme en Indochine, en faveur des républicains espagnols et des rencontres prestigieuses avec Gide, Trotski, Drieu La Rochelle, de Gaulle. Il y avait là entre la littérature et l'organisation de luttes sociales une passerelle qui m'intriguait. Mais je savais qu'il était loin d'être le seul écrivain dans ce cas : Aragon et Barrès avant lui, Victor Hugo, Chateaubriand s'étaient eux aussi frottés à la politique et à l'Histoire. Pour moi à l'époque cela constituait un mystère. Je ne savais pas encore combien ces deux passions pouvaient être consubstantielles.

Je faisais d'autres rêves, ceux dont Balzac, Proust ou Scott Fitzgerald m'avaient inoculé le poison. Le monde des riches. Pas celui dont certaines branches de ma famille me faisaient approcher. Non, celui des grandes familles d'aristocrates, de capitaines d'industrie, que dans ma famille on regardait sans hostilité mais aussi sans grande considération, avec un œil parfois amusé, comme s'il s'agissait d'originaux qui avaient surtout en tête de faire de l'argent et d'organiser des fêtes dispendieuses, cultivant un entre-soi de snobisme et de vanité. L'ambition d'aller à leur rencontre, de les fréquenter, d'être invités à leurs dîners ou à leurs bals masqués ne leur venait pas à l'esprit. Qu'auraient-ils à leur dire, eux qui ne vivaient que pour l'art ? Seul Valéry faisait cavalier seul, suscitant une ironie amusée. Mais ne passait-il pas déjà pour un original en songeant à une gloire académique ? J'avais l'impression que ces heureux du monde, au beau milieu de leurs châteaux, de leurs voitures luxueuses et de leurs possessions de toutes sortes, vivaient une existence ultraromanesque. Leurs amours, auxquelles ils paraissaient avoir plus de temps à consacrer que les autres, étaient auréolées d'une lumière particulière. Ils donnaient l'impression de tirer leur essence de déités surnaturelles qui leur avaient concédé mille privilèges. Ce qui prouve que je n'avais lu Proust qu'un peu superficiellement. J'ai pu constater par la suite comme lui que tout cela n'était qu'un mirage et une création de l'imagination.

Pour ne pas céder au misérabilisme, cette chambre de bonne accueillait quelques fées. M'évitant de sombrer dans le désespoir, le destin me faisait bénéficier de créatures délicieuses que ne troublaient nullement l'inconfort et la modestie de mon antre. Certaines beaucoup plus âgées que moi, ravissantes mères de famille rescapées de mes vacances à Noirmoutier, n'hésitaient pas à venir me consoler, trouvant dans ma jeunesse et dans ce lieu ces réminiscences de bohème auxquelles les femmes les plus raisonnables ne manquent pas d'être sensibles. Merveilleuse harmonie universelle : elles m'apportaient l'amour qui me manquait, je leur donnais l'illusion d'avoir tenu dans leurs bras, dans sa mansarde, je ne sais quel Modigliani en herbe. Je me souviens de l'une d'elles, Sarah, venue me rejoindre en pleine nuit à l'issue d'un bal chez les Rothschild au château de Ferrières. Avec quelle fièvre je l'attendais. De ma fenêtre, je guettais l'arrivée de son taxi sur le boulevard. Je regardais ma montre. Qu'elles sont longues, ces heures après minuit ! Un remue-ménage sur le palier faisait battre mon cœur. Fausse alerte. L'attente recommençait, chaque seconde me traversait le corps. À deux heures du matin, je pris la résolution d'accepter le pire : elle ne viendrait pas. Mais comment dormir devant une telle promesse ? Je me berçais tristement de tous les plaisirs dont son absence me privait. Après tout, n'était-ce pas déjà un succès qu'elle m'eût promis de venir ? Dans l'amour on est prêt à toutes les concessions pour calmer sa souffrance. À trois heures, je ne l'attendais plus. Elle vint pourtant toute scintillante de bijoux. Étonnamment fraîche. Quand je vis sa magnifique robe du soir rouler à ses pieds, j'eus l'impression d'être riche, riche de tout ce qui émanait d'elle, le succès d'une femme belle et courtisée, le luxe de cette fête. Je parais son corps immense déjà magnifique de tous les rêves que j'avais formés en l'attendant. Et le sombre pressentiment qui m'avait fait désespérer de sa venue jetait sur son beau corps je ne sais quel crêpe de tristesse qui la rendait encore plus attirante. Quand au matin, elle partit, je me sentis appauvri.

Je m'interrogeais donc sur cette vie qui m'attendait au sortir de l'adolescence et sur le rôle que j'allais y tenir. Je ne sais pourquoi, il me semblait qu'elle finirait par me sourire. J'étais convaincu que d'avoir fait de si grands rêves, qu'à force d'avoir établi des liens si fraternels avec les grands hommes de l'Histoire et de la littérature, il était impossible qu'ils ne me réservent pas une place auprès d'eux. Pas une place d'honneur, mais un strapontin. Au fond, c'est tout ce que je demandais. Sortir du lot de ceux qui se rangent dans des professions honorables, mais ne seront jamais habités par le feu sacré de l'art. Je voulais être écrivain. Et rien n'était plus hasardeux qu'une telle ambition. C'est le cimetière sans nom ni épitaphe de tous les ratés. Combien se sont brûlé les ailes dans ce rêve ?

Cette ambition, ô combien au-dessus de mes moyens, se renforçait de ce que je ne me voyais capable de rien faire d'autre. Ce n'était pas seulement mon idéal, c'était ma seule issue.

JE HISSE MA PREMIÈRE VOILE

Je me mis au travail. Sur ma table, devant moi, j'installai une photo de Hemingway en col roulé en guise de porte-bonheur. Une rame de papier, un stylo, et surtout le fol désir de rejoindre ceux que j'avais admirés. Cependant une sourde angoisse me taraudait : parviendrais-je à être publié ? Acquérir un statut d'écrivain était ce qui me préoccupait le plus. Étudiant peu assidu, fréquentant avec nonchalance la faculté de droit de la rue d'Assas, n'était-ce pas déjà ce que j'avais souhaité dans cette quête du bac, ce graal de la rêveuse bourgeoisie, un statut qui me posait en presque adulte, et m'introduisait dans cette zone intermédiaire si romanesque, si libre, avant d'être happé par l'impitoyable monde du travail. Il en était de même pour le roman que j'envisageais d'écrire. Je lui demandais d'être mon passeport pour accéder à la caste des écrivains. : une race de demi-dieux flottant entre ciel et terre. Ce roman, serait-il bon, serait-il mauvais ? Je ne me posais pas la question. Ce n'était pas une condition qui dépendait de moi. Et c'était une intuition ô combien intelligente. J'entrais dans un monde de prédestination où, comme pour les jansénistes, on est élu ou damné. Bon ou mauvais, je le chargeais de la seule mission qui m'importait : me conduire à cet idéal auquel j'aspirais. L'épreuve franchie, j'aurais tout le temps de me perfectionner. Balzac et sa déplorable *Héritière de Birague*, Maupassant et sa faible *Main d'écorché* n'avaient pas débuté autrement.

Ma panoplie littéraire était donc au point. Ne me manquait qu'une seule chose, une paille ! Un sujet. Un sujet qui fût à la hauteur de mon ambition. Hélas ils me semblaient tous pris par mes prédécesseurs. Ils ne m'avaient pas attendu pour se rendre maîtres de tous les filons imaginables. M'en avaient-ils laissé un seul par distraction ? J'en doutais. Honnête, bien que prêt à tout pour arriver à mes fins, je ne voulais pas comme Radiguet employer un subterfuge en plagiant *La Chartreuse de Parme*. Il me fallait un sujet bien à moi, qui, à lui seul, ferait pâlir d'envie ceux qui n'avaient pas songé à l'exploiter.

Après avoir inscrit sur une feuille une bonne dizaine de titres tous plus aguichants les uns que les autres, tel Jacques Rigaut, le malheureux héros du *Feu Follet*, ébauchant une centaine de romans sans parvenir à en terminer un seul, je me retrouvais très peu avancé. Pourtant il fallait bien que j'obtienne ce fameux brevet qui m'était indispensable. N'était-ce pas ma vie qui se jouait ? Le seul but pour lequel je me sentais capable de tout sacrifier. Mais souvent, dans l'existence, le destin se montre rebelle à vous concéder ce qui est le plus nécessaire. Mon impatience ne rencontrait que le vide de moi-même. Je me levais, je feuilletais un livre, espérant qu'il me procurerait le sujet tant désiré. J'allais à ma fenêtre. Mes appels aux dieux de l'inspiration demeuraient sans réponse. Puis un jour, de manière totalement inattendue, un sujet se présenta.

Je m'installai à ma table, j'écrivis quelques phrases et je fus soudain happé par l'écriture. Plus rien n'existait autour de moi. Tout mon être était mobilisé dans mon entreprise. Une sorte de transe m'illuminait. J'étais possédé par le feu sacré. Jamais je n'avais connu une telle ivresse. Cette tension de toutes mes facultés n'avait rien à voir avec les sensations que j'avais pu éprouver. Je puisais en moi à une source profonde qui me semblait infinie. Cet acte d'écrire n'était-il pas en soi miraculeux ? J'écrivais, j'écrivais enfin, comme avant moi Stendhal, Balzac, Tolstoï. Et cela n'était-il pas déjà en soi une réussite ?

Le sujet qui s'était si violemment imposé à moi ne brillait pas par son originalité. C'était l'histoire d'une amourette dont la trame m'avait été donnée par une déception amoureuse. J'étais conscient de ne pas détenir là une histoire particulièrement nouvelle. Mais, après tout, *Madame Bovary, Anna Karénine, Bel Ami* n'étaient pas des sujets qui brillaient par leur originalité. Réduits à l'os, ce n'étaient pas des thèmes époustouflants. Seul le génie de leurs auteurs leur avait insufflé une dimension supérieure. Le style, ce don du ciel, leur conférait une puissance et une profondeur qui laissaient sur place la banalité de l'histoire qu'ils racontaient. Mais ce style, l'avais-je ? Je préférais ne pas me poser la question. Cela me paraissait aussi inutile qu'en amour : quand on tombe amoureux d'une belle personne, à quoi sert de se demander si elle répondra favorablement à la passion qu'elle vous inspire ? On le saura bien assez tôt.

Le premier chapitre achevé, la nuit était tombée. Je n'avais pas vu les heures passer. J'étais harassé d'une délicieuse fatigue. Encore frémissant de l'opération magique qui s'était déroulée en moi, je me posai une question cruciale ; une question que je n'ai jamais cessé de me poser : étais-je en train d'écrire une œuvre géniale ou d'aligner une suite de banalités ? Avais-je extrait de moi-même une prose étincelante qui me vaudrait cette admiration immédiate qui avait salué Radiguet à mon âge, porté au pinacle comme un prodige par Cocteau ? Ou alors n'avais-je couché sur le papier qu'un filet d'eau tiède, un de ces inutiles bibelots d'inanité sonore chers à Mallarmé ?

L'un et l'autre étaient possibles. Mais qui pouvait me sortir de mon incertitude ? Au fur et à mesure que je me relisais, j'oscillais entre les deux hypothèses. Devant ma fenêtre grande ouverte sur la nuit glacée, je tentais de calmer ma fièvre. Les lumières de Paris ne m'apportaient aucune réponse. Le faisceau de la tour Eiffel qui balayait la nuit rythmait mes doutes. Quand j'étais au bord de l'accablement, j'essayais de puiser dans ma culture littéraire des exemples propres à me rassurer : des génies puissants n'avaient-ils pas eux-mêmes cédé au désespoir devant leurs œuvres qu'ils jugeaient injustement médiocres : Gogol détruisant le deuxième volume des *Âmes Mortes* ou Tolstoï jetant au feu le manuscrit de *Résurrection* sauvé in extremis grâce à Sonia, soucieuse des revenus du ménage, qui l'avait arraché aux flammes. L'ennui avec les génies, c'est que, comme avec les idiots, on ne peut attendre d'eux aucun enseignement.

Déjà je me posais cette question qui ne cesserait de me hanter. La folie du feu sacré qui m'habitait, comme elle avait habité tant d'autres avant moi, ne rendait-elle pas impossible tout jugement sur ce qu'on écrit ? N'était-ce pas le propre de la création de nous emporter dans des régions où l'esprit critique habituel n'a plus cours, où l'intelligence la plus subtile n'est plus un recours ? Se monter la tête, perdre la mesure de ce qui est raisonnable, n'est-ce pas inhérent à cette opération proprement insensée ? D'où parfois des œuvres médiocres enfantées par des géants qui ont subitement dérapé, ignorant qu'ils s'engageaient dans des entreprises où sombrerait leur talent. Leur enthousiasme même les aveuglait et leur jugement pourtant d'habitude si perspicace était impuissant à les dégriser. Ainsi Chateaubriand lui-même s'engageant dans *Les Martyrs*, monstre de rhétorique et d'artifice, ou Proust s'enivrant des mille pages du fade *Jean Santeuil*, avant de prendre conscience que dans ce livre il était absent de lui-même. Même terrible aventure avortée pour *La Défense de l'infini* d'Aragon ou pour l'apocalyptique premier roman de Flaubert. Qui peut se vanter d'avoir échappé à cet écueil où l'imagination créatrice, vraiment alors maîtresse d'erreur et de fausseté, égare le génie dans des impasses dont il ne prend conscience qu'avec du recul ?

La nuit était déjà bien avancée et je ne me sortais pas de ces doutes au cours desquels, ô orgueil ! je m'affrontais avec les plus grands. Je me remis à écrire. L'aube me surprit devant beaucoup de feuillets noircis. Vaille que vaille je devais continuer. La fatigue me terrassa. Je m'effondrai dans mon lit. Quand je m'éveillai, une impression de dégoût m'envahit comme après une nuit d'orgie, lorsque les vapeurs de l'alcool se dissipent. Mes rêves refluaient. L'inanité de mon projet rendait sa réalisation dérisoire. Pourtant, poussé par je ne sais quelle force, je me remis à mon manuscrit. Et le processus fou recommença. Je renouai avec l'enthousiasme.

La vie, étrangement, avait repris ses couleurs. Mes jours et mes nuits étaient hantés. J'étais fier d'être au diapason – sinon à la hauteur – de mes idoles. Ainsi j'avais le privilège de partager leurs transes, leurs illusions, leurs déceptions. Et qui sait peut-être un jour leur gloire ?

Trois mois plus tard, mes études de droit en avaient souffert, mais j'approchais du but. Quelle émotion de mettre le mot « fin ». Cela fut l'occasion d'une nouvelle ivresse. J'imaginais déjà tout ce qui allait advenir. Les rêveurs éveillés ont toujours plusieurs longueurs d'avance sur la réalité. Je la devançais avec fièvre. Deux éventualités se présentaient : devais-je me prémunir contre l'indifférence de ces futurs éditeurs en me faisant recommander par quelqu'un de la partie, ou plus loyalement leur adresser mon manuscrit par la poste ? Mon amie Sarah, la belle de nuit de ma chambre de bonne, m'y encourageait, n'était-ce pas ainsi que Le Clézio, dont le roman *Le Procès-verbal* faisait fureur, avait procédé ?

Ma mère tapa mon manuscrit à la machine sur une vieille Underwood. Elle avait beau sacrifier ses nuits à ce labeur, je m'impatientais de sa lenteur, m'irritant de ses fautes de frappe. Surtout je m'inquiétais de son jugement. Tout de suite elle me rassura : c'était le meilleur roman qu'elle ait jamais lu. Mais déjà naissait une autre inquiétude : pouvais-je la croire, elle d'une indulgence coupable pour tout ce que je faisais, qui allait en toute injustice jusqu'à me donner raison contre mes professeurs ? Ces affres sur l'impartialité d'un jugement, comment aurais-je pu deviner qu'elles seraient le lot de toute ma vie ?

Puis ce fut l'épreuve du feu. Par précaution j'inondai le monde de l'édition. Je déposai le manuscrit chez treize éditeurs afin de me prémunir contre les aléas de leur jugement.

Ce fut l'attente. Ni l'âge, ni la notoriété, ni le génie ne garantissent qu'un auteur sera vite lu. Je veux dire avec une rapidité égale à son impatience. Le temps de l'éditeur n'est pas celui de l'auteur. Et ma fébrilité était à la mesure de l'enjeu. J'attendais du destin qu'il m'apporte une réponse essentielle. Je me soumettais à une mystérieuse ordalie. Ce que je jouais avec ce livre, c'était tout simplement ma vie.

LA MÉLANCOLIE, CETTE FERVEUR RETOMBÉE

Un craquement de tout l'être. L'impression qu'on ne supportera pas le coup que le sort vient de vous porter. Un désespoir qu'aucun secours ne peut soulager. Qui peut se vanter de ne pas avoir connu un de ces moments où la vie vous prive de l'essentiel ? Ce qui vous était nécessaire pour respirer fait défaut. La vie elle-même si riche de promesses et de plaisirs se rétrécit, semblable à une mégère qui prend plaisir à vous rabrouer. On a l'impression qu'on ne s'en relèvera pas. Qu'après tant d'efforts pour maintenir la tête hors de l'eau, mieux vaut se laisser couler.

Je restai tétanisé, fixant une lettre. Elle m'annonçait que mon roman était refusé. J'étais accablé. L'espoir pourtant subsistait, tenace, contre toute réalité. Qu'en penseraient les douze autres éditeurs ? Il devait bien y avoir parmi eux quelqu'un auprès de qui je trouverais grâce. Bientôt, avec une régularité de peloton d'exécution, d'autres lettres confirmaient le verdict. Une seule indulgente, compréhensive, de Georges Piroué, chez Denoël, laissait entrevoir une lueur d'espoir : le comité de lecture était divisé. Lui penchait pour la publication, mais il se heurtait à une opposition. Pour tenter de forcer ce barrage, il avait demandé que l'on procédât à des lectures supplémentaires. Nouvelle angoisse. Nouvel espoir. Enfin Georges Piroué, avec d'affectueux ménagements, en me demandant de lui faire la promesse de ne pas me décourager, m'annonça un refus définitif. J'en fus presque soulagé. Le chaud et le froid m'avaient plongé dans un profond accablement. Désormais je savais à quoi m'en tenir. Mon seul espoir dans la vie s'effondrait. Et pourtant, en deuil de tant de rêves, il fallait vivre.

Dégrisé, vexé d'avoir nourri tant d'illusions qui s'effondraient, je m'en voulais de m'être monté la tête. J'y avais pourtant cru au point d'entrevoir cette félicité que représente la première publication d'un roman. J'en avais déjà presque goûté la délicieuse saveur. Jamais je ne m'étais senti aussi proche de la gloire et, entraperçue, elle s'enfuyait subitement. J'étais si près du but – ce que j'imaginais être le but – et soudain, comme Ulysse à la vue d'Ithaque qui déjà s'enivre de la joie du retour, mais que Poséidon repousse loin de la douce terre natale pour sept cruelles années d'errance, le bonheur m'était refusé.

Autour de moi, dans l'exiguïté de ma chambre de bonne, s'était formé un petit cénacle. Il rassemblait d'anciens camarades de classe, tous entichés de littérature, Bernard Lambert qui, lui, plus talentueux et plus chanceux, venait à dix-huit ans de publier un très bon premier roman, *Aimer Ailleurs*, Jean-Marie Turpin, petit-fils de Céline, qui m'emmenait prendre le thé rue Vaneau, chez sa grand-mère, première épouse vite délaissée de l'écrivain, Emmanuel de Roux, frère de l'écrivain, Girard de Ganay, grand aristocrate nonchalant qui avait en commun avec moi d'être désargenté en dépit d'un patronyme prestigieux, un mauvais carnet de notes, et l'espoir que la vie rendrait justice à ses rêves. Tous m'entouraient de leur chaude sympathie. Ils avaient partagé mes espoirs, ils partageaient ma désillusion.

Ce manuscrit avait circulé. Personne n'avait été ébloui. Mais il avait suscité autour de moi l'intérêt que, à cette époque – comme les temps ont changé –, on accordait à tous ceux qui, talentueux ou non, chanceux ou non, avaient la passion d'écrire. On les aimait pour leur idéalisme. Pour le risque qu'ils prenaient. Pour la promesse qu'ils incarnaient. C'est ainsi qu'Emmanuel de Roux servit d'intermédiaire pour rencontrer Guy Sitbon, créateur du *Magazine littéraire*, en quête de plumes pour sa revue. Il me fit écrire mon premier article.

Un premier article dans un journal. C'était merveilleux. C'était inespéré. C'était miraculeux. Pourtant, malgré ma joie de me voir publié pour la première fois, me restait dans la bouche un goût de cendre. Qu'était cette satisfaction en comparaison des illusions que j'avais perdues ? Si flatteur que fut ce succès – il faut avouer que je n'en avais pas connu d'autres –, il me semblait ne pas être capable, comme ce que je demandais à mon roman, de changer ma vie. De me donner des ailes, de m'emporter dans le seul monde qui comptât à mes yeux. J'aspirais à connaître le grand amour, ses folies, ses tourments, je n'avais droit qu'à la faveur d'une fille légère, séduisante mais volage, qui ne comblerait pas mes vœux.

Ce roman refusé, à la décharge des éditeurs dont les jugements sont si souvent contestés, je dois à la vérité de dire qu'il ne me fallut pas beaucoup de temps pour m'apercevoir qu'il ne valait pas un clou, pas un iota, pas un fifrelin. C'était même une aubaine qu'il n'ait pas été accepté. Sinon j'aurais couru le risque évoqué par Jacques Chardonne qui disait que publier un roman médiocre, pour un jeune écrivain, c'était « avoir un casier judiciaire ». Mon livre entrait dans cette catégorie de romans que j'ai évoquée dans lequel, par défaut de style donc de personnalité, l'écrivain semble absent de lui-même. L'essentiel manque donc à l'histoire qui peut être passablement racontée. Il n'est qu'une suite de phrases qui brodent sur du vide. Je frémissais donc à l'idée du désespoir, du suicide que j'avais évité. À quelles extrémités peut conduire de se monter la tête.

L'amour, de ce point de vue, possède bien des points communs avec la littérature.

Avant cette salutaire prise de conscience, j'avais fait lire ce roman à tous mes amis, en quête d'une possible reconnaissance. Parmi eux, à quelques jeunes filles qui étudiaient le droit et faisaient partie des réunions de travaux pratiques chaque semaine rue d'Assas. Un soir, dans une de ces salles sans charme, le jeune chargé de cours, trouvant mon devoir particulièrement mauvais, me prit à partie avec une violence inaccoutumée. Il me cingla de reproches et mit en pièces mon argumentation. Je laissai passer l'orage, habitué à ce genre d'humiliation. Soudain une jeune fille se leva, indignée. Elle prit courageusement ma défense. Je regrette de ne pas avoir retenu son nom. Elle lui lança : « Vous ne pouvez pas parler sur ce ton à quelqu'un qui sera un jour à l'Académie française. »

Cette intervention jeta un froid. Le temps passa. J'oubliai cet incident. Il serait resté enfoui dans une part obscure de ma mémoire si, trente ans plus tard, ayant réalisé l'étrange prédiction de la jeune fille, je n'avais reçu une lettre de ce professeur qui me demandait si par hasard je n'étais pas ce malheureux élève victime de son injuste admonestation. La scène alors me revint, intacte. J'écrivis à ce professeur. Nous déjeunâmes ensemble, heureux d'évoquer les temps anciens, les aléas de la vie et ses promesses si rarement tenues.

Deuxième partie

LES ILLUSIONS

LE CŒUR ARDENT DE LA BOURGEOISIE

Une sorte de château en plein Paris. Magnifique, royal, généreusement balconné, d'une blancheur qui lui donnait une vague ressemblance avec un énorme gâteau de crème fouettée, il imposait orgueilleusement sa façade sur le rond-point des Champs-Élysées. Construit d'après les plans d'un mégalomane qui ambitionnait de devenir président de la République, il rayonnait d'une manière splendide. Autant par son architecture que par sa puissance morale. Conçu pour être un palais, il était tout en salons de réception, en antichambres, en boudoirs, en salles à manger propres à éblouir ceux qui avaient le privilège d'y être invités. L'hôte, le parfumeur François Coty, n'avait pas lésiné sur les brocards, les tentures en velours frappé, la passementerie la plus coûteuse. On y pénétrait par un escalier monumental en faux marbre qui incitait à la révérence. Dans le vaste hall d'entrée, une énorme statue en bronze figurait Beaumarchais dialoguant avec sa muse. Par une bizarrerie de la fortune – la crise de 29 – qui avait pris au dépourvu ce grand capitaliste, sa demeure avait subitement changé de destination. Le propriétaire avait eu la lubie d'y installer un journal grâce auquel il comptait appuyer son ambition politique. Un journal qui avait certes un prestigieux passé, mais appelé à un plus grand avenir encore puisqu'il s'agissait du *Figaro*.

Aucune bâtisse n'était moins prédisposée à accueillir une rédaction. Comme ces palais de Saint-Pétersbourg désertés par leurs grand-ducs et grandes-duchesses que les soviets avaient investis, les transformant sans respect des lieux en tribunaux improvisés, en chambres de torture, en siège de la Guépéou, en hôpitaux ou en usines d'armement. De la même façon, l'immeuble du Rond-Point n'était en rien habilité à recevoir des journalistes, des secrétaires et encore moins des typographes barbouillés d'encre, relégués dans les caves avec leurs bruyantes rotatives, qui faisaient penser à la horde d'hommes sans aveu et de demi-cannibales que le capitaine Achab dissimulait dans les cales du *Pequod*.

La bourgeoisie avait là son château fort inexpugnable, d'où ses défenseurs pouvaient jeter de l'huile bouillante ou les traits de leurs arbalètes sur ses assaillants : les communistes, la C.G.T., les gauchistes et les amis de Jean-Paul Sartre. Il avait ses grands prêtres qui prononçaient des excommunications et lançaient des croisades. Certaines sont restées dans les mémoires, comme celle, fameuse, en faveur de l'abbé Pierre et des compagnons d'Emmaüs, montrant que ce journal avait le souci de la bienfaisance. Même si ses contempteurs ironisaient sur l'importance qu'occupait son « Carnet du jour », véritable institution, sorte d'arche sacrée de la bourgeoisie. On soupçonnait même certains mourants de retarder leur trépas, les jours de grève – car il y en eut –, afin de ne pas risquer de manquer l'insertion de leur décès. Impossible de mourir sans *Le Figaro*, ni de naître, de se fiancer et de se marier. Quant au mot « divorce » qui sonnait si disgracieusement aux oreilles catholiques, Pierre Brisson avait interdit son usage dans ses colonnes, avec le mot « suicide », ce qui contraignait à l'emploi de périphrases tarabiscotées.

Le Figaro était vraiment un monument. Il semblait à lui seul incarner la France éternelle. Du moins une grande part de sa classe dominante et éclairée. Fermement légitimiste, passionnément raisonnable, s'autorisant un grain de folie par le biais de la littérature et de ses écrivains parfois turbulents, comme Mauriac, il avait suivi sans trop de dégâts les méandres de l'Histoire : partagé au moment de Munich, acceptant Pétain avec résignation, comme la défaite, passant vite de l'enthousiasme à une sage modération ; Pierre Brisson, réfugié à Lyon, avait eu l'heureuse prescience de le saborder le 10 novembre 42, lors du débarquement américain en Afrique du Nord et de l'invasion de la « zone nono » par les Allemands. Finalement gaulliste puisque c'était le choix des Français, il l'était doublement, par reconnaissance envers le Général qui lui avait fait le cadeau de laisser le journal reparaître sous son titre : pomme de discorde, fossé infranchissable avec *Le Monde* qui, lui, avait perdu son titre *Le Temps*. Rivalité sourde entre Pierre Brisson et Hubert Beuve-Méry qui enrageait secrètement de ce péché originel et qui tentait de le faire oublier par un surcroît de républicanisme, un moralisme intransigeant, un légalisme janséniste qui allait l'amener à juger que de Gaulle était un pur dictateur, coupable de « forfaiture ».

Mis à part les communistes, avec lesquels il ne dialoguait que par l'intermédiaire du tout-puissant Syndicat des ouvriers du livre, toutes les familles d'esprit, toutes les opinions étaient représentées et s'exprimaient en pleine liberté, souvent grâce à l'immunité que donne la littérature, objet d'une dévotion particulière de Pierre Brisson : ainsi Jean Guéhenno représentait la fibre prolétarienne – il était fils d'un savetier –, la gauche raisonnable et l'athéisme discret. Les catholiques avaient la part du lion : les lecteurs avaient le choix entre André Frossard, nouveau converti qui mêlait le vinaigre d'un humour acéré à son eau bénite, le philosophe Jean Guitton, ami de Paul VI, seul laïc admis à Vatican II, qui à sa manière, onctueuse et pateline, cherchait à remettre Pétain en odeur de sainteté, le révérend père Riquet, prêtre progressiste dont on soupçonnait l'appartenance à la Grande Loge, le cardinal Daniélou, prélat philosophe. Et pour ne pas oublier les frères séparés, le pasteur Boegner. Le clan des anciens maréchalistes, discrets mais peu repentis, s'exprimait à travers des plumes brillantes et talentueuses, celles de Pierre Gaxotte ou de Thierry Maulnier, qui mêlaient une immense culture à un peu d'eau de Vichy. Côté littérature on avait affaire à des poids lourds : Jacques de Lacretelle, noble et grand vieillard, étonnamment beau, très sourd, promenait pesamment sa légende de personnage de la *Recherche* et d'ami de Proust, lorgnant les jeunes gens un peu avenants d'un œil aussi vert que son habit d'académicien.

François Mauriac, père, car il y avait aussi le fils, était une sorte de dieu bifide : journaliste éblouissant autant qu'écrivain de race supérieure, il jouissait à l'extérieur du journal d'une aura qui contrastait avec le moindre respect que les journalistes lui témoignaient à l'intérieur – sauf moi qui le regardais, ébloui, comme un dieu vivant. Ceux-ci se sentaient humiliés par son dédain de grand seigneur des lettres, qui ne saluait que les confrères de sa caste. À moins que comme Éric Ollivier, beau comme Apollon, ils ne soient ses protégés. Il leur témoignait alors une étrange tendresse, favorisant leur carrière, se laissant encanailler par eux dans les boîtes de nuit les plus interlopes, grisé de mêler sa gloire de Prix Nobel aux vapeurs alcoolisées de ces antres du péché qu'aucun académicien n'aurait osé fréquenter. Autre protégé, Michel-Pierre Hamelet, ancien syndicaliste, beau comme Alain Delon, que Mauriac avait connu à Marseille sur le port où il était docker et qu'il avait propulsé au *Figaro*. Avec l'âge, celui-ci avait pris du galon, mais aussi du poids, et perdu son charme d'éphèbe : devenu rédacteur en chef chargé des questions sociales, c'était un vieux matou, madré, un peu fripouille, mais chaleureux et bienveillant. Est-il utile de dire, puisque j'évoque la part immergée de ce grand écrivain, que ses relations avec ses protégés étaient tout à fait platoniques ? À travers eux, il respirait cette atmosphère de la jeunesse qui l'avait toujours enivré.

Mauriac journaliste donnait au *Figaro* une dimension supérieure. Son courage, ses combats, ses ennemis qui étaient nombreux, notamment en raison de sa campagne en faveur de l'indépendance du Maroc, évitaient à ce grand journal de s'enliser dans un confort ploutocratique. Il était un excitant, un piment qui relevait la salade parfois fade et conventionnelle des autres chroniqueurs, certes talentueux, mais d'un tempérament plus académique. C'était l'extraordinaire talent de Pierre Brisson d'avoir découvert Mauriac dès avant la guerre et d'avoir compris que ce grand journal bourgeois avait aussi besoin d'une plume plongée dans le vitriol, non pas gratuitement, mais au service d'un idéal. Il était le surmoi du *Figaro*. Ce chrétien déchiré s'embrasait pour toutes les causes où il décelait une injustice. C'était un égocentrique qui avait la passion des autres. Aussi son « Bloc-notes » reste-t-il un chef-d'œuvre. Étincelant de talent et d'humour, il montre la limite de l'opposition que certains font entre journalisme et littérature. C'est à l'évidence de la littérature, une forme de journal intime livré chaque semaine à la gourmandise des lecteurs.

Bien qu'absolument pas littéraire, Raymond Aron avait des points communs avec Mauriac. Ou plutôt un seul, finalement, car ils étaient totalement dissemblables. Comment ne l'aurais-je pas admiré ? J'avais lu *L'Opium des intellectuels* avec passion. Je le considérais comme un monument qu'on s'étonne de croiser dans les couloirs. Comme si je voyais soudain apparaître, sortant de l'ascenseur, la tour Eiffel ou l'Arc de triomphe en complet-veston. C'était une figure prestigieuse, une haute intelligence, qui servait de caution au *Figaro* : il était chargé de montrer au *Monde* que ce journal du soir n'avait pas l'exclusivité des grands intellectuels passés par Normale Sup, qui plus est ex-ami de Sartre et de sa bande. Mais, comme Mauriac, s'il était connu et admiré à l'extérieur du journal, il ne bénéficiait d'aucune cote d'amour auprès des journalistes qu'il traitait, sauf de rares exceptions, avec un souverain mépris. Il regardait cette engeance de l'air désolé d'un professeur devant des cancres indécrottables, un lumpenprolétariat peu diplômé, à la culture lacunaire et surtout à l'intelligence déficiente puisqu'il la jugeait selon le critère suprême à ses yeux : lui-même. Plein de la supériorité du professeur au Collège de France, ne condescendant pas à se donner la peine de vérifier son a priori, il nourrissait vis-à-vis d'eux une sourde animosité. Il ne parvenait pas à comprendre qu'une intelligence comme la sienne, saluée par de Gaulle – avec réserve –, Kissinger et Giscard d'Estaing, ne lui valût pas des journalistes pétrifiés d'admiration, à genoux devant lui, venant en délégation lui demander conseil. Il ne leur pardonnait pas ce manque de déférence à son égard, ni le crime de lèse-majesté de s'être toujours opposés, de manière constante et résolue, à ce qu'il devînt leur directeur à la mort de Pierre Brisson. Aussi malgré ses succès, sa carrière éclatante, Sorbonne, Institut, la vie lui laissait-elle un goût amer. Reçu premier à l'agrégation de philo, il ne comprenait pas pourquoi, en conséquence, il n'était pas le premier partout. Sous son accueil affable, on sentait obscurément que ce grand esprit trouvait humiliant de voir ses ambitions contrariées par des Lilliputiens. Cela augmentait son animadversion vis-à-vis des responsables de ce manque à gagner de pouvoir. Le destin lui donna l'occasion de prendre une éphémère revanche grâce au soutien qu'il apporta à Robert Hersant, mais il n'était pas de taille face à ce formidable joueur de bonneteau : il fut emporté dans la tempête qu'il avait suscitée croyant toucher enfin au but. Médita-t-il alors cette aporie philosophique : quelqu'un qui n'avait pas son bac avait été plus intelligent que lui ? Quoi qu'il ait pu dire, et il s'en défend mordicus dans ses Mémoires, c'était un affamé de pouvoir. Il l'aimait chez les grands qu'il côtoyait, et il aurait passionnément désiré en connaître les ivresses.

Descendons maintenant dans les soutes : là où se faisait vraiment le journal, dans cette rédaction qu'Aron avait tort de mépriser en bloc. Elle était bigarrée, composite, traduisant comme un plan géologique de toutes les strates de l'Histoire récente. Mais pour l'apprécier il fallait être romancier, s'intéresser à ces êtres qui, bon ou mauvais, talentueux ou médiocres, portent toujours quelque chose de plus grand qu'eux-mêmes. C'était une planche d'individualités exceptionnelles. Balzac, qui admirait Cuvier, aurait adoré.

Il était dirigé, formule impropre tant sa férule était paterne, hésitante, aimable mais sans grande consistance, par Louis-Gabriel Robinet, que *Le Canard enchaîné* affublait du sobriquet « Robinet d'eau tiède ». Celui-ci pondait des éditoriaux platement flatteurs pour le pouvoir en place, qui avaient la particularité d'être fades, inodores et sans saveur. Sans doute sa gentillesse, son affabilité lui nuisaient-elles dans un monde qui ne respecte que la force, et où la brutalité paraît synonyme d'énergie et d'esprit de décision ? Ancien adjoint de Pierre Brisson, autocrate qui n'aurait supporté aucun caractère fort près de lui, il était entouré de tous ses rivaux, épigones comme lui, qui, comme autant de barons, détenaient le pouvoir. Eux l'exerçaient, tandis que lui se contentait du rôle de juge de paix dans leurs conflits. Sans doute chacun d'entre eux attendait avec un mélange d'espoir et d'anxiété l'heure de la Némésis. De santé délicate, il était dans l'ordre des choses qu'il fût rattrapé par la fatalité biologique. Qui alors succéderait à cet homme délicieux, amateur de calembours, qui sentait le vétiver ? Car chacun était convaincu que, même si elle était dommageable pour le journal, cette situation de pouvoir incertaine était à l'origine d'un certain bonheur. On évitait les foucades, le favoritisme, d'un autocrate autoproclamé qui n'aurait pas eu le génie historique de

Pierre Brisson. La rivalité des influences et des ambitions créait, à la condition de jouer le jeu avec diplomatie et subtilité, les conditions d'une merveilleuse liberté. Une véritable douceur de vivre pour les journalistes qui bénéficiaient en plus de seize mois de salaire.

Réfugiée au premier étage, dans une suite de salons tendus de velours rouge, siégeait la rédaction du *Figaro littéraire*, sorte d'aristocratie qui ne daignait pas se mêler aux soutiers en charge des contingences, de la politique et ses relents d'affaires pas très propres, des faits divers et leurs prosaïques turpitudes, bref, de la réalité du monde. Eux évoluaient dans des sphères plus élevées, la poésie, le roman, la philosophie, la métrique décasyllabique et la prosodie pindarique. Sous la direction de Michel Droit, honnête écrivain, mais mal jugé de la gent littéraire pour deux tares inexpiables : son gaullisme, hérité de la 2e D.B., et une ambition académique maladroite, car trop visible. Quant à moi je ne lui aurais adressé qu'un seul grief : être un chasseur d'éléphants, activité que je place au plus bas des dépravations humaines.

Bien sûr déjà éclairé par la lumière particulière des futurs élus du destin, Bernard Pivot, chroniqueur talentueux, chaleureux, irrévérencieux, apportait un air frais de jeunesse turbulente. Car cette question de la jeunesse, vieille comme le monde, tourmentait ce journal de caciques, d'académiciens et d'antiques journalistes ayant déjà largement dépassé l'âge de la retraite. Les jeunes voulaient secouer le cocotier. Les vieux, accrochés comme des huîtres à ce prestigieux rocher, n'entendaient pas se démettre. Ils opposaient leur talent confirmé à l'inculture et à l'inexpérience des godelureaux qui voulaient les pousser dehors.

C'est par la grande porte de cet édifice impressionnant comme un mythe vivant que, frémissant et blême, je pénétrai un jour, plus mort que vif, me disant que quel que soit mon mérite, qui était mince, on ne m'attendait pas.

JE RENCONTRE MON VAUTRIN

C'était un quinquagénaire dont on aurait pu dire, sans son maintien empesé, qu'il portait beau. Altier, dressé sur ses ergots, mince mais avec un petit bedon naissant qu'il enfermait dans un indémodable costume croisé dont il laissait les pans ouverts, ce qui donnait l'impression qu'on lui avait greffé des ailes sur le thorax. Ces pans, il les rabattait brusquement pour signifier la fin d'un entretien. Le cheveu gris, presque blanc, avec des reflets argentés, sans une mèche rebelle ni un cheveu indocile, le teint rose – il rougissait facilement –, il émanait de lui l'impression qu'il voulait donner : celle d'un homme maître de lui, honorable, d'un grand bourgeois installé dans le confort de ses convictions. Une construction un peu laborieuse mais parfaite que parachevait l'imposante Mercedes conduite par son chauffeur. Sa culture vaste et superficielle semblait avoir été acquise non pas par goût, par plaisir, mais comme le décor indispensable dont ne peut se passer un grand bourgeois : intarissable sur des thèmes convenus, Venise, Pompéi, Rome, le musée du Vatican, ces lieux semblaient dans sa bouche comme extraits de fiches en papier glacé. Ayant à cœur de paraître un bon élève irréprochable, il passait pour un érudit auprès des journalistes. En revanche, ce qu'il ne parvenait pas à faire accroire – mais alors absolument pas –, c'était sa désinvolture. Les rouages grinçaient, cette mécanique plaquée sur du vivant ne parvenait pas à donner le change et laissait une impression de malaise. Il était coincé, invinciblement, emprisonné dans la gêne particulière à ces hommes contraints de dissimuler leur passé et leurs secrets. Vouant à sa mère un culte qu'elle lui rendait, ayant vécu loin d'une présence masculine, dorloté par deux femmes qui le considéraient comme la huitième merveille du monde dans un cocon tissé par l'idolâtrie et l'amour, il n'était pas prédisposé à affronter la rigueur rébarbative du monde réel. En dépit de ses efforts pour dissimuler les blessures de sa sensibilité, nostalgique d'une affection absolue, il s'y sentait en exil. Pour se protéger d'une affectivité qui était sa faiblesse secrète, il feignait l'impassibilité. Une armure qui l'isolait et le privait des ressources de la sollicitude et de la compassion. On le croyait froid, il brûlait.

Jean Griot, c'était son nom, appartenait à cette sorte de journalistes qu'une forme de discrétion, ou le penchant de leur nature, amène à œuvrer dans l'ombre, et qui sont les piliers d'un journal sans que l'importance de leur rôle n'en fasse des personnalités connues à l'extérieur. Ses articles, ses éditoriaux, car il était rédacteur en chef, étaient à son image, corrects, propres, soignés, mais sans la moindre personnalité, ni un trait d'esprit qui puisse renseigner sur lui-même.

Cette devanture, somme toute assez banale, dissimulait un personnage hautement romanesque. Mais lui-même semblait s'astreindre à effacer de sa personne toute originalité, s'appliquant à parfaire l'image conformiste d'un bourgeois assis, d'un notaire, d'un grand médecin, gommant tout ce qui risquait de révéler les caractéristiques d'un destin qui, sans être exceptionnel, comportait une part aventureuse. Aussi bien sa naissance hasardeuse d'enfant naturel que son parcours de résistant, sa traversée des Pyrénées en fraude, les épisodes qui l'avaient amené à devenir à Londres l'un des attachés de presse de De Gaulle.

Cet homme mûr, arrivé, c'était cet adolescent dont ma tante Victoria avait protégé la jeunesse ombrageuse, difficile, en butte aux remarques cruelles que lui valaient ses origines obscures. Élevé puis adopté par Jeanne Baudot, peintre, élève et amie de Renoir, celle-ci avait demandé à Jean Renoir d'être son parrain.

Dans la rédaction, il en imposait. Hautain, polaire, peu expansif, il ne possédait aucune des aimables caractéristiques des journalistes ; l'esprit de camaraderie, la bonne franquette lui étaient étrangers. On sentait que ce raffiné supportait mal la trivialité du coudoiement. Serrant les dents devant la moindre expression de vulgarité, son âme d'esthète semblait se blesser à chaque instant au contact des braves mais mal dégrossis pisseurs de copie placés sous son autorité. En dépit de ses efforts pour se montrer convivial, il glaçait son interlocuteur par sa réserve et une certaine morgue. Conscient de son déficit de popularité, il avait recours à des subterfuges pour donner le change. L'un d'eux, aussi artificiel et peu naturel qu'il l'était lui-même, consistait, quand il pénétrait à l'improviste dans une salle de rédaction, à donner une forte claque dans le dos au premier journaliste à portée : claque douloureuse, reçue d'autant plus désagréablement par celui à qui elle était infligée qu'elle était inattendue. C'était bizarre. Mais comment ne pas accepter cette lubie venant d'un rédacteur en chef à l'autorité incontestée ? Parfois salué par des rires complaisants et des sourires gênés, ce rite, qui visait à réchauffer l'atmosphère, laissait un froid. Puis une impression poisseuse, un malaise. Ce geste incongru semblait ouvrir au grand jour le tiroir caché d'un obscur secret intime.

Rien n'aurait pu laisser entrevoir qu'il était à cette époque dans une situation délicate. Il risquait ce que, dans sa discrétion et son effacement, il détestait le plus : être mêlé à un scandale. Dans une rédaction toujours inflammable aux ragots, cet incident pouvait nuire gravement à son autorité et à sa position conquise de haute lutte. Tout avait commencé par une affaire en apparence très secondaire : la mise à pied d'un jeune journaliste d'origine tunisienne par le chef de service des informations générales. Le jeune journaliste s'était rebellé, proclamant haut et fort que son exclusion était due aux avances non payées de retour de son chef de service. Situation délicate dans une époque et un milieu où l'homosexualité condamnait ses adeptes au silence et à la honte.

L'affable directeur, Louis-Gabriel Robinet, avait sur les bras ce genre d'affaire que détestent les chefs d'entreprise. Et lui particulièrement, qui se sentait si peu chef et prévoyait que cette fois il ne pourrait pas s'en tirer avec des calembours. Il avait tenté d'éteindre l'incendie en ménageant toutes les parties. Mais c'était compter sans la folie des hommes. Convoqué dans le bureau directorial, la célèbre rotonde qui ouvrait sur les Champs-Élysées, le chef de service en accusation, petit homme hargneux, la tête près du bonnet, au lieu de plaider la faiblesse humaine, n'avait rien trouvé de mieux que de se muer en accusateur, dénonçant tous ceux qui dans la rédaction, hypocritement, partageaient ses mœurs coupables en toute impunité. On imagine l'embarras de Louis-Gabriel Robinet, ce juge de paix ennemi de tout conflit, devant ce déballage d'accusations visant les hommes les plus honorables de la rédaction. Et au premier chef, l'intouchable, l'insoupçonnable Jean Griot. Il y avait là de quoi mettre le feu à la rédaction. Situation d'autant plus délicate qu'on soupçonnait un homme qui était la pierre angulaire de l'équilibre politique du journal. Il était en effet l'œil et le soutien de l'Élysée. Le pouvoir gaulliste s'appuyait sur lui pour qu'il évitât tout déviationnisme et contrebalançât l'influence du *Monde*, ouvertement d'opposition. Un rôle clé que ne pouvait assumer à l'évidence l'incertain Robinet, influençable maillon faible.

Jean Griot, imperturbable comme à son habitude, se contenta de hausser les épaules. Puis, expert en intrigues politiques, il sonna l'alarme auprès de ses amis haut placés. Quelques coups de téléphone au ministre de l'Information, au ministre de l'Intérieur, peut-être même au secrétaire général de l'Élysée, eurent pour effet de calmer immédiatement les esprits. On ne voulait pas en haut lieu risquer de perdre l'appui d'un homme aussi indispensable pour ce Clochemerle de gitons. Louis-Gabriel Robinet fut ramené très vite à la raison, au fond ravi qu'on lui imposât une marche à suivre qui mettait fin drastiquement à son penchant à l'hésitation. En conséquence, les perturbateurs furent illico mis à la porte et Jean Griot, renforcé dans ses attributions, vit le périmètre de son autorité visiblement accru. Le journal ayant échappé à la tempête put reprendre ainsi son allure de croisière.

Je débarquai sur ces entrefaites. Ma tante Victoria m'ayant chaudement recommandé, il m'accueillit dans son bureau avec toute l'affabilité dont il était capable. Il me scrutait intensément derrière ses fines lunettes d'une transparence étincelante, se demandant à quelle race de poulain il avait affaire : un léger Rubempré, dont les aspirations excédaient les moyens et qui s'effondrerait au premier galop, un fils de famille seulement en quête d'une devanture sociale pour dissimuler son inexistence ? Il essayait de sonder mon pedigree, cherchant à quelle branche de ma parentèle – qu'il connaissait bien – il pouvait me rattacher. Il craignait par-dessus tout que je ne fusse un de ces enfants gâtés, indolents, guettés par la nonchalance, qui l'encombrerait et gâcherait un crédit qu'il ne voulait pas employer inutilement. Un soupçon qui ne le quitta jamais, celui-ci à demi fondé, était que je ne choisissais le journalisme, sans véritable vocation, qu'en attendant d'être touché par la grâce littéraire. Mon rêve d'écrire lui apparaissait, sans qu'il le laissât voir, un de ces sables mouvants où se perdent sans retour tant de journalistes. Il m'observait, enviant ma jeunesse – cette jeunesse des garçons pour laquelle il éprouvait une particulière dilection ; il enviait que la mienne soit éclairée par la lumière d'une grande famille d'artistes, alors que la sienne, qui avait poussé solitaire sur un sol aride, n'avait eu pour avantage que de le préserver des facilités de ceux qui sont nés dans un milieu trop favorisé. Il ne me dissimula pas la chance qu'il m'offrait en me permettant de faire un stage dans ce prestigieux journal. Ce dont j'étais conscient. Il ne me cacha pas non plus qu'il était prêt à me soutenir, à la condition que je fisse mes preuves. J'avais l'impression de me retrouver devant un directeur de collège docte et bienveillant. Pour me montrer la spécificité de l'organe où il m'accueillait, il me proposa de commencer dès le lendemain, qui était un dimanche.

Je me retrouvai sur le terre-plein du Rond-Point un peu éberlué. La timidité m'avait privé d'une bonne partie de mes moyens. Je me remémorais le discours un peu convenu que j'avais préparé et que, paralysé par l'esprit d'escalier, je n'avais osé lui servir. L'avenir se présentait sous un doux soleil de printemps. Où tout cela me mènerait-il ? Je l'ignorais, mais je faisais confiance au destin.

ATTENTION AU DÉPART

La lumière artificielle qui tombait sur le fameux hémicycle de la Chambre des députés créait une atmosphère irréelle. Aussi irréelle que la lumière que mon imagination projetait sur ce lieu mythique. Cela ressemblait à un théâtre, mais c'était le théâtre de la vie. Tant de lois étaient élaborées ici qui régiraient les existences quotidiennes, tant d'ambitieux fourbissaient leurs premières armes, attendant la chance qui les conduirait sur le banc des ministres au premier rang. Les hommes qui étaient sur cette scène, gesticulant, s'apostrophant, plongés dans des dossiers ou lisant le journal du jour, jouaient un vrai rôle. Ils me semblaient enveloppés d'une aura particulière. Je leur attribuais des pouvoirs magiques hérités de la lecture des romans que j'avais aimés. Au point que ces députés à la face rougeaude, illuminée par le grand air de leur circonscription et la piquette de la buvette qu'ils fréquentaient assidûment, gauchement endimanchés, en général de peu d'allure, braves percherons cantonaux rarement éloquents, se contentant d'ânonner des proclamations creuses et sonores, me semblaient des demi-dieux se livrant à des pratiques mystérieuses. Le néophyte que j'étais leur attribuait l'intelligence d'un comte Mosca, les pensées d'un Machiavel, la rouerie cynique d'un Morny. Le bureau où siégeait le président de la Chambre, monument d'acajou chargé de symboles républicains, soutenu par des sphinges en bronze doré, était assailli par une nuée d'huissiers à chaîne d'argent qui, l'air affairé, voletaient d'un député à l'autre comme s'ils étaient chargés d'une mission de la plus haute importance. Les messages qu'ils portaient me semblaient contenir autant de secrets d'État que de rapports confidentiels nécessaires à la marche du pouvoir.

Le fond sonore de la Chambre était un brouhaha orchestré par cent conversations particulières, apartés, bruissements de journaux, micros enroués, semblable à une respiration océanique. Mais sous ce conglomérat de paroles et de bruits divers, on sentait de manière physique le murmure silencieux des digestions : des bataillons de sucs gastriques prenaient d'assaut les estomacs relâchés, s'attaquant au redoutable cassoulet, estoquant la féroce tête de veau sauce gribiche, tentant de venir à bout du trop crémeux paris-brest. La bouffe, copieuse, largement arrosée, semblait unir ces élus mieux que la République, mieux que la complicité dans de petits arrangements, mieux que l'arrogance d'avoir reçu l'onction sacrée du suffrage universel. Et la Chambre dans ces après-midi paresseuses méritait particulièrement son nom : les députés s'assoupissaient doucement sur leurs bancs, les mains croisées sur des estomacs en plein travail, bercés par la creuse et sonore liturgie parlementaire et la phraséologie monotone des orateurs. Quand soudain l'un d'entre eux se levait pour vociférer et lancer des imprécations, il ressemblait à ces dormeurs arrachés au sommeil par un cauchemar, qui s'agitent vainement devant un ennemi imaginaire avant de prendre conscience de leur méprise et de se rasseoir dépités.

Trônant sur le fauteuil présidentiel, très droit, empreint de toute la dignité de sa fonction, le buste bien pris dans son impeccable habit de cérémonie, le col étranglé par un nœud papillon blanc, Jacques Chaban-Delmas semblait vouloir démentir par une componction forcée sa réputation de légèreté, de bon vivant, de charmeur, ami des femmes et des plaisirs. Un fin sourire perçait sous le personnage encombré d'honneurs dont il n'était nullement dupe. Il avait trop connu la précarité des carrières politiques, les aléas du suffrage universel et l'impermanence des amitiés, de la vie, même – tant de ses compagnons de la Résistance avaient fini fusillés ou déportés –, qu'il en avait tiré une philosophie hédoniste en harmonie avec son tempérament jouisseur. Sérieux dans son patriotisme, sa religion de l'État, il l'était beaucoup moins sur les moyens de parvenir au pouvoir. Jésuite dans l'âme, il pensait que pour bien servir son idéal tous les moyens étaient bons, y compris les plus scabreux, fussent-ils à la limite de la légalité. Il n'avait pas hésité à les employer pour faire revenir de Gaulle au pouvoir. Le nouveau Richelieu ne lui en avait pas pour autant voué de gratitude, tentant de faire torpiller son accession au perchoir. Il feignait pourtant de l'avoir soutenu, comme Chaban feignait de le croire. Les deux vieux matous, experts en dissimulation, s'accordaient finalement dans cette fiction.

Quittant l'Assemblée, je me rendais par l'étroite rue de

Bourgogne à l'hôtel Matignon où j'étais accrédité. Autre spectacle. De la fenêtre de la salle de presse, surveillée par la pimpante Mme Servais, attentive aux intérêts du Premier ministre, Georges Pompidou, j'observais le va-et-vient des mystérieuses et silencieuses DS noires qui déposaient les personnalités reçues en audience : cela allait de Couve de Murville, raide et haut perché, d'un mutisme à toute épreuve, à Malraux qui, selon son humeur, se montrait non moins mutique, ou alors faussement débonnaire en voyant le petit groupe des journalistes se jeter sur lui tels des moineaux devant une distribution de graines. En réalité c'était plus par curiosité pour le personnage légendaire que pour en tirer la moindre information. Les affaires culturelles n'occupaient pas le devant de la scène en matière politique. Les syndicalistes se montraient plus coopératifs : Henri Krasucki, sur le perron, semblable à un vieil oiseau déplumé, répétait devant un micro ses litanies sur les méfaits du grand capital ; grand capital dont venait une heure plus tard défendre les intérêts Ambroise Roux, le patron du C.N.P.F., personnage chaleureux, populaire auprès des journalistes qui aimaient sa gouaille de bon vivant amateur de parties fines, mais aussi, ce qui est moins courant dans le haut patronat, de tables tournantes, de voyantes et d'astrologie.

Ayant fait mon plein d'informations, je m'en revenais au journal pour les mettre en forme. J'en profitais pour terminer une enquête de fond sur les sujets pas franchement affriolants dont on me gratifiait : réforme communale, réforme du Sénat, question du bicamérisme, finances locales, décentralisation.

Le mercredi m'attendait une tâche particulièrement

ardue : aller à l'hôtel de Clermont pour retranscrire les propos du porte-parole du gouvernement. Cet exercice d'équilibriste n'était pas sans danger. La moindre erreur de transcription pouvait être fatale. Se tromper sur un changement de taux de l'indice des prix, le taux de change, avait les conséquences des plus fâcheuses : la chute de la Bourse ou la démission d'un ministre. On avait ainsi vu des carrières brisées. La mise à pied immédiate, si on n'avait pas d'appui ou, dans le cas contraire, la mutation séance tenante dans les services culturels où par essence on ne commet jamais d'erreur, en tout cas pas de nature à faire chuter la Bourse ou provoquer la démission d'un ministre.

Léo Hamon rendait compte des délibérations du Conseil des ministres d'un ton monocorde, ânonnant un texte préparé, visiblement tétanisé à l'idée de mal interpréter les paroles du maître de l'Élysée, les questions, auxquelles il répondait avec angoisse, le mettaient au supplice. Et le pauvre homme n'était pas au bout de ses peines. Il lui fallut affronter la tempête de protestations qui accueillit la déclaration du Général après la guerre des Six Jours, sur « les Juifs, peuple d'élite, sûr de lui-même et dominateur ». Le pauvre Léo Hamon, le regard de biais, les lunettes embuées par l'appréhension, faisait penser à un futur martyr qu'on a poussé sans ménagement dans l'arène. Chargé de justifier le tohu-bohu médiatique provoqué par cette déclaration, il rapporta une phrase méprisante du Général sur les influences juives dans la presse. Ce fut un tollé. Les journalistes, inflammables comme de l'étoupe, décidèrent de faire la grève du compte rendu, abandonnant un Léo Hamon désemparé, et, étant juif lui-même, sûrement déchiré entre ses fidélités.

Je m'empressai de rentrer au journal pour rendre compte de l'incident. Vers sept heures du soir commençait alors mon rôle de vigie nocturne. Les journalistes quittaient le bureau pour dîner en famille, aller au théâtre ou à leurs amours, et je demeurais seul avec ce rôle essentiel, celui assigné aux oies du Capitole : prévenir le chef de service, qui rédigerait immédiatement un article s'il s'agissait d'une nouvelle importante ou, en cas d'évènement de première grandeur, mort ou démission ministérielle, reviendrait dare-dare au journal. Cela avait l'air simple sur le papier. Mais comment mesurer l'importance d'une déclaration, d'un évènement, par rapport à un autre, quand on est nouveau dans le métier et peu expert en matière de hiérarchie des informations politiques ? Combien de fois devant une dépêche suis-je resté perplexe, la main sur le téléphone sans oser appeler, de crainte d'entendre la voix pâteuse et agacée de mon chef de service tiré de son premier sommeil me dire en réprimant sa mauvaise humeur : « Non, ce n'est pas important, cela attendra demain. »

Un soir, alors que je m'apprêtais à aller dîner sur le pouce, brève récréation, j'avais déjà un pied dans l'ascenseur, l'huissier, M. Fontaine, un sympathique petit rondouillard, me tendit une dépêche d'un air malicieux : « À votre place, je n'irais pas dîner. » C'était la déclaration de Georges Pompidou, à Rome, annonçant se « tenir en réserve de la République ». Le chef de service cette fois ne fit pas la moue devant mon appel. Ce fut le branle-bas. Même Louis-Gabriel Robinet se déplaça. Je me demande si dans sa hâte il n'avait pas enfilé son veston sur son haut de pyjama. Je l'avais échappé belle.

Le poids de la responsabilité, trop lourd pour mes

frêles épaules, m'épuisait. Quand la voiture du journal me raccompagnait chez moi, à deux heures du matin, rue du Cherche-Midi, en compagnie des sténodactylos qui échangeaient des recettes de produits colorants, douce musique qui me berçait, je somnolais sur la banquette arrière. On me déposait place de la Croix-Rouge où se trouvait le Fiacre, fameuse boîte de nuit qui attirait le Tout-Paris gay de l'époque : j'avais parfois la surprise de me cogner à un ministre que j'avais croisé dans l'après-midi, cette fois en grande conversation avec un éphèbe vêtu de manière voyante, tout scintillant de bracelets et de bagues. Je passai devant lui raide de fatigue, feignant de ne pas le voir.

Chez moi enfin, dans ma garçonnière, j'ouvrais grand les fenêtres sur la nuit toute bruissante des feuilles d'un marronnier qui s'élevait dans la cour pavée et je respirais avec délice les effluves sucrés d'un vieux figuier. J'étais trop épuisé pour dormir. Les excitations de la journée me tenaient en éveil. Décidément, comme ce monde était romanesque ! Quelle chance j'avais d'en être un spectateur privilégié. Jamais je n'aurais imaginé qu'il existât un si vaste terrain de jeu où je puisse satisfaire l'appétit immense de ma curiosité. Bien sûr on m'accablait de travail, de plus un travail nouveau dont je ne maîtrisais pas encore les ficelles. Mon protecteur voulait m'éprouver. Intelligemment, il dosait sa bienveillance afin qu'elle n'apparût pas comme du favoritisme. Je devais apprendre à me débrouiller moi-même, à me sortir de ces situations difficiles que le journalisme sème à chaque pas. Pour la première fois de ma vie, je ne me sentais pas au-dessous de ma tâche, mais en harmonie avec elle. Ce métier était étrangement fait pour moi. Les carences qui avaient hypothéqué mes études se révélaient des atouts : mes lectures, mon goût pour l'histoire, mon vernis de civilisation grecque et romaine. Je faisais facilement les articles qu'on me demandait. Sans apparaître comme un phénix, je donnais toute satisfaction, comme on dit dans les lettres de recommandation. Ce métier qui me semblait avoir été inventé pour moi, je compris vite, aussi – intuition ô combien vérifiée –, que, si délicieux qu'il fût, il pouvait être gâché par de petits êtres sournois et malveillants, dont le but et l'utilité, comme ceux des insectes nuisibles, restaient un de ces secrets connus de la nature seule.

Parfois l'huissier, toujours le même petit rondouillard souriant, venait me trouver : « M. Gabilly voudrait vous voir. » Je m'exécutais. Marcel Gabilly était un des rédacteurs en chef mis sur la touche par l'ascension de mon protecteur et qu'on avait cantonné dans les affaires religieuses. Domaine qui à cette époque, au *Figaro*, était loin d'être négligeable. Il incarnait au journal l'aile conservatrice, réactionnaire et catholique qui avait dû céder la place au parti du mouvement, de la jeunesse, du modernisme que représentait Jean Griot. Son bureau, sombre comme un confessionnal, silencieux comme une sacristie, était encombré de livres religieux, d'encycliques, de lettres apostoliques. La revue *Études* des jésuites voisinait avec la *Revue des sciences philosophiques et théologiques* des dominicains, et la revue *Réforme*, organe des protestants. Légèrement dissimulé comme une revue froufroutante, *Le Canard enchaîné*, car ce saint homme avait un faible pour les ragots de la politique et plus généralement pour les faiblesses humaines. Son âme chrétienne restait cependant rebelle au pardon des offenses.

Sa disgrâce lui faisait remuer des pensées très peu catholiques. Aussi son bureau était-il l'officine des complots ratés et le repaire des conspirateurs en peau de lapin.

Il m'observait d'un air affable derrière ses lunettes fumées. Sur son bureau, encadrée, une photo dédicacée de Pie XII montrait en quelle estime on le tenait au Vatican. Voulait-il tirer de moi des renseignements sur mon protecteur, à qui il devait sa mise à l'écart ? Était-il seulement content de s'entretenir avec un jeune homme habillé convenablement, qui lui manifestait du respect, et dont les idées progressistes étaient contrebalancées par l'appartenance de son grand-père au tiers ordre dominicain ? J'étais un jeune acceptable. Il me plaisantait sur mes origines : « Béarnais, affable, flatteur et courtois, sur quatre le diable en a trois. » « Mais vous n'êtes pas flatteur », me disait-il en manière de compliment.

Où voulait-il en venir ? Sa personnalité énigmatique, un peu chafouine, toute en dissimulation ecclésiastique, ne se laissait pas facilement deviner. Il lui fallait pour arriver au but user de tout un cérémonial de prolégomènes, de prétéritions. Enfin il se dévoila. Il me tendit un bristol qui était une invitation à la conférence de presse que donnait la Grande Loge de France après son convent annuel.

« Vous connaissez ces gens-là ? » me demanda-t-il comme si on ne devait approcher cette diabolique engeance qu'avec d'infinies précautions. Il observa ma réaction. Rassuré, il me révéla l'objet de la mission qu'il me confiait : je devais me rendre à la conférence de presse, si possible me renseigner sur les journalistes du *Figaro* affiliés à cette obédience et venir lui en révéler la liste. Cela, bien évidemment, en toute confidentialité.

Si bizarre que fût cette demande, je ne m'en offusquai pas. La nature humaine dans sa variété a toujours provoqué en moi plus de curiosité que de jugement moral. Sur le pas de la porte, il me lança d'un ton ironique : « Si par hasard vous rencontrez le révérend père, vous le saluerez bien de ma part. » Le père Riquet, qui collaborait au *Figaro*, était connu pour sa proximité avec les francs-maçons.

Je remplis ma mission. Fort bien accueilli par le Grand Maître, étonné qu'un aussi grand quotidien ait délégué un de ses journalistes ; il me fit mille amabilités. Il m'interrogea sur mes centres d'intérêt. Nous sympathisâmes. Avec beaucoup de prudence, il me demanda si j'étais attiré par la franc-maçonnerie. « En quoi consiste cette appartenance ? » demandais-je. « Impossible de vous répondre, il faut y entrer pour le découvrir. » Et c'est ainsi que, mû par une curiosité que je ne lui dissimulai pas, je décidai de franchir le pas et d'être initié. Évidemment, ce n'était pas précisément dans ce but que Marcel Gabilly m'avait envoyé en mission d'espionnage rue de Puteaux. Mais les voies du Seigneur…

L'aridité des sujets traités, le sérieux des affaires politiques étaient parfois éclairés par un rayon de soleil. C'est ainsi que je vis arriver au journal une ravissante jeune fille blonde aux beaux yeux bleus que je pris pour une Suédoise, tant elle semblait libre, saine, sportive, nourrie de beurre frais et de lait concentré. Elle faisait un stage et j'étais chargé de la cornaquer. J'étais à peine plus âgé qu'elle. Je pris ma mission très à cœur. Un soir – j'avais fini par obtenir une soirée libre par semaine –, je l'emmenai dîner sur les bords de la Seine, à la terrasse d'un restaurant. C'était l'été. Une étrange douceur nous enveloppait. Un délicieux vin blanc nous montait à la tête. Nous entendions le clapotis de l'eau, parfois un bateau-mouche passait, actionnant sa sirène, et nous enveloppait de ses lumières. Je lui proposai une promenade sous les arbres. Il faisait plus sombre. La lune seule nous éclairait et sur cette lune, à cet instant – avec quelle émotion nous y pensions –, un homme marchait pour la première fois. Aucun baiser ne fut échangé avec un tel élan réciproque. C'était comme si tout nous poussait à nous étreindre, la douce nuit, le bruissement des arbres, l'air frais de la Seine, et cet homme qui marchait sur l'astre qui nous éclairait. Je serais bien resté toute la nuit figé dans cette étreinte. Soudain je l'entendis, et ce fut un autre rêve ajouté au rêve, qui me disait d'une voix douce : « Voulez-vous venir chez moi ? » Jamais je n'aurais osé formuler une telle demande. Et celle-ci comme par enchantement se présentait. La vie n'était-elle pas magique ? Soudé à ses lèvres dans le taxi qui nous emportait à Neuilly, je me demandais ce qui me valait d'être ainsi favorisé par le destin. Déjà mon imagination me préparait à savourer son long corps de Suédoise et les voluptés qu'il recelait. Merveilleux moment où l'on goûte le bonheur avec le sentiment béni d'une justice enfin rendue.

Avec quelle fièvre je montai l'escalier qui conduisait chez elle. Elle ouvrit la porte et, voulant sans doute vérifier qu'il n'y avait pas d'obstacle, me demanda de patienter sur le palier. J'obéis docilement, terriblement prêt pour le bonheur.

Soudain elle réapparut, le visage défait. L'air horrifiée, elle manifestait des signes d'affolement et de terreur.

« Mon beau-père est là. Il veut vous tuer. Partez, partez vite ! »

La foudre m'aurait frappé que j'aurais été moins saisi. Je dévalai l'escalier, et me mis à courir, regardant derrière moi si le fou furieux n'était pas à ma poursuite. Je l'imaginais armé d'un couteau. Je brûlai le boulevard Maillot et me retrouvai exténué, en nage, devant l'Hôpital américain. Que de suppositions ne fis-je pas pendant que je me voyais poursuivi par mon assaillant – plus folles les unes que les autres, mais en rapport avec la folie de ce que je venais de vivre : quels liens incestueux cette jeune fille avait-elle avec son beau-père pour provoquer une fureur telle qu'il veuille me tuer ? Ne devais-je pas prévenir la police pour la protéger contre ce dangereux pervers ? Pire, j'imaginais ce beau-père violentant la jeune fille pour se venger de l'amant qu'elle avait invité chez elle. Je délirais. N'y avait-il pas de quoi ?

Six mois plus tard, j'appris la vérité. La jeune fille, elle s'appelait Katherine Pancol, m'avoua qu'elle avait monté cette fable de toutes pièces. Ouvrant la porte, elle s'était retrouvée nez à nez avec son amant en titre et n'avait pas trouvé d'autre excuse pour se débarrasser de moi. Ce qui prouvait à quel point elle avait déjà l'âme romanesque. Il fallait l'avoir pour inventer ce beau-père fou furieux – en réalité un brave homme paisible – et pour me jeter dans cette course folle à travers le boulevard Maillot poursuivi par un fou furieux imaginaire.

Katherine et moi nous retrouvâmes le lendemain dans un lieu qui ne pouvait être que plus paisible. Six mois durant je m'attachai à cette jeune fille originale, à la fois sérieuse et fantasque, qui avait l'ambition d'écrire. Puis nos caractères se révélèrent peu compatibles. J'aurais pu lui dire ce qu'Yvonne Printemps disait à Sacha Guitry : « Comment voulez-vous qu'on vous épouse, vous vous êtes déjà épousé vous-même. » Ce qu'elle aurait pu me dire aussi. Égocentriques ? Non. Écrivains, mais nous ne le savions pas encore. Le futur auteur de *Moi d'abord* m'abandonna à l'improviste, me laissant le sentiment que, certes, elle ne m'avait pas apporté toute la ferveur amoureuse que j'aurais souhaitée, mais elle m'avait donné quelque chose de rare : un de ces moments romanesques où la réalité et le rêve se confondent et mêlent leurs folies.

ON A CONDAMNÉ L'AMOUR

Un jour, je lus dans un journal qu'à Marseille une jeune femme, une professeure, Gabrielle Russier, venait d'être inculpée pour avoir eu une liaison avec l'un de ses élèves, âgé de quinze ans. La nouvelle fit plus que de me frapper. Elle mit le feu à mon esprit. J'étais bouleversé. Loin de juger cette information avec la retenue habituelle, je flambai. Comme si c'était moi que la justice frappait. Ma vie qu'elle piétinait. J'étais cette femme, j'étais cet adolescent. Je ressentais douloureusement l'injustice qui transformait deux amants en délinquants. L'irruption brutale du Moyen Âge avec ses tribunaux ecclésiastiques, ses bûchers, ses chasses aux sorcières, dans le monde de Brigitte Bardot et des Beatles, avait quelque chose d'incongru et de barbare. La justice se trompait d'époque. Et aussitôt, comme libérés par ce drame, affluaient les souvenirs : des prénoms, Sarah, Janine, des visages, des corps, et les émotions qu'elles avaient suscitées resurgissaient en moi. Des femmes plus âgées que je ne l'étais alors, qui avaient ensoleillé mon adolescence de leurs tendres élans. Si différentes fussent-elles, elles étaient semblables, comme le sont les jeunes mères qui jettent leur dévolu sur des garçons de dix-sept ans, mêlant la tendresse maternelle à des étreintes certes coupables, mais non moins innocentes puisque c'est d'amour qu'il s'agit. L'amour qui purifie tout comme le feu.

Je me souvenais d'une nuit d'été, à Noirmoutier, dans une chambre tendue de toile de Jouy où dans la demi-pénombre j'admirais son long corps nu, semblable à celui d'une statue grecque ; un électrophone faisait entendre une chanson douce-amère de Jeanne Moreau : « J'ai la mémoire qui flanche ». Je me revoyais la quittant avec l'aube, essuyant la selle couverte de rosée de mon Solex abandonné dans une haie, l'enfourchant et, après avoir traversé le Bois de la Chaise parfumé par l'odeur des sapinettes, m'élançant sur la route qui serpentait au milieu des marais salants, tandis que le soleil levant rosissait leurs eaux dormantes. Quel souvenir émerveillé j'emportais de cette nuit, sa douceur brûlante, la tendre sollicitude de ces bras expérimentés.

Une autre femme tout aussi belle m'apparaissait dans l'odeur de saumure et de vieux cordages d'un garage à bateaux, dont les longs cheveux soyeux caressaient ma poitrine et mon ventre. Étreinte passionnée et maladroite qui devait se poursuivre, passé l'été, dans ma chambre de bonne, illuminant son austérité monacale et consolant ma solitude. Et cette autre encore aux longs cheveux blonds qui me faisait dormir sur un divan dans la chambre conjugale ; divan sur lequel au matin, son mari parti, elle venait me rejoindre. Quelle confusion des sentiments partageait ce cœur qui mêlait les tendresses de la mère et les voluptés de la femme ?

Que m'importaient ses raisons ! Je ne la jugeais pas. J'étais docile à ces fantaisies érotiques qui me semblaient plonger dans des mystères à jamais inaccessibles. Comme l'amour lui-même. Le titre d'un livre de Barrès me revenait : *Toute licence sauf contre l'amour*.

Comment n'aurais-je pas eu le désir de défendre ces femmes qui n'avaient commis d'autre crime que d'aimer ? Je brûlais d'exprimer ma révolte contre une société qui les mettait au pilori. Plein d'une fougue vengeresse, j'écrivis un texte que j'intitulai *Daphnis et Lycénion*. Lycénion était l'initiatrice qui avait fait découvrir l'amour à Daphnis avant Chloé dans le roman de Longus. Plus présomptueux que je ne l'étais habituellement, j'allai porter le texte à Jean Griot. « Je vous apporte une chronique », lui dis-je. Il me regarda d'un air incrédule et me doucha d'un « Vous voulez dire un projet de chronique ? ». La chronique de première page du *Figaro* était en effet une institution mythique, inaugurée à la Libération par un fameux texte de Paul Valéry, « Respirer ». Depuis, cet espace hautement convoité était réservé à l'aristocratie des écrivains, Jean Guitton, Pierre Gaxotte, Jacques de Lacretelle, André Frossard, James de Coquet. Aucun journaliste n'était admis dans ce club très fermé.

Le lendemain, mon protecteur me convoqua dans son bureau. Il avait un air guilleret qui contrastait avec sa froideur habituelle. « Devinez ce qu'on a pensé de votre chronique. » Le visage de mon protecteur s'éclaira, je le sentais heureux, pas seulement pour moi, pour lui. Les craintes qui avaient pu légitimement le traverser sur mon aptitude au journalisme se dissipaient. Il n'avait pas engagé son crédit en vain. Enfin il avait la satisfaction de montrer à ma famille quel Pygmalion il était, qui avait métamorphosé en deux ans un petit plumitif à l'état sauvage en journaliste reconnu. La chronique parut deux jours plus tard. « Attention, ne vous endormez pas sur vos lauriers », tint à me dire mon protecteur. Le professeur en lui reprenait le dessus. J'avais eu une bonne note, c'est vrai, mais je ne devais pas en rester là.

Ce texte publié, je mentirais en disant que je n'en tirai pas un peu de satisfaction. Pour la première fois, un article que je pouvais qualifier de littéraire était livré à un large public. Non seulement il paraissait à un emplacement flatteur, réservé à des écrivains reconnus, mais son contenu correspondait à cet idéal que je caressais : pouvoir défendre ceux qui ne possédaient pas les moyens de lutter contre l'injustice qui les frappait. En dépit de l'intérêt que je pouvais prendre à écrire des articles politiques, ils ne s'élevaient pas très au-dessus d'un banal compte rendu, d'une description ou d'une analyse plus ou moins affinée de l'actualité, ils ne mobilisaient pas en moi une fibre profonde. N'importe qui d'autre était capable de les écrire, avec plus ou moins de brio. Ils étaient interchangeables. Et c'est ce qui me frustrait. À quoi servait d'écrire, même dans le journalisme, si je ne pouvais exprimer quelque chose qui n'appartînt qu'à moi ?

Le lendemain de la parution de cet article, le téléphone sonna : c'était Jean d'Ormesson. On imagine mon émotion. Même s'il était bien loin d'avoir à cette époque la célébrité qu'il a pu acquérir par la suite, il occupait déjà une place dans le monde littéraire. Il possédait pour moi un prestige particulier : c'était un écrivain, tout ce que j'ambitionnais désespérément de devenir. J'y vis un signe. Il me semblait soudain qu'il jetait un pont vers mon avenir. Entre cet écrivain et moi, il n'y avait donc pas de barrière infranchissable ? Je ne croyais pas si bien dire. Quand il m'invita à déjeuner chez lui pour le surlendemain, sa proposition me procura autant de bonheur que d'angoisse. L'idée de le rencontrer me plongeait dans des affres : quelle conversation pourrais-je tenir dignement avec un normalien, agrégé de philo, et spécialiste de Spinoza ? J'ai raconté ailleurs ce déjeuner où il ne fut nullement question de Spinoza, car rien dans la vie ne se passe comme prévu. Ce Spinoza dont j'avais pourtant fébrilement relu *L'Éthique*, la nuit précédente, pour tenter de me mettre à niveau, ne me fut d'aucune utilité. En revanche je m'attirai les foudres de Jean-François Revel – présent à ce déjeuner avec d'autres notables des lettres –, dont j'avais provoqué la fureur en m'indignant de son idée folle de faire lancer une bombe atomique sur le Nord Vietnam. Mais cela est une autre histoire.

Dès lors, *Le Figaro* se mit à fonder de grands espoirs sur moi. L'invitation de Jean d'O, gendre d'un des deux propriétaires du journal, Ferdinand Béghin, ne m'avait certainement pas nui. J'étais jeune, et cette qualité au lendemain de Mai 68 avait son prix ; je mettais une cravate, et j'étais capable de faire le baisemain à Mme Robinet ; je semblais légèrement progressiste – ce n'était pas difficile – sans être pour autant un adepte chevelu de la révolution ; j'appartenais à une famille considérée – ce qui était important dans un journal où les rédacteurs se reproduisaient de père en fils, voire en petit-fils ; j'écrivais dans un français compréhensible ; enfin je montrais une culture classique de bon aloi en citant Longus, ce qui m'avait valu de L.-G.R. un mot délicieux, que j'ai gardé longtemps, dans lequel il me félicitait pour mon style « plein d'atticisme ». Plût au ciel que la race des Robinet, manifestant tant de sollicitude pour la jeunesse, ne disparaisse jamais !

Mon mérite, dans ce journal bien-pensant, était d'avoir réussi à aborder un sujet scabreux – une professeure qui couche avec un de ses élèves – avec suffisamment de sentiment littéraire pour que le lecteur ne s'étrangle pas à son petit déjeuner. L'une des clés du succès du *Figaro* résidait dans l'intelligence de Pierre Brisson qui avait su employer la littérature pour évoquer les sujets susceptibles de choquer certains lecteurs traditionnels : *Anna Karénine* permettait d'évoquer l'adultère, *Madame Bovary* le suicide, *La Condition humaine* le communisme. *Le Figaro* – Mai 68 oblige – ne voulait pas devenir l'organe des vieux croûtons. N'avais-je pas à ma manière rajeuni le vieux débat entre Créon et Antigone ? La loi sociale contre la loi naturelle. Ce déchirement, les lecteurs pouvaient le comprendre, en parler avec leurs enfants et même, le soir, dans les dîners en ville. J'étais la caution pour s'approcher du monde moderne avec précaution. Il est vrai que les articles de Pierre Gaxotte, pleins de nostalgie pour la France de Vichy, ceux de Lacretelle qui diffusaient les effluves délicieux du monde d'avant 14, et les broderies stylistiques surannées de Gérard Bauër, le fameux « Guermantes », n'y incitaient pas. Ils allaient vers le monde moderne, mais à reculons.

Jean Griot organisa alors chez lui, à Louveciennes, dans la maison que lui avait léguée l'ancienne élève de Renoir, Jeanne Baudot, un déjeuner d'une teneur hautement symbolique. Il illustrait pour lui comme pour moi une forme de consécration familiale et culturelle. Il avait invité Jean Renoir, son parrain, devant lequel le petit garçon déshérité qu'il avait été pouvait se montrer fier de sa réussite ; invité également ma tante Victoria et son mari Clément, fils de Julie et petit-fils de Berthe. Pour compléter ce tableau, il y avait moi ; moi dont la grand-mère avait été peinte plusieurs fois par Renoir. Jean Griot rayonnait. Par cette reconnaissance familiale, il accédait à un statut qui lui avait toujours manqué. J'étais là comme le symbole de cette adoption au niveau supérieur : j'étais l'enfant de ce miracle, celui grâce auquel il montrait qu'il était de plain-pied avec les membres de la famille impressionniste.

J'avais quant à moi un autre défi : celui de ne pas avoir l'air d'un idiot en face de Jean Renoir. Heureusement, j'avais vu tous ses films, que j'adorais. Cet homme, qui ressemblait à un gros bébé, un peu empêtré de son corps, avait l'esprit le plus fin et le plus agile. Le naturel qui fait le charme de son œuvre émanait aussi de sa personne. Je n'ai jamais rencontré quelqu'un qui portât sa gloire avec moins de prétention. Elle semblait même le gêner, tant il respirait la bonté et la modestie. Devant un tel homme, mon appréhension disparut. C'était la première fois que je rencontrais un génie et pourtant, miracle de la simplicité, il me semblait qu'aucune barrière ne nous séparait. J'avais l'impression de reprendre une conversation interrompue avec un vieil ami. Ses doutes, les nombreuses difficultés qu'il avait rencontrées dans son art, avaient une étrange parenté avec les angoisses de l'adolescence. Au soir de sa vie, il restait tel qu'il avait toujours été, émerveillé et insatisfait. C'était peut-être cette insatisfaction qui le rendait si accueillant à cet hommage de la jeunesse. Mais il était aussi sensible aux ramifications si romanesques que tissait ce déjeuner dans cette salle à manger qu'avait fréquentée Renoir, son père, qu'éclairaient sur les murs deux tableaux de lui. Reconnaissant aussi de l'attention de Jean Griot qui avait fait servir un fromage d'Époisses, village natal de sa mère.

Après ce psychodrame familial où Jean Griot et moi avions tenté d'apaiser nos traumatismes d'enfance, je rentrai au journal.

Loin de m'endormir sur mes lauriers, je cravachais. J'avais beau m'intéresser à la politique, je n'avais qu'un goût modéré pour ces messes obligées des séances de la Chambre, les attentes dans la salle de presse de Matignon, les congrès qui, de droite ou de gauche, représentaient des monuments d'ennui. J'admirais mes vieux confrères capables de citer tous les chefs-lieux de canton, experts de la carte électorale, vieux routiers qui se délectaient de cette atmosphère confinée, qui cheminaient leur train de sénateur loin de la vraie vie. Si compétents qu'ils fussent, je n'avais nulle envie de suivre leur exemple.

Cette affaire Russier ne m'avait pas laissé indemne. Quand celle-ci se suicida, j'en fus profondément affligé. On me laissa exprimer ma colère dans un nouvel article. J'avais touché à quelque chose de différent. Quel lien mystérieux, insoupçonné, y avait-il entre l'appareil de la justice et la littérature, entre l'injustice et l'amour ? J'étais troublé. Et au milieu de mes mille occupations, je sentais une forme d'insatisfaction. Un curieux feu brûlait au fond de moi. Si rassuré que je fusse de m'être extrait du risque de la déchéance que j'avais couru, je me sentais frustré de quelque chose d'essentiel. J'avais un livre au fond de moi qui ne parvenait pas à naître. Était-ce le journalisme, pourtant salvateur, qui y faisait obstacle ? Cette lutte sourde entre moi et moi devait me déchirer pendant de longues années. Il me fallait vivre avec un gouffre.

L'ÉNIGMATIQUE ARON AU BORD DU RUBICON

Mon champ d'observation ne se limitait pas à des explorations extérieures. J'avais sous la main au journal des personnalités de haut vol dont je pouvais faire mon miel. Certes, ils éclairaient les lecteurs du haut de leur magistère intellectuel. Mais moi j'avais la chance de les voir, de les écouter, et de tenter de comprendre leur idiosyncrasie. Au premier rang, la place qu'on lui accordait unanimement et qui était aussi celle où il se situait lui-même, un esprit supérieur qui avait damé le pion à Sartre à l'agrégation de philosophie : Raymond Aron. J'admirais ce géant de la pensée. Ce qui n'avait rien de très original. J'étais curieux de savoir comment cette haute intelligence allait se dépatouiller d'une situation particulièrement confuse : la longue grève des journalistes du *Figaro* qui, en 1968, intervenait à la suite d'un conflit entre le propriétaire, Jean Prouvost, et la société des rédacteurs. Allait-il se sentir déboussolé comme il l'avait été à Berlin devant la montée du nazisme, devant cette autre expression de l'irrationnel, que son esprit cartésien maîtrisait mal ? Car c'était une chose d'analyser avec une forme de génie l'œuvre de Max Weber, d'éditorialiser sur la guerre froide, la politique de Khrouchtchev ou celle de Kennedy, c'en était une autre de se mêler à une grève – qui n'était pas précisément dans la culture du *Figaro* – où s'opposaient le droit moral des journalistes et les droits non moins légitimes du propriétaire. De plus Aron, qui comprenait tout, comprenait la légitimité des deux parties, tout comme à Londres il avait pu rester pétainiste de raison tout en dirigeant le journal de la France libre. C'était certes un débat philosophique intéressant, mais les faits étaient là, pesants et chauds, avec leur terrible contrainte : il fallait choisir.

Sous les arguties juridiques, les grandes proclamations sur la liberté de la presse, se posait une question sur laquelle tout le monde butait : comment trouver un homme qui ait l'autorité et le génie manœuvrier de Pierre Brisson pour faire face au nouveau prédateur ? Et, pour parler crûment, Aron voulait-il se servir de cette occasion pour devenir directeur du *Figaro* ? Je défie quiconque, à la lecture de ses Mémoires, notamment du passage emberlificoté où il évoque longuement cette époque tourmentée, de se faire une idée claire de sa position. Pour moi qui l'observais venant humer l'atmosphère du Rond-Point, dosant savamment ses visites à L.-G.R., à Jean Griot, au président de la société des rédacteurs, Denis Périer-Daville, s'informant, analysant les communiqués de son œil de lynx, scrutant les forces montantes et les faveurs fluctuantes, j'avais mon idée : jamais courtisane n'a fait plus de minauderies devant un pouvoir sans s'apercevoir que celui-ci avait pris le parti de la dédaigner. Sans doute, s'il avait agi avec plus de franchise, virilement, en montrant son désir, et en regroupant autour de lui des fidèles d'un certain calibre – ce qui était impossible à ce solitaire qui redoutait la contradiction de manière presque maladive –, il l'aurait emporté, tant était grand son prestige et non moins grande l'aspiration à sortir de cette crise. Mais Aron était dans l'hésitation. Son intelligence était trop au-dessus des situations humaines simples pour les appréhender pratiquement. L'hésitation était sa patrie. Toute sa vie il était resté entre le yin et le yang. Un parti franc oblige à une abdication de l'intelligence qui était au-dessus de ses forces. Il voulait avoir toujours raison sur le papier – dans ses papiers –, mais la vie ondoyante et fluctuante n'était pas docile à ses volontés changeantes.

Mystique de l'intelligence, se croyant doté de l'infaillibilité pontificale, son mépris pour les journalistes était visible à l'œil nu. Il leur en voulait de ne pas tenir compte de ses oukases et de faire un journal qu'il jugeait incohérent. La pire injure pour ce rationnel. Il envisageait de rationaliser ce journal de la même manière que Spinoza avait organisé son *Éthique*, ou que Thalès avait construit son fameux théorème : sans laisser la moindre place à l'improvisation, à la fantaisie, à la vie. Un grand journal, par essence, s'il veut être vivant, ne peut pas être univoque, et se doit de donner la parole à des opinions et à des sensibilités différentes, même si dans les grandes occasions un éditorial donne la ligne du journal. Cette diversité était insupportable à Aron. En fait il ne supportait pas l'autre, le différent, l'opposé. Cela peut être compréhensible pour un dictateur, un professeur, un préfet, mais ce ne peut être en aucun cas la philosophie d'un directeur de journal. Éditorialiste, il bénéficiait d'une totale liberté d'expression, ce qui est légitime, mais il exigeait aussi, une fois qu'il s'était prononcé, que personne au journal n'exprimât un avis différent. Stade avancé de la paranoïa sur laquelle devait plus tard ironiser Jean d'O : « Paranoïaque, moi ? Ce n'est pas ma faute si j'ai toujours raison. » Son idéal de journal, au fond, c'était la *Pravda*. Mais une étrange faille de son génie l'empêchait de s'en apercevoir.

Le canon journalistique qu'il n'avait de cesse de vouloir faire adopter en vain par *Le Figaro*, c'était celui de la revue. Cette petite entité clanique, sectaire, brillante, qu'il avait expérimentée à Londres avec *La France libre* et plus tard avec *Preuves*, *Contrepoint* ou *Commentaire*. Un club d'amis choisis parmi ses admirateurs les plus talentueux ou ses élèves les plus doués, aux étroites affinités, sur lesquels il régnait sans partage. Acceptant la discussion sur les points de détail, mais ne remettant pas en cause les principes érigés par le guide suprême.

D'une certaine façon, dans son architecture mentale, il ressemblait à Sartre, son ami-ennemi. L'ascension fulgurante de Sartre et sa monarchie intellectuelle ne cessaient de l'irriter. Le Sartre politique, égaré dans l'hérésie totalitaire du communisme, ne proférait-il pas des monceaux de sottises, des litanies de contrevérités, des mensonges éhontés salués comme parole d'évangile, dont seuls quelques rares esprits contestaient la pertinence ? Mais Sartre et Aron se ressemblaient, dans ce sens qu'ils s'étaient construit un monde dont ils s'étaient institués les monarques de droit divin ; un monde qui tirait sa substance et ses thèmes du monde réel mais qui au filtre de leur pensée devenait purement imaginaire, bâti comme une idéologie, sans qu'aucun argument ne pût jamais les gêner, c'est-à-dire les contredire. Construction totalement mentale que trahissait chez Aron sa conception du journalisme. Julien Gracq parle quelque part de la « Stendhalie », on pourrait tout aussi bien parler de la « Sartrie » ou de l'« Aronie ».

Mais le monde de Sartre avait l'avantage, étant totalement littéraire, d'échapper au droit commun. C'est une particularité française que de permettre à l'écrivain de passer les bornes du raisonnable. C'est ainsi qu'on a pu admettre à des époques différentes la « folie » d'un Gobineau, celle d'un Maurras ou celle d'un Céline. Aron, très peu littéraire, avait du mal à admettre cette extraterritorialité qui exemptait son rival, lui qui avait son lot quotidien d'insultes, au point de mettre une certaine coquetterie à assumer son impopularité.

Pendant les deux semaines de cette grève, je l'observais donc, avançant d'un pas mesuré, l'air pénétré, ses grandes oreilles pendant comme celles d'un cocker ou du bouddha, habillé d'un vaste costume croisé dans lequel il semblait flotter. Jamais je n'aurais pu l'imaginer une raquette de tennis à la main, il avait pourtant excellé dans ce sport. Son caractère porté à l'interventionnisme avait trop longtemps horripilé les journalistes – il le reconnaissait lui-même, ils avaient souvent failli en venir aux mains – pour que ceux-ci regardent son ambition d'un bon œil. La situation était donc la suivante : il était impossible de ne pas considérer Aron sur le papier, étant donné sa notoriété, son prestige, sa haute intelligence, comme le directeur du *Figaro* idéal, et en même temps il n'était pas un journaliste, un responsable, qui ne jugeât cette éventualité comme la pire des catastrophes.

Même si ce tango entre Aron et les journalistes était

amusant à observer, le résultat de cette grève était facile à deviner. Tout se termina par un compromis avec Jean Prouvost d'où Aron fut exclu. On lui préféra le maintien de Louis-Gabriel Robinet qui, tout inexistant qu'il parût, avait au moins le mérite de ne pas vouloir faire le bonheur des journalistes malgré eux. Aron, ayant raté son 18-Brumaire, se retira sous sa tente, se disant que, puisque rien n'avait été réglé, son heure pouvait encore sonner.

LES BAS-FONDS DE LA POLITIQUE

J'étais à Lyon, cette ville qu'on dit antipathique à la poésie. Quelque part entre le Rhône et la Saône qui charriaient leurs eaux boueuses, loin de la colline de Fourvière et de ses fameux bouchons. C'était l'automne. Il y avait encore dans l'air des courants d'air chaud laissés par l'été. J'étais dans un bureau du nouveau palais de justice, un de ces bureaux modernes, anonymes et froids, qu'affectionne l'administration. J'avais devant moi un homme jeune, souriant, décontracté, qui ne correspondait absolument pas à l'idée que l'on peut se faire d'un magistrat. Ce substitut était, il est vrai, vice-président de ce Syndicat de la magistrature, né avec la vague de Mai 68, qui ambitionnait de rafraîchir un peu la routine judiciaire. Projet qui s'est largement dégradé par la suite, en raison de sa politisation outrancière. François Colcombet avait accepté de me recevoir sur la recommandation de mon ami l'avocat Thierry Lévy. Il entreprenait de m'expliquer ce qu'était la réalité de la prostitution. Car cette question était au centre de l'enquête que je devais mener à propos d'une affaire judiciaire dans laquelle des policiers et des proxénètes semblaient impliqués. Se refusant d'évoquer l'affaire en cours – il allait m'adresser au juge qui en avait la charge –, il lui paraissait plus intéressant de me brosser un panorama de cette prostitution sur laquelle je n'avais que des notions vagues, se résumant souvent à des clichés.

Au fur et à mesure que le jeune substitut me parlait, évoquant le contexte social où évoluait la prostitution, il me semblait qu'il touchait du doigt une question dont je soupçonnais l'existence, mais que, par paresse intellectuelle, je n'avais pas cherché à approfondir. Mes yeux se dessillaient. Il touchait à un problème qui me passionnait : l'envers de la politique. Les journalistes politiques, excellents professionnels, mais routiniers, dédaignaient de s'intéresser à ce qui sortait du cadre, du théâtre, de la grande comédie du pouvoir. Je voulais voir, moi, tout ce qui se dissimulait derrière ces apparences. La politique, telle que j'avais pu l'observer dans son train-train à l'Assemblée ou à Matignon, me faisait penser à un magnifique paquebot de croisière dont on admire la proue, le poste de pilotage, les transats, les canots de sauvetage, mais dont on ne voit jamais les cales et les ordures dissimulées sous la ligne de flottaison. Autant de secrets qu'il ne serait permis à aucun passager de voir tandis qu'ils voguent insouciants vers les îles bienheureuses de Bora Bora.

C'était une forme de sociologie, ou d'ethnologie, que soumettait à ma réflexion le jeune substitut. Approche nouvelle qui était d'ailleurs l'apport de ce syndicat : tenter de replacer la délinquance et la criminalité dans un contexte, une sous-culture.

Il m'expliquait en quoi tenait l'horreur de la prostitution, drame social puisque les prostituées se recrutaient essentiellement dans les milieux pauvres. Ces femmes déjà marginales, sans appui familial, ayant souvent un enfant à nourrir, ce qui les fragilisait encore, se trouvaient dans une situation proche de l'esclavage. Soumises à des proxénètes – la prostituée libre était une fiction –, elles devaient de plus composer avec la police qui les surveillait, cette promiscuité entre des hommes, gardiens de la loi et surtout de l'ordre, et des femmes souvent jeunes n'étant pas sans danger. Comment n'y aurait-il pas eu des abus ? C'était dans la nature des choses. Puisque la société, sans faire un effort pour comprendre le drame qu'elles cachent, voue à ces femmes un mépris ancien et toujours renouvelé. Ce mépris tirait son origine dans l'idée ancienne – vieille comme le monde – que les femmes de la bonne société étaient destinées à devenir des épouses, tandis que les autres, pauvres, seules, issues de milieux défavorisés, devaient être dévolues au plaisir. C'est pourquoi la bourgeoisie avait construit une sorte de barrière morale pour les cantonner dans des lieux ou des quartiers spécialisés. N'étant pas dignes de faire pavoiser la vertu, elles étaient l'objet d'une forme de damnation.

Restait la question troublante, à la fois philosophique et sociale : cette position de la bourgeoisie n'était tenable que parce que la prostituée, c'était l'autre, quelqu'un d'un milieu différent, éloigné – il ne serait venu à l'idée d'aucune bourgeoise de vendre son corps, du moins pas dans la rue. Ainsi la prostitution dépouillée de son caractère moral était ramenée à une question sociale. Cela donnait le vertige.

Je me rendis chez le juge Ceccaldi, à Bourg-en-Bresse, qui instruisait l'affaire objet de mon enquête. C'était lui aussi un jeune magistrat. Il sourit quand je lui donnai la version des faits qui circulait à Paris : cette affaire de corruption policière par les proxénètes n'était qu'un montage de la presse pour faire diversion, entacher la réputation du député, Édouard Charret, et permettre l'élection de Jacques Soustelle, en quête d'un siège. Prudent, ne pouvant ou ne voulant trahir le secret de l'instruction – déjà pourtant à l'époque une passoire –, il me mit sur la piste de personnes que je pourrais aller interroger à Lyon. Il m'indiqua qu'un journaliste, Jean Montaldo, préparait un livre et qu'il pourrait m'apporter un éclairage utile, si du moins je cherchais à savoir la vérité. « Ce qui n'est pas toujours le cas avec vos confrères », me dit ce sage avec un nouveau sourire. Je découvris vite que s'il y avait montage, il ne venait pas de l'extrême droite voulant disqualifier le député Charret au bénéfice de Jacques Soustelle, mais de la police de Lyon elle-même. Celle-ci, comme il arrive parfois, voulait en réalité dissimuler un scandale, qui ne touchait pas seulement aux liens incestueux entre le commissaire principal Javilley et les proxénètes, qui lui avaient offert des vacances tous frais payés sur la Côte d'Azur, mais à l'institution policière lyonnaise elle-même, jusqu'au sommet de sa hiérarchie. C'était toute la brigade qui avait pris ces mauvaises habitudes d'accepter des pots-de-vin des bordeliers et des proxénètes en échange de menus services ou, qui sait, de plus grands. Ils avaient été pris la main dans le sac par la police des polices. Je tenais là un sujet hautement explosif. Pour éviter tout démenti, je devais me montrer particulièrement méticuleux, n'apporter que des faits dont je détenais les preuves. Naïvement, je pensais que la révélation de cette affaire me vaudrait des félicitations égales à celles que m'avait values ma chronique sur la malheureuse Gabrielle Russier.

De retour au journal, je soumis mon enquête à Jean Griot. Celui-ci tarda à réagir. Je le sentais même, tout amical qu'il se montrât, gêné aux entournures. Puis arriva la bonne nouvelle : on publierait mon enquête. Satisfait, sans savoir que je dormais sur un volcan, j'attendis la publication avec fièvre, sachant qu'elle ne passerait pas inaperçue.

Le lendemain, ouvrant le journal avec l'appréhension qu'éprouve tout journaliste qui attend la parution de son article, je commençai à le relire lorsqu'un doute affreux me traversa : il manquait une information de taille. J'avais mis en cause le directeur de la police judiciaire de Lyon, fortement soupçonné de favoriser un échange de prostituées entre Lyon et Douala. Le passage avait disparu, mystérieusement envolé.

De méchante humeur, je déboulai dans le bureau de Jean Griot. Il m'accueillit avec toutes les marques de l'étonnement. Étais-je bien certain d'avoir maintenu cette information ? « C'est bizarre, me dit-il, comme c'est bizarre », semblant reprendre le rôle de Louis Jouvet dans *Drôle de drame*. « Je vais faire faire une enquête. » Pour plus sûreté, je décidai de m'informer auprès du prote, l'ouvrier du marbre. Il m'affirma que c'était sur ma demande qu'en pleine nuit on lui avait fait couper le passage incriminé. Je me sentis trahi.

Une semaine plus tard, pour donner corps à mes soupçons, on chargea un autre journaliste de retourner à

Lyon pour vérifier si, dans mon idéalisme de redresseur de torts, je n'avais pas pris quelques libertés avec la réalité. Celui-ci publia quelques jours plus tard un article qui démentait ce que j'avais écrit. On en revenait au scénario monté de toutes pièces par la police pour se disculper. Je passai quelques jours difficiles. J'ignorais alors, même si je commençais à les suspecter, les liens troubles qui existaient entre certains journalistes et la police. Jean Griot avait des nuits qui n'étaient certes pas aussi claires que ses jours. Était-il possible qu'il fût tenu par ses ombres ?

Sachant mon goût pour la littérature, on ne manqua pas de dire, comme on le répéterait par la suite quand j'aborderais des sujets tout aussi difficiles, que j'avais une tendance naturelle à romancer. Il est vrai que les raisons qui me poussaient à écrire ces articles ne visaient pas seulement à informer les lecteurs. Le fait divers en lui-même ne m'a jamais intéressé, comme il a pu passionner Jean Giono avec l'affaire Dominici ou Marguerite Duras avec celle du petit Grégory. Je n'aurais pas consacré dix minutes aux deux criminels étudiés par Truman Capote dans son livre *De sang-froid*. Seule une forme d'injustice me mobilisait.

Mais je venais enfin de publier mon premier roman, *La Fuite en Pologne*. D'avoir réussi cet exploit me dédommageait largement de mes déboires de journaliste. Je découvrais à quel point cette double vie me convenait : l'alternance entre une activité quotidienne toute bruissante d'actualité, qui avait les séductions et les inconvénients de la vie réelle, ses compromis, ses frustrations, et tout son contraire, ce monde du roman où je n'avais de comptes à rendre qu'à moi-même. Ce monde-là était loin d'être exempt de souffrances. Avec les réalités on sait contre qui on se bat, avec les rêves on devient son propre adversaire.

LE TERRORISME EST-IL UN HUMANISME ?

Je ne connais pas d'air plus doux, plus suave, à la fois tiède et parfumé par le foin coupé et les bouses de vache, que celui qui caresse à l'automne les vallées du Pays basque. Assis à la terrasse d'un vieux restaurant aux meubles cirés du village d'Arcangues, brillant de tous ses cuivres et parfumé de ses jambons suspendus aux poutres, j'avais l'impression que ce pays idéal était fait pour qu'on y passe ses derniers jours, qui nourriraient un délicieux regret de la vie. Les montagnes d'un vert cru, doucement potelées, faisaient penser, comme disait Toulet, à un corps de femme qui a le frisson. La paix régnait ici, une paix infinie rythmée par le murmure du gave et les cloches des vaches à longues cornes. L'homme avec qui je parlais, délicieux vieux monsieur, aux manières surannées, vêtu à l'ancienne mode, était pourtant considéré comme un dangereux terroriste. Terroriste, il l'avait sûrement été à sa manière puisqu'il avait été ministre du gouvernement basque pendant la guerre civile. Devant une piperade, nous évoquions mon enquête consacrée aux révolutionnaires basques espagnols que la Guardia Civil était venue cueillir en territoire français au mépris du droit international.

Les faits s'étaient déroulés à Ainhoa, village frontière, où des témoins pourraient me confirmer les incursions de la Guardia Civil. Nous nous y rendîmes. Les personnes interrogées, le patron d'un café, un conseiller municipal, des joueurs de pelote basque, se montrèrent loquaces. Ce qui m'impressionnait chez eux, ce n'était pas seulement l'accord parfait avec lequel ils évoquaient ce scénario, c'était l'extraordinaire solidarité qu'ils manifestaient. Ces hommes, grands, forts, virils, avaient pour leur pays une passion qui, comme la Guardia Civil, mais pas pour les mêmes raisons, traversait la frontière. Cette forme de patriotisme était émouvante. Le monde moderne qui aplatit tout, détruit les coutumes locales, et développe un anonymat fade, s'était cassé les dents contre ce peuple fier de ses traditions. Basques français et espagnols communiaient étrangement, même si les conditions qui leur étaient faites de chaque côté de la frontière étaient bien différentes. Différent aussi leur comportement : la violence meurtrière qui animait les nationalistes en Espagne n'avait rien à voir avec les bombinettes épisodiques que les Français faisaient exploser devant la préfecture de Bayonne, à une heure où on était certain de ne faire aucune victime.

C'était la Suisse, mais une Suisse où les placards étaient bourrés de bombes, de dynamite, de mitraillettes et de bazookas. Une véritable armurerie dans laquelle les militants basques de l'E.T.A. n'avaient qu'à se servir. Sous des airs de braves gars innocents, leur parler rugueux, leur passion pour la pelote, ces Basques dissimulaient une détermination que leur carrure imposante et leurs bras musculeux ne donnaient pas envie de mettre en cause. J'allai rendre visite à l'abbé Larzabal, figure légendaire de la lutte armée, moine-soldat qui dans son presbytère abritait des garçons silencieux, taciturnes, le regard perdu dans des projets qui n'avaient rien d'innocent, le genre de citoyen qu'on n'aurait pas aimé rencontrer au coin d'un bois. Tous s'indignaient de la tolérance des autorités françaises à laisser la Guardia Civil opérer des arrestations illégales sur le territoire français. Il était évidemment cocasse de voir ces terroristes se prévaloir du droit. Mais après tout leur indignation était justifiée. D'autant que Franco régnait, sa police torturait à qui mieux mieux. Pour un admirateur de Malraux comme moi, il y avait donc matière à écrire un article. Mais il me manquait l'essentiel. J'avais beau être un romancier, comme on me le reprochait, je n'avais aucune preuve. Et même si je passais la nuit à Ainhoa, j'avais peu de chance de prendre sur le fait les sbires de la Guardia Civil.

J'appris alors qu'un ambassadeur, directeur de l'Ofpra, venait de mener une enquête sur ces agissements et qu'il rédigeait un rapport pour son ministre. Quand on est journaliste, c'est le genre d'aubaine dont on rêve : pouvoir faire confirmer les éléments d'une enquête par un inspecteur officiel. Je me mis donc en quête de cet ambassadeur. Inutile de dire que j'eus du mal à avoir son adresse puis, quand je l'eus enfin au téléphone, à obtenir un rendez-vous. Il craignait de tomber dans un piège tendu par les Renseignements généraux, car Affaires étrangères et ministère de l'Intérieur étaient en délicatesse, comme à l'accoutumée.

Enfin je me trouvai face à l'ambassadeur, qui m'avait donné rendez-vous dans un café. Ce M. Pons me plut immédiatement. Ce grand résistant, un des rares du Quai d'Orsay – il n'y en avait eu que trois –, en raison de singularité et de son activisme à la tête de l'Office des réfugiés politiques, était modérément apprécié. D'autant que ces incidents risquaient de mettre en péril des intérêts de haute politique : la vente de Mirage à l'Espagne. L'ambassadeur, charmant, mais laissant voir des signes d'inquiétude, donnant l'impression qu'il se demandait si les RG n'avaient pas dissimulé un micro sous sa tasse de café, fit un geste d'une folle imprudence. Il sortit de sa serviette le fameux rapport confidentiel. Comme dans les films, il me demanda de le détruire après l'avoir consulté.

Avec quel appétit je me jetai sur ce brûlot. Tout y était. Les témoignages, le rapport du sous-préfet, les procès-verbaux de la gendarmerie. Je n'avais plus qu'à retranscrire ce document en y rajoutant un peu de couleur locale. Restait le plus dur : publier l'article. Bizarrement, il passa comme une lettre à la poste. Max Clos devait être en vacances. Ce fut immédiatement un esclandre.

Louis-Gabriel Robinet me convoqua dans son bureau. Il était fragile, amaigri, son col de chemise flottait sur son cou ridé. Souriant, il me fit asseoir : « Ce n'est pas bien ce que vous avez fait là. » Et, mi-sérieux, mi-rieur, il me raconta les coups de fil de protestation que lui avait valus mon article. Je l'écoutais avec respect. Je ne partageais pas les critiques dont il était l'objet. Certes, ce n'était pas un aigle. Mais il y a beaucoup d'oiseaux qui ne volent pas très haut dans les rédactions. Son souci avait été de maintenir tout ce que ce journal avait engrangé de talents : c'était déjà beaucoup. Ce qui lui nuisait, c'était sa gentillesse. Personne ne le craignait. Il était attentif au bonheur de chacun. Il faisait durer l'entretien. Puis se levant, il se dirigea vers le planisphère, symbole de l'ambition internationale de ce grand journal et, avec une règle, me désigna quelques positions stratégiques. Je l'écoutais : il parlait de l'Espagne, des relations internationales. Mais peu à peu ma pensée s'envolait, comme dans un bain chaud, seule restait la courtoisie qui émanait de ce vieux monsieur, journaliste à l'ancienne mode, et qui allait mourir. Il me raccompagna à la porte et me tendit une main molle et fiévreuse : « Alors, c'est promis, la prochaine fois, vous venez me demander conseil. » Et de son index levé, tout en souriant, il fit mine de me gronder. Il n'y eut pas de prochaine fois. Il mourut deux mois plus tard.

LE MINOTAURE DE SPETSAI

J'ai toujours cru que les rencontres étaient les messagères de la destinée. Aussi je ne me suis jamais rendu à un rendez-vous sans nourrir l'arrière-pensée qu'il pourrait changer ma vie. C'est dans cet état d'esprit que je me retrouvai dans l'île de Spetsai, fraîchement débarqué du *Miaoulis*, après une nuit passée sur le pont des troisième classe. Allongé sur un mauvais transat, traité pis qu'une bête par les marins grecs, qui sont dans l'échelle humaine ce qu'on peut trouver de plus grossier et de moins serviable, j'avais eu le temps de dorloter mon rêve sous la voûte étoilée. Je voulais rencontrer un écrivain que j'admirais. Et déjà, comme dans les prolégomènes des rencontres amoureuses, j'imaginais l'accueil qu'il allait me faire. J'avais eu le temps, depuis Paris, d'envisager la façon dont il allait me recevoir. À dire vrai, je m'étais mis à sa place tel que j'aurais été si, écrivain connu, sans pour autant être célèbre, je voyais débarquer un jeune homme venu m'exprimer son admiration pour mon œuvre. Fiction d'autant plus grande que je n'avais pour tout bagage qu'un roman refusé et une recommandation un peu vague. Avec quel empressement je serais allé à sa rencontre, avec quelle chaleur je l'aurais traité, certain que cet instant resterait pour lui inoubliable. Car les enthousiasmes de la jeunesse sont en matière littéraire un bien irremplaçable. Ce n'est qu'à vingt ans qu'on admire vraiment, qu'on est prêt à se faire tuer pour l'écrivain qui a trouvé, au milieu de tant d'autres, le chemin de notre cœur.

Michel Déon n'avait pas encore à cette époque la notoriété qu'il a acquise plus tard. C'était un romancier dont la réputation se limitait à des succès d'estime, ce qui signifie qu'il recueillait les éloges de quelques critiques sans obtenir l'adhésion de la foule des lecteurs. Ce repli discret lui conférait le charme et l'attrait particuliers de ceux qui sont choyés par une élite. J'avais l'impression de m'immiscer parmi les happy few.

Les circonstances étaient idéales. Le port de Spetsai n'était pas encore envahi par les hordes de touristes. Une joliesse italienne avait laissé son empreinte dans cette île des Sporades. Je ne sais quoi de dansant, quel air de mandoline flottait dans la brise tiède. Des voitures à cheval toutes tintinnabulantes de grelots parcouraient la baie. L'énorme *Miaoulis* semblait incongru dans ce décor d'opérette. Il se dégageait pesamment du môle, avec des mugissements de vapeur, restituant sa paix à ce port tout en douceur. Malgré la fatigue, le soleil impitoyable, je me sentais délicieusement bien. Je savourais dans sa plénitude le roman que je m'étais construit. Il n'y manquait rien. Et c'est enveloppé de cette impression d'accord parfait entre mes songes et la réalité que je hélai un fiacre qui m'emporta à toute allure à l'extrémité du vieux port, à l'autre bout de la baie. Michel Déon habitait là, une maison cubique toute blanche. Non loin, une scierie diffusait des odeurs rassurantes de sciure qui se mêlaient à celles des vieux cordages et au fort remugle de poisson émanant des filets de pêche séchant au soleil.

C'était l'heure de vérité. Comme le cœur me battait. Il me semblait qu'il allait sortir de ma poitrine. Une sourde appréhension m'accablait soudain. Mon audace m'apparaissait dans toute sa folie. Je n'avais écrit aucun livre, sinon celui qui avait été refusé par treize éditeurs, et pourtant, terrible présomption, je me sentais écrivain. Mais ce n'était pas visible à l'œil nu. J'avais la superstition chevillée à l'âme qu'un fil invisible reliait tous les écrivains, que ce soient ceux qui avaient la chance, le talent d'être publiés, ou ceux qui comme moi y aspiraient de toutes leurs forces. L'ensemble formait une fraternité. N'était-ce pas ce lien qui avait mystérieusement réuni, à l'aube de leurs œuvres, Rimbaud et Verlaine, Valéry et Pierre Louÿs ?

Michel Déon était devant moi, buvant un ouzo dans la fraîcheur d'une taverne. Plutôt petit, le visage buriné par le soleil, les lèvres minces, son physique banal n'exprimait rien des tumultes et des affres de ses romans. Il était l'exact opposé de l'écrivain que j'avais imaginé. D'un contact parcimonieux, peu loquace, répondant d'un œil morne à mes effusions d'admiration, il semblait plus gêné que moi, ne faisant rien pour me mettre à l'aise et briser la glace qui s'installait entre nous. Je parlais, tentant d'écarter ce silence qui nous menaçait. Et plus je parlais, de ses amis de Paris, des écrivains qu'il avait connus, pensant que ces liens nous rapprocheraient, et plus son visage s'assombrissait. Voulant à tout prix reculer le démenti que toute sa personne opposait à mon rêve d'être reconnu par lui comme un frère en littérature, du moins par mes aspirations, je fuyais dans les mots, les citations, le déploiement de ma culture, le moment inéluctable où il allait mettre fin à notre entretien. Où était le signe que j'avais attendu de lui ? Il me fallait, tout en m'étourdissant de paroles, refaire à l'inverse le chemin d'illusions que j'avais parcouru. L'obscurité descendait sur moi. L'enthousiasme qui m'avait enfiévré se transformait en bile amère. Il n'y avait plus ni soleil, ni la brise tiède qui caressait ma peau, ni la joliesse du vieux port. L'île de Spetsai tout entière, que je m'étais fait une joie de découvrir à cause de lui, prenait des allures de deuil.

Un déjeuner auquel, sans doute pris de scrupules, il me convia, se révéla tout aussi glacial. Et quand je lui annonçai mon départ précipité, espérant réveiller en lui je ne sais quel remords, il me sembla que c'était la seule bonne nouvelle que je lui avais apportée.

Pourtant nous nous revîmes souvent par la suite. J'avais pris mon parti de son indifférence, voire de l'agacement que je lui inspirais. J'avais renoncé à émouvoir la statue de sel. Pendant longtemps je m'écartai de ses romans avec une terreur sacrée. Je craignais de ne plus les lire dans l'enthousiasme qu'ils m'avaient inspiré.

Et puis, nos destins étant mystérieusement liés, il se retrouva juré au prix Interallié que j'obtins. Il est de coutume que l'éditeur réunisse, le soir du prix, dans un restaurant, jurés et amis du lauréat. Je lui demandai de venir à la fête. « Je ne sais pas si je dois accepter, me dit-il, je n'ai pas voté pour vous. » Croyait-il que je l'ignorais ? Si blessé que je pusse l'être par la défection d'un écrivain dont je me sentais si proche littérairement, je m'efforçai d'être au-dessus de ma déception. Pourquoi l'admiration, comme l'amour, devrait-elle être forcément réciproque ? De ce premier succès assorti d'une déception, je tirai une leçon : je devais faire taire le stupide amour-propre qui me poussait à exiger des hommes que j'admirais qu'ils soient à la hauteur de mes rêves. La vie ne nous accorde jamais tout en même temps. Elle s'acharne même à reprendre une partie de ce qu'elle nous donne.

Geneviève Dormann allait m'apporter une autre sorte de déconvenue. C'était, elle, un sacré personnage : toute d'une pièce, provocante, drôle, aimant les farces et pas forcément les plus raffinées, nouant des amitiés passionnées et des haines toutes aussi irraisonnées, passant parfois de l'une à l'autre de manière lunatique, elle portait la flamme de la droite comme une Jeanne d'Arc qui, plutôt que de se livrer au bûcher, aurait rôti le balai. De cette droite à la Nimier, elle tirait son antigaullisme virulent, son dogme sur l'Algérie française, ses accès de fureur contre Sartre et « la Beauvoir », qui occupait une place particulière dans ses exécrations. Ayant la religion de la femme au foyer, qu'elle n'était pas, se passionnant pour la broderie anglaise et les plats mitonnés par les grands-mères, image qui contrastait avec sa fougue d'aventurière, c'était une furie d'un genre original. Injuste et généreuse, brave fille et peste à la fois, elle était une de ces créatures dont on peut tout attendre. Des élans de générosité insoupçonnés et des coups en vache tout aussi imprévus. D'ailleurs, dotée d'un certain charme physique, sinon de la beauté telle qu'on l'entend, elle avait de ce qu'on appelait du chien. Cette tornade s'entichait de jeunes journalistes, qui créaient une sorte de cour autour d'elle. Elle me montrait de l'affection, si je puis appeler ainsi cette sorte de tendresse brusque et virile qu'elle me témoignait. Elle m'écrivait des petits billets pour saluer mes articles qu'elle concluait par cette formule, qui ne mange pas de pain, que je devrais écrire un roman.

C'est donc vers elle que tout naturellement je me tournai quand ce roman fut écrit. Auteur elle-même de plusieurs livres, elle figurait la sœur aînée idéale. Je lui adressai donc le manuscrit chez elle, rue de Poitiers. Trois jours plus tard, ce qui est de bon augure dans ce genre d'affaire, elle m'invita à dîner. J'imaginai tout, comme c'est la règle dans la tête enfiévrée d'un romancier, le meilleur comme le pire.

Je me retrouvai donc dans son appartement douillet à souhait. Un feu brûlait dans la cheminée. Des canapés accueillants, des coussins moelleux, les guéridons recouverts d'antiques broderies, tout y respirait le confort. Un très bon dîner avait été préparé, auquel la maîtresse de maison avait sûrement mis la main, servi par une solide Bretonne en tablier blanc. La conversation était plaisante. Geneviève Dormann à son meilleur déchiquetait l'un, moquait l'autre, balançait son fiel sur la gent écrivante. En verve, elle semblait partie pour exterminer non seulement ses ennemis, mais aussi ses amis. Personne ne trouvait grâce à ses yeux. Hormis les morts, auxquels elle vouait un culte. Et Nimier occupait la première place dans ce panthéon. Ce dîner en tout point délicieux et agréable, avec ce qu'il fallait de poivre et de piment pour le relever, eût été parfait si la maîtresse de maison avait eu la délicate attention de faire allusion – si peu que ce soit – au manuscrit que je lui avais adressé avec tant d'espoir. Au point que je me demandai si elle l'avait bien reçu. Je me gardai bien de lui en faire la remarque : il n'est pas d'esclave plus docile qu'un écrivain dans l'attente de son jugement. Après les asperges, j'espérais que le rôti de veau amènerait enfin le sujet. Mais on passa au clafoutis aux cerises, délicieux par ailleurs, sans que la question fût le moins du monde abordée.

Puis on servit les tisanes, en l'occurrence des alcools forts, et je n'eus pas le courage de refuser l'eau-de-vie de poire. Il me fallait un remontant. C'est alors qu'elle se glissa derrière moi et entreprit de me caresser la nuque. C'était une surprise certes agréable, mais très éloignée de celle que j'attendais. Puis, me voyant inerte devant sa manifestation d'affection, elle employa le gant de crin pour me faire réagir. « Tu sais, j'ai lu ton livre. » Je commençai à respirer. « Il est nul. C'est difficile de faire aussi nul. Mais il ne faut pas te décourager. » Sa main sur ma nuque me brûlait comme un fer rouge. Je reposai mon alcool de poire pour garder une contenance. Allais-je m'effondrer ? Je ne voulais pas donner cette victoire à son sadisme. Je repris le manuscrit de mon roman abandonné sur un guéridon. Maintenant j'éprouvais de la rancœur contre lui. N'était-il pas responsable de l'humiliation que ma fantasque hôtesse venait de m'infliger ? N'était-ce pas à cause de lui que j'avais nourri tant d'illusions ? Rien n'est pire qu'une illusion refroidie. On est subitement en face de sa bêtise. Je me retrouvai humilié et perdu dans la rue de Poitiers déserte.

Et, comme si le destin voulait m'éprouver encore, j'avais rendez-vous le lendemain, avec François-Marie Banier, chez lui, rue Servandoni. Il écrivait des chroniques dans *Le Figaro* et s'était obligeamment proposé de remettre mon manuscrit à son éditeur. « Quel âge astu ? » me demanda-t-il d'emblée, question que posent en général des gens d'âge mûr, ce qu'il était loin d'être. « Trente ans », répondis-je docilement. « C'est dommage, dit-il avec une expression de commisération forcée, tu aurais eu dix-huit ans, tes naïvetés auraient pu séduire. À ton âge, tu serais simplement ridicule. Je te conseille de renoncer. »

Tout s'effondrait. Mais la vie, la plus coquette des séductrices, se plaisait à me torturer avant de combler mes vœux : une lettre de l'éditeur Roland Laudenbach m'attendait chez moi. Non seulement il acceptait de publier mon roman aux Éditions de la Table Ronde, mais il m'en parlait avec chaleur. Le lendemain, un coup de téléphone de Bernard Privat, le directeur des Éditions Grasset, me réitérait la même acceptation, assortie des mêmes éloges. Et six mois plus tard, Antoine Blondin saluait mon entrée dans les lettres d'un article qui rachetait largement tous mes déboires.

C'était toujours l'invraisemblable confusion de la vie. Tout y était instable. Rien n'y était certain.

UNE ODEUR DE PÉTROLE

Le personnage que je rencontrai dans ses bureaux de Marseille était particulièrement pittoresque. Jamais je n'avais vu un être aussi poilu, hormis dans une cage du zoo de Vincennes. Tout en poils noirs, des sourcils en broussaille au crin qui sortait en buisson de ses oreilles et de son nez, en toison obscure, en fureurs orientales, ses yeux furibonds jetaient des lueurs inquiétantes. Râblé, condensant une formidable énergie qui se dégageait en volubilité et en longs raisonnements byzantins, il ne dissimulait pas qu'il n'était pas précisément un intellectuel, ni qu'il avait fait fortune à la force du poignet. Sa famille, des Arméniens originaires de Smyrne, ayant été anéantie au cours du génocide turc, il n'avait pas l'intention de tendre sa gorge à de nouveaux étrangleurs. D'une combativité qui n'avait d'égale que sa rage, rendu fou par l'injustice dont il était la victime, il était au bord de l'explosion. Bien que n'ayant que très peu d'affinités avec lui, je le trouvai sympathique. C'était le petit qui s'attaquait aux grands. Il avait tous les risques d'être un perdant, mais l'acharnement qu'il déployait dans sa défense avait quelque chose d'émouvant. Le sentiment de l'injustice provoque chez certains êtres, en apparence rangés, des accès d'intempérance proches de la démence. Ainsi sa folie justicière prenait parfois des proportions inquiétantes. Ancien chimiste, il ne cachait pas qu'il ne se laisserait pas assassiner, socialement parlant, c'est-à-dire ruiner, sans assouvir une terrible vengeance. Il m'avoua qu'il était prêt à cultiver des bacilles mortels, comme celui du typhus, du choléra, de l'anthrax, et à les répandre sur un monde qui ne lui rendait pas justice. Avec un homme de cet acabit, je me demandais si je n'étais pas en train de m'engager avec un peu de témérité, comme le héros du *Salaire de la peur*, à bord d'un camion chargé de nitroglycérine. Surtout je n'imaginais pas le rôle qu'il allait jouer dans ma vie. Ni qu'il susciterait de ma part autant de prose ; qu'il serait à l'origine de tant de polémiques, de débats et de passions.

Il s'appelait Roger Bodourian et s'estimait ruiné par les grandes compagnies pétrolières.

C'est un article de quelques lignes en bas de page qui avait attiré mon attention. Il révélait qu'un revendeur de pétrole de Marseille accusait les compagnies pétrolières de l'avoir mis en faillite et avait décidé de les poursuivre en justice. Inutile de dire que ce sujet n'était pas du genre à enflammer mon imagination. Je ne connaissais rien au pétrole et la question de ses revendeurs ne me préoccupait pas beaucoup. Ce qui piqua ma curiosité, ce fut le nom du juge d'instruction : Étienne Ceccaldi. Le juge auquel j'avais eu affaire lors de mon enquête sur les liens entre proxénètes et policiers à Lyon.

Curieux, je décidai de lui téléphoner. Il accueillit mon

appel avec bienveillance. À son ton pénétré, je compris que l'affaire dont il me parlait à demi-mot était importante. Si importante qu'il ne souhaitait pas l'évoquer au téléphone et me proposait de venir le voir. Comme j'avais pu mesurer le sérieux avec lequel il avait mené sa procédure, je compris que ses litotes dissimulaient un enjeu qui méritait le voyage. Le fait que la question du pétrole ne soit pas dans mes cordes excitait ma curiosité. Je proposai au rédacteur en chef, nouvellement nommé, d'aller voir le juge. Max Clos m'accorda l'autorisation de l'air exaspéré qu'il me manifestait dès que je l'accablais de ma présence.

Max Clos venait d'être nommé à la suggestion de Jean Prouvost, le propriétaire in partibus du journal. In partibus puisque, tout en étant le propriétaire, les statuts du *Figaro* ne lui permettaient pas d'exercer ses droits. Pourtant, nombre de rédacteurs en chef tout aussi compétents auraient pu occuper ce poste. Mais eux étaient affables, souriants, amicaux, conviviaux, bons garçons. Et Prouvost, dans l'espoir d'asseoir son futur pouvoir, car sa venue se profilait à l'horizon, avait choisi un homme sec, froid, coupant, intransigeant, animé d'un esprit caporaliste, qui devait faire merveille dans la mise au pas d'une rédaction. De plus il était parfaitement antipathique. Et ce n'est pas un jugement personnel. Il n'était personne qui n'envisageât un déjeuner, voire un café, en sa compagnie autrement que comme une punition.

Pour parfaire ce portrait, je dois ajouter qu'il éprouvait pour moi une détestation primaire, absolue, irrémissible. Il m'en donna la raison un soir où le whisky avait relâché les mâchoires d'acier de son mutisme : je lui faisais penser à son beau-fils, garçon chevelu, fantasque, irresponsable, qui ne commettait que des bêtises. Normal, le malheureux garçon tentait seulement de vivre à l'ombre de son pain de glace de beau-père. Son antipathie à mon égard s'était aggravée au cours d'un reportage que nous avions fait ensemble à Bordeaux, et qui en raison de notre incompatibilité d'humeur avait tourné à la bérézina. Un rédacteur en chef, épris d'expériences psychologiques intéressantes, avait en effet eu la lubie d'atteler nos deux personnalités que tout opposait, le caractère, le tempérament, la conception de la vie, afin qu'elles se complètent et enrichissent cette enquête de leurs différences. Cet accouplement contre-nature s'était révélé catastrophique. Et, déveine supplémentaire, Max Clos avait été nommé rédacteur en chef.

Je me retrouvai donc à Marseille dans le bureau du juge Ceccaldi. J'étais heureux de le retrouver, mais je ne m'attendais pas de sa part, vu le sujet, à des révélations croustillantes. Dès qu'il se mit à me brosser un tableau de l'affaire qu'il instruisait, je changeai d'avis. Celle-ci avait deux volets, l'un judiciaire, dont il avait la charge, un autre civil puisque la Commission des ententes et des positions dominantes était saisie du dossier.

En réalité, cette affaire avait commencé de la façon la plus folle. Comme si un dibbouk farfelu s'était subitement mêlé de brouiller des cartes sérieuses en y introduisant des facéties. Les compagnies pétrolières qui exerçaient en France avaient décidé, au cours d'une de leurs réunions au Sofitel de Marignane, de se débarrasser d'un de leurs revendeurs qui avait cessé de leur être utile. Comme ce n'étaient pas des gens excessivement scrupuleux sur les moyens, ils avaient décidé d'user d'expédients afin de le mettre en faillite frauduleuse. Mais le diable est dans le détail. Ayant convenu des moyens torves à employer, dûment consignés dans un mémorandum, ils étaient rentrés à Paris. Or ce document confidentiel, qui ne devait être connu que des intéressés, avait été adressé par mégarde – à la suite d'une bourde commise par une secrétaire stagiaire – au principal intéressé. M. Bodourian avait donc eu la surprise d'apprendre – même s'il suspectait les mauvaises manières que ses anciens amis lui préparaient – comment on voulait, selon une délicate expression du mémorandum, « lui couper la tête ». Son sang déjà chaud d'Arménien était monté à ébullition et, procédurier dans l'âme, il avait déposé plainte au pénal comme au civil, se demandant avec une satisfaction mauvaise comment les pétroliers allaient se tirer du guêpier où ils s'étaient fourrés. En attendant que sonne l'heure de sa vengeance, il hurlait à la mort.

Je me lançai dans cette affaire conscient qu'elle nécessitait des connaissances sans doute au-dessus de mes moyens. C'était un défi et cela me plaisait. Ce n'est pas tous les jours qu'on a l'occasion d'engager un bras de fer avec les terribles Seven Sisters, ces ogres multinationaux qui en avaient dévoré de bien plus coriaces que moi. Je m'immergeai dans les questions pétrolières. Je découvrais à quel point ces compagnies dirigeaient souterrainement le monde. Les pays du Moyen-Orient n'avaient-ils pas été façonnés selon leurs intérêts ? En Iran, elles avaient été à l'origine de la chute de Mossadegh. Elles n'avaient pas non plus hésité à faire saboter l'avion d'Enrico Mattei qui voulait échapper à leur emprise. Bientôt les accords Sykes-Picot, le prix du baril de brut, le marché de Rotterdam n'eurent plus de secrets pour moi.

Je rencontrai Guy Verdeil, le directeur de la Commission des ententes et des positions dominantes qui, à la tête d'une petite équipe de fins limiers, enrichissait chaque jour un dossier qui ne manquait pas de l'étonner par l'étendue de ses imbrications. Paternel, il me demanda si j'avais bien mesuré la taille de l'adversaire auquel je m'attaquais. C'est vrai, chaque jour me convainquait un peu plus de ma folie. J'avais l'impression d'être dans la situation du vieux pêcheur du roman de Hemingway *Le Vieil Homme et la Mer* qui, parti en mer à bord d'une frêle embarcation, avec le seul souci de ramener quelques poissons pour nourrir sa famille, ferre au bout de sa ligne un espadon monstrueux qui l'entraîne vers le grand large.

Très vite je parlai de ma découverte à Max Clos, espérant réveiller dans son subconscient les réflexes du grand reporter qu'il avait été. Je vis dans son regard surgir une lueur mauvaise. Il était moins intéressé par mon affaire que par les risques que je prenais et qui pourraient – lui-même aidant par quelques gouttes de cyanure savamment distillées – amener ma perte. Délicieuse ambiance !

Je découvris au cours de mon enquête la rivalité qui opposait les inspecteurs des Finances, corps dont Verdeil lui-même était issu, et les polytechniciens, membres du non moins prestigieux corps des Mines, qui émargeaient à la Direction des carburants, vivier où se recrutaient les futurs dirigeants des compagnies pétrolières. Les deux corps se jalousaient. Aristocrates de la fonction publique, crème de la crème de l'élite, ils se soupçonnaient mutuellement d'arrivisme, de compromission, d'hégémonie, et se glissaient sous les pieds toutes les peaux de banane que leur imagination fertile pouvait trouver. Les politiques naviguaient au gré de leurs prétentions, les ménageant ou les favorisant tour à tour.

Les pétroliers avaient un grand avantage qu'on leur enviait : l'argent. Ils en avaient beaucoup. Peut-être trop. Au point de ne plus savoir qu'en faire, comme allait le révéler plus tard l'affaire Elf.

Moins par souci de bienfaisance que par un intérêt bien compris, ils avaient leurs pauvres, en l'occurrence les hommes politiques qu'ils arrosaient, tous partis confondus, s'attirant de solides reconnaissances. Les élus, mais aussi certains journalistes, bénéficiaient de cette manne qui ne venait pas du ciel mais des profondeurs obscures de la terre.

Guy Verdeil, à qui je soumis une première mouture de mon article, ne contesta pas les faits que j'avançais. Je n'avais pas commis d'erreur. Il se montra à nouveau paternel dans sa mise en garde. Surtout, il émit des doutes sur la publication de ce qu'il considérait, avec sa prudence de haut fonctionnaire, comme une bombe. Je révélais en effet que, tel que le décrivait abondamment un rapport de la commission d'enquête, les pétroliers ne s'étaient pas contentés de couper la tête du malheureux Bodourian, ils avaient mis en place un système de corruption consistant à truquer la plupart des marchés publics de France et de Navarre dans lesquels ils étaient impliqués. « Voilà un article que votre journal ne publiera jamais. C'est dommage, mais c'est ainsi. Et cela vaut peut-être mieux pour vous. »

Piqué au vif, je me jurai de faire mentir sa prédiction. Je ne pouvais abandonner en rase campagne le malheureux Bodourian, qui pourtant n'était pas précisément mon genre. Surtout, et c'est le feu sacré qui m'animait, je ne voulais pas trahir la mission dont je me sentais investi. Soyons emphatique : c'était une question d'honneur. Étrange sentiment qui, à froid, peut paraître absurde. Je ne m'appartenais plus. J'étais prêt à me sacrifier pour quelque chose d'immatériel, qui non seulement ne me rapporterait rien mais pouvait causer ma perte.

Le bruit de mon enquête s'était répandu. Alain Vernay, le rédacteur en chef du service économique, voyant que les leçons de sciences économiques élémentaires qu'il me donnait pour m'amener à renoncer ne faisaient pas fléchir ma détermination, fit appel à Raymond Aron, qui se rangea aussitôt derrière lui. Fidèle à son prurit interventionniste qui l'amenait à se mêler de ce qui ne le regardait pas, par lequel il s'attirait l'exaspération de la rédaction, il intervint de tout son poids auprès de la direction du journal pour empêcher la parution de cet article. Peut-être en subodorait-il la teneur antiaméricaine ?

Jean Griot me fit alors appeler dans le bureau directorial qu'il occupait, la rotonde, depuis la mort de L.-G.R. Il était gêné. Gêné parce que c'était sa nature complexe et contradictoire, gêné parce qu'il m'aimait bien, gêné parce qu'il me soupçonnait d'avoir compris le rôle pas très correct qu'il avait joué en sous-main pour redorer le blason des policiers corrompus par les proxénètes ; gêné enfin par la mission qui lui incombait de me dissuader de publier cette fameuse enquête. Sur le fond, il en avait eu une copie, il ne trouvait rien à redire. Il était trop bon journaliste pour en contester le contenu. Mais il se trouvait dans une position inconfortable : il prétendait au trône laissé vacant par la mort de Louis-Gabriel Robinet et toute une cabale de grandes signatures, de celles qui lui étaient nécessaires pour convaincre Prouvost qu'il était le seul à pouvoir s'asseoir dans le fauteuil de Pierre Brisson, lui demandait la peau de son protégé. Et s'il n'accédait pas à leur demande, ceux-ci ne manqueraient pas de se répandre en en tirant argument contre lui.

Jean Griot dut passer des heures difficiles, tandis qu'il méditait à bord de sa Mercedes sur l'autoroute de l'ouest pour se rendre au journal. Comment allait-il procéder pour remettre dans le droit chemin un garçon passionné, têtu, mais qu'au fond de lui-même il devait comprendre. Il finit par arrêter un scénario qui était le pire qu'aucun directeur de journal eût pu ourdir. Il m'accueillit chaleureusement. Puis me dit d'un air bon enfant : « Vous vous êtes passionné pour cette histoire de pétrolicrs. C'est normal, vous êtes jeune, idéaliste. Mais, au fond, que vous importe qu'ils ne soient pas des enfants de chœur. Ce n'est pas vraiment une découverte. Vous êtes un écrivain, quelqu'un au-dessus de ces misérables magouilles. Vous avez une œuvre à écrire. Vos deux romans sont plus que des promesses. » Dans d'autres circonstances j'aurais certainement apprécié des paroles aussi suaves. En l'occurrence, je me demandais où il allait en venir. Il reprit, regardant le plafond, tant les paroles qu'il allait prononcer devaient lui paraître d'un incroyable jésuitisme : « Voici ce que je vous propose. Vous abandonnez ces pétroliers à leurs turpitudes. C'est le printemps. L'Italie est merveilleuse en ce moment, surtout la Toscane où les cerisiers doivent être en fleur. Vous pourriez partir là-bas quinze jours, un mois, comme bon vous semblera, et nous écrire quelques-unes de ces délicieuses chroniques dont vous avez le secret. » Puis avec un sourire complice : « Vous serez largement défrayé, allez dans les meilleurs hôtels, Prouvost sait se montrer généreux. On dit parfois qu'il l'est trop avec les journalistes. Réfléchissez. Revenez me voir demain. »

J'étais navré. Certainement, dans mon intransigeance, mon ardeur justicière, j'étais injuste avec un homme à qui je devais tant et qui était pris dans les contradictions de son ambition. Mais pourquoi se croyait-il obligé d'employer de tels arguments avec moi ? Quel manque de psychologie ! Ne se rendait-il pas compte que leur teneur même m'aurait empêché d'y céder. À quel conflit intérieur sa maladresse m'a-t-elle fait échapper ? Eût-il été plus adroit, en me parlant avec franchise, en m'exposant crûment que mon entêtement était un obstacle à sa carrière, et qu'il y avait quelque ingratitude à ce qu'il vienne de moi qui lui devais tout ? À quels scrupules n'aurais-je pas été exposé ! Lequel devait l'emporter, le sentiment du devoir ou la reconnaissance ? Vigny ou Montherlant auraient certainement tiré un grand parti littéraire de ce déchirement. Pour une fois la littérature ne m'aidait pas. J'étais seulement malheureux. Enfermé dans un piège dont je n'avais aucun moyen de sortir.

Deux jours plus tard, Max Clos me convoqua dans son bureau pour m'annoncer avec son sourire chinois que mon article ne passerait pas. Avec sa courtoisie habituelle, il ajouta qu'on le jugeait unanimement comme un tissu de contrevérités. Peut-être me considérais-je comme plus intelligent qu'Aron, mais dans ces conditions je devais me faire soigner…

Je décidai de passer outre. J'en appelais à la société des rédacteurs toute-puissante, en lui soumettant ce cas patent d'ingérence des puissances d'argent pour réduire un journaliste au silence. Comment pouvions-nous être respectés par Prouvost si nous cédions devant la première pression venue ? Mes arguments convainquirent ces hommes à cheval sur les grands principes. Un communiqué comminatoire fut adressé à la rédaction en chef, la plaçant devant cette alternative : ou elle publiait l'article ou c'était la grève.

Obligé de publier mon enquête, Max Clos s'inclina, me vouant aux gémonies. Aron cria au comité de soviet. J'avais gagné, mais à quel prix ? Les soutiens que je reçus alors, celui de Jean-François Kahn ou les articles favorables de *L'Humanité*, pieusement recueillis par Aron pour documenter son dossier contre moi, ne m'aidèrent pas à me défaire de ma réputation de gauchiste.

Plus tard, quand je vis le film sur le Watergate, qui montrait les deux journalistes s'en prendre à Nixon, je n'eus pas la prétention de me comparer à eux. Mais je me dis qu'ils avaient eu bien de la chance. Soutenus par la propriétaire du *Washington Post*, encouragés par toute la direction du journal, ils s'étaient battus, certes, mais ils n'étaient pas seuls. Et, seul, je l'étais. Terriblement, isolé, honni inexplicablement par ceux qui auraient dû me soutenir. Pourtant le destin me réservait la surprise de m'offrir un nouvel appui. Du moins le croyais-je. Mais cet espoir qui fait vivre, n'est-ce pas aussi lui qui est à l'origine de tant de nos malheurs ?

LA FIN D'UN CONTE DE FÉES

Je crois que je ne connus pas de plus grand bonheur terrestre que lorsque j'appris la nomination de Jean d'O à la direction du *Figaro*. Il me semblait que les dieux ne m'avaient éprouvé que pour que je puisse mieux jouir de ma félicité. Je connaissais l'homme, l'écrivain, je l'admirais et, de plus, il m'avait témoigné à maintes reprises l'estime dans laquelle il me tenait, l'espoir que lui donnaient mes chroniques que je devinsse un jour un écrivain. C'était comme si le comte Mosca, ou je ne sais quel autre héros de roman que j'aimais, quittait son territoire de papier imprimé pour faire irruption dans la vie réelle. J'imaginais quelle complicité allait nous unir ! Si admiratif que j'avais pu être de Jean Griot, les conversations que j'avais avec lui, sérieuses, scolaires, froides en dépit de l'affection, n'avaient absolument aucun rapport avec la connivence profonde qui me liait à Jean d'O. Car cet écrivain avait le don de tout transformer en fête. L'esprit dansait, les livres s'animaient d'une merveilleuse fantaisie. Il me hissait à ses côtés dans une sphère purifiée des contingences, où ne régnait ni la cuistrerie ni la lourdeur pédantesque, mais un perpétuel jeu où se mêlaient dans une communion parfaite l'amour de la vie et la passion littéraire. J'étais prêt à aller allumer un cierge à Lourdes pour remercier Bernadette Soubirous de ce miracle.

Bizarrerie du destin, je n'étais pas tout à fait étranger à sa venue. Nos liens s'étaient tissés après ma chronique sur la malheureuse Gabrielle Russier. J'évoluais, en dehors des heures ouvrables, dans un monde qui était le sien. Jeune romancier, j'étais devenu la coqueluche d'un certain nombre de dames du meilleur monde qui, à l'instar de Paule de Beaumont, de Jenny de Margerie, de la duchesse de La Rochefoucauld, de Marthe de Fels, de Laurence Scherrer, la femme du couturier, toutes lectrices du *Figaro*, me caressaient de doux compliments. Elles aimaient ma jeunesse, ma passion pour la littérature, et si l'âge, trente ou quarante années d'écart, ne nous avait séparés, elles n'auraient pas détesté reprendre avec moi les jeux légèrement ambigus auxquels elles avaient joué, dans leur folle jeunesse, avec Morand, Saint-John Perse ou Paul Valéry. Rangées malgré elles, devenues grands-mères, elles gardaient dans leur cœur des braises encore brûlantes. Et toutes les occasions étaient bonnes pour elles de m'inviter avec Jean d'O. Lui s'amusait de me voir chouchouté par ces dames qui professaient autant de goût pour la littérature que pour la jeunesse. Après les écrivains fameux qui avaient fait battre leur cœur, elles se grisaient de rallumer grâce à un de leur lointain successeur le feu de leurs anciennes passions. Ce monde, mêlé d'aristocratie et de riches grands bourgeois, m'attirait comme une phalène la lumière. Lecteur de Proust, de Balzac, de Stendhal, je projetais sur eux mes rêves. De plus je regardais ces riches et ces aristocrates comme s'ils étaient les objets d'une prédestination divine. Ce ne pouvait pas être pour rien qu'ils étaient à ce point enviés, admirés. Dieu, comme d'ailleurs le croient les protestants, les avait placés au sommet des hiérarchies humaines parce qu'ils étaient les meilleurs, rejetant les autres, les prostituées, les journalistes smicards, les chômeurs, dans les ténèbres extérieures.

Cette société d'un commerce délicieux, héritière des traditions du XVIIIe siècle, avait des mœurs libres. Pour y être admis, nul n'était besoin d'être agrégé ou polytechnicien. Il suffisait d'être jeune, de porter une cravate, un smoking à l'occasion, d'être souriant, en bonne santé, disponible, pas ennuyeux. À la condition expresse de ne demander ni argent ni service, à la condition également d'admettre la supériorité du monde occidental, la légitimité du bombardement de Hiroshima et de la napalmisation des rizières vietnamiennes, on était invité dans de somptueuses villas balnéaires et on y était libre de tout dire : du bien ou du mal de Pompidou, de Giscard ou de De Gaulle, de Proust ou de Céline, des uns et des autres, car ce petit monde était capable d'être un nid de vipères. La seule erreur, dirimante, était l'indiscrétion, raconter les secrets de famille qu'on avait pu y surprendre. C'était là la faute impardonnable, pire que de coucher avec la maîtresse de maison, péché véniel pour un monde qui considérait que le mariage ne devait en aucun cas être un frein à l'amour. Attention ! on pouvait tout aussi bien y tomber en disgrâce, subitement. Sans que rien ne l'annonçât, le couperet tombait. On n'était plus invité. Il ne fallait pas chercher d'explication. On avait simplement cessé de plaire. Et quand par hasard on rencontrait ces anciens « amis », ils vous regardaient d'un air pincé, comme une dame mûre qui a eu, l'été, une faiblesse pour son maître-nageur et le voit avec agacement réapparaître à Paris.

C'est ainsi qu'un jour, Denis Périer-Daville, le président de la toute-puissante société des rédacteurs, m'invita à déjeuner. C'était un homme intègre, à l'esprit juridique, ressemblant à un vieux magistrat confit dans des codes de procédure judiciaire pleins de poussière, qui m'avait propulsé dans un de ces comités déontologiques qu'il affectionnait. Il voulait me demander un conseil. Hors les journalistes impliqués dans le syndicalisme, il ne fréquentait pas grand monde. Ses amis et lui-même se trouvaient perplexes : Prouvost, devenu l'homme fort, leur avait demandé, ainsi que l'exigeaient les statuts, de lui proposer le nom d'un directeur général possible pour *Le Figaro*. Le nom d'Aron avait circulé, mais son caractère difficile sinon paranoïaque l'avait disqualifié. Alors qui ? Il fallait trouver, me dit Périer-Daville, un homme extérieur au *Figaro*, d'une haute stature intellectuelle, qui ne fût pas de gauche, et qui plût à Prouvost. L'oiseau rare. Je n'hésitai pas un instant. Je lui citai avec enthousiasme le nom de Jean d'Ormesson, en lui expliquant comment il cochait toutes les cases. C'est ainsi que plus tard, dans ses Mémoires, il rapportera notre entretien : « Un jeune écrivain au talent prometteur m'avait fait l'éloge de Jean d'Ormesson. » Il soumit ce nom aux membres de la société des rédacteurs, qui l'approuva et, séance tenante, le proposa solennellement à Prouvost. Qui, contre toute attente, l'accepta.

C'est ainsi que miraculeusement Jean d'O surgit au Rond-Point. Heureux, joyeux même, serrant les mains avec chaleur, allant de l'un à l'autre, plaisantant avec cet art de la fausse modestie dont il avait le secret sur son inexpérience et son incompétence, il plut à tout le monde. On se demandait comment on n'avait pas pensé à lui plus tôt. Les bons mots, les citations émaillaient des proclamations vagues sur le bonheur qu'il allait avoir à faire un grand journal avec le concours de tous. Et lui-même, enivré par son succès, avait l'impression que la République repentante lui offrait un nouveau Saint-Fargeau, un château social, intellectuel et moral, avec ses carrosses de fonction, ses huissiers à chaînes d'argent, des journalistes aussi respectueux que les paysans de Bourgogne qui viendraient en délégation demander que le châtelain bénisse leurs enfants, bien sûr quelques braconniers avec lesquels, comme tout grand seigneur, il se montrerait indulgent. Il rêvait. Et il allait vite sortir de son rêve, pour passer sans transition au cauchemar.

Jean d'O n'avait aucune expérience de ce qu'est le journalisme. D'instinct, il avait l'âme patronale. Alors qu'en littérature il était tout au contraire libertaire, anarchiste, ennemi de l'ordre, des bourgeois et des assis, aimant les anciens bagnards comme Jean Genet, les repris de justice comme Villon, les communistes comme Aragon, ou l'antisémite Céline et même le nazi Knut Hamsun. En revanche, il pensait que les propriétaires de journaux l'étaient de droit divin, comme les rois qu'avait servis sa famille. Ce journalisme, il eût fallu le lui expliquer. Avec de grands professionnels tels Roger Thérond, Claude Imbert, Jacques Duquesne, Franz-Olivier Giesbert, il l'aurait vite compris. Ceux-ci lui auraient facilement enseigné la gestion d'une rédaction et le maniement, tout aussi subtil, des grands patrons. Venus du sérail ou de l'industrie, ceux-ci n'ont qu'un but – sauf cas pathologique –, que ça marche, que ça roule. Ils sont prêts, à condition de pouvoir assouvir d'innocentes marottes et de rendre quelques services à des amis, à accepter les contre-pouvoirs syndicaux ou rédactionnels, à condition qu'ils parlent le même langage du bon sens et de la raison. Jean d'O ne disposait ni de ce langage, ni de quelqu'un qui pût le conseiller. Il naviguait à vue – plutôt à l'aveugle – entre un professeur de haine, Max Clos, et un professeur de mépris, Raymond Aron.

Aussi était-il perdu. Il le fut immédiatement. Au premier parapheur que l'on soumit à sa signature, au premier dossier qu'il ouvrit. Il ne lui servait de rien d'avoir dirigé la revue *Diogène*, empilage de textes de sciences humaines, qui avait aussi peu de rapport avec *Le Figaro* qu'un bulletin paroissial avec le *Washington Post*. C'était pitié de voir un homme aussi intelligent ne rien comprendre. L'idiosyncrasie du journalisme lui était fermée. N'ayant aucune expérience des réalités humaines, les problèmes concrets des rédacteurs lui étaient étrangers. Il les voyait comme des dilettantes capricieux sujets à des emballements politiques, non comme des travailleurs qui devaient gagner leur vie. À quoi lui aurait servi Spinoza devant un journaliste qui lui demandait une augmentation, ou Kant pour savoir si on devait changer d'imprimerie, ou Heidegger pour discuter les revendications du Syndicat du livre ? Consciencieux, il s'appliquait à pénétrer dans ces arcanes auxquels il ne pipait mot, mais sa secrétaire alors le prévenait que le président du Syndicat de la presse parisienne faisait antichambre, et qu'après il devrait recevoir les membres du comité d'entreprise, avant de se rendre à un déjeuner avec le président du CNPF chez Ledoyen, puis, dès son retour, présider le comité consultatif. Alors montait en lui un sentiment d'ennui profond qui le submergeait. L'impression qu'on lui volait sa vie. Qu'on lui dérobait tout ce qui, pour lui, donnait du sel à l'existence : l'insouciance. Alors lui venait la tentation diabolique de tout plaquer pour retrouver les plaisirs dont on le privait : la Corse, les bains de mer, le ski, les jolies femmes avec lesquelles on prend le thé dans des boudoirs parfumés, sans se préoccuper de l'heure, avec pour seul but de leur prendre un baiser. Pourquoi, au moment où la vie lui souriait enfin, où il venait d'entrer à l'Académie, de publier un roman, *Au plaisir de Dieu*, qui le consacrait comme écrivain, était-il soudain puni par cette corvée ? Son père alors lui apparaissait, ombre chère, fantôme sévère, pour réveiller le sentiment poisseux qu'il détestait par-dessus tout, la culpabilité. Tous ces efforts pour s'endimancher de sérieux, ces solennels éditoriaux pour prêcher la morale publique, c'était pour son père qu'il les faisait. Pour rattraper la frivolité et l'inconséquence que celui-ci n'avait cessé de lui reprocher.

Mais déjà l'heure du comité consultatif avait sonné. Il recevait dans son bureau directorial, le fameux bureau ovale, d'où il avait vu avec son père le défilé de la libération de Paris sur les Champs-Élysées, cette dizaine d'élus venus lui demander des comptes sur sa gestion. Il regardait ces journalistes mal fagotés, l'esprit tout farci d'abstraites préoccupations déontologiques, avec un sourire crispé qui dissimulait mal son air navré. Quand il me voyait parmi eux, son visage s'éclairait. Enfin quelqu'un avec qui il eût pu parler de la femme de chambre de la baronne Putbus ou des fourmis de Selinonte, bref de ce qui l'intéressait vraiment. Et pendant que durait ce comité, répondant laborieusement aux questions, son esprit s'échappait, vers la Corse, la plage de Saleccia, les pentes ensoleillées de la Saulire. Il m'adressait un pauvre sourire, où je ne lisais que trop bien ce qu'il ressentait sans pouvoir me l'exprimer : « Jean-Marie, qu'est-ce que nous fichons avec tous ces connards au lieu d'être en Corse ? »

Quel malentendu ! Quel gâchis ! Il était dans une impasse. Sa seule bouée de sauvetage, c'était sa croyance en l'intelligence. Pour lui, la panacée. Dieu lui en avait accordé la grâce, et celle-ci l'avait porté au sommet. Pourtant il ne lui venait pas à l'esprit que l'intelligence d'Archimède, l'homme le plus intelligent du monde, ne lui avait pas servi à grand-chose lors du siège de Syracuse, quand il avait pris la fantaisie à un centurion de lui plonger son glaive dans la gorge. Or l'intelligence, à ses yeux, sans conteste, c'était Aron. Mais ce qu'il était incapable de voir c'est qu'en l'occurrence le génie d'Aron ne pouvait lui être d'aucun secours. Celui-ci avait en effet une conception du *Figaro* tellement raisonnable, élaborée suivant des principes tellement platoniques qu'elle en devenait folle. C'était une idée qui, comme la fameuse jument des philosophes, possédait toutes les qualités, sauf une, l'existence. Aron, encombré de son moi tout-puissant, voulait un journal dont il eût été l'inspirateur de A à Z. Il était dévoré d'une passion du pouvoir qu'il ne pouvait avouer et qu'il dissimulait dans la défense de grands principes. Quant à l'intelligence de Max Clos, son directeur de la rédaction, plus terre à terre, elle était tout aussi inopérante. Ce bon journaliste, grand reporter, n'avait fait merveille en Indochine que parce que, correspondant de guerre, il était à dix mille kilomètres de sa base. D'un esprit monastique, plutôt anachorète car aucune communauté, fût-elle sainte, n'aurait pu supporter son caractère, il ne possédait aucune des qualités humaines pour diriger une rédaction. Celle-ci d'ailleurs le supportait comme un fléau infligé par Prouvost.

C'est dans ce charmant climat que se posa la question des suites à donner à mon enquête sur les pétroliers. Jean d'O fut assailli de requêtes lui disant que la comédie avait assez duré. Alain Vernay lui fit une crise de nerfs, tandis qu'Aron – toujours démangé par son prurit interventionniste – pondit un mémorandum argumenté d'où il ressortait que j'étais certainement un brave garçon, certes idéaliste, mais que je n'avais rien compris. Normal, j'écrivais des romans. Encore une tuile, se dit Jean d'O. Mais cette tuile que je lui infligeais avait une réalité : je lui proposai de publier un article dans lequel j'annonçais que le ministère public demanderait dans les prochains jours au tribunal de prononcer des condamnations importantes contre vingt-neuf P.-D.G. et responsables des compagnies pétrolières. Jamais discussion ne fut plus marécageuse entre Jean d'O et moi que ce jour-là. Mis à la torture, il utilisait son argument massue : « Tu ne peux quand même pas dire qu'Aron est un imbécile. » Certes non, répondais-je, mais de quoi se mêle-t-il ? Il ne connaît rien à ce dossier judiciaire.

Jean d'O connaissait un moment atroce : il fallait choisir. Comme il eût aimé à ce moment être enlevé par un ange qui l'aurait déposé sur une île grecque. Exaspéré, mais sans pouvoir se départir de son caractère bon enfant, il me dit mi-sérieux, mi-rieur : « Bon, on publiera ton article. Mais je te préviens : ou bien tu as raison et je double ton salaire ; ou tu as tort et je te mets à la porte. » Combien de fois, plus tard, dans l'ombre odorante d'un figuier, observant la Méditerranée où nous allions nous plonger, me répéta-t-il cette scène de comédie, qu'il concluait ainsi en riant : « Eh oui, tu as eu raison et je t'ai mis à la porte. »

En effet. J'eus raison. Non seulement vingt-neuf responsables pétroliers furent condamnés à de lourdes peines, mais une commission d'enquête parlementaire fut lancée à l'Assemblée nationale : pieuse intention ! Avec les cadeaux que tant de députés avaient reçus des compagnies pétrolières, il y avait peu de chances pour que la lumière se fît. Et elle ne se fit pas. Mais les pétroliers furent également condamnés au civil pour ententes. C'était gagné. Bodourian n'inonderait pas le monde de ses bacilles mortels.

Mais déjà d'autres orages se préparaient auxquels Jean d'O était aussi peu préparé. Il avait au moins un avantage sur Aron, il était souple, ondoyant et divers dans son approche de la vie. Il ne s'encombrait pas inutilement de susceptibilité et avait un instinct très sûr de ce qui était bon pour lui. Aron, au contraire, en Clausewitz de lui-même, imaginait des scénarios implacables, fruits de sa cogitation, qui, comme ces machines volantes extraordinaires qui ne volent pas, ou ces bateaux, non moins extraordinaires, qui ne flottent pas, ne trouvaient pas d'application dans la réalité. C'est alors que je le croisai, sortant moi-même du bureau de Jean d'O qui m'avait obligeamment raccompagné sur le pas de sa porte directoriale. Jamais je n'avais vu Aron avec cette mine réjouie, cet air de ravissement qui irradiait son visage d'ordinaire plutôt lugubre, semblant subir le contrecoup des angoisses planétaires. Ses yeux brillaient, ses lèvres minces exprimaient ce plaisir que l'on a à sucer un délicieux bonbon, un fin sourire l'éclairait, laissant entrevoir un rayonnement intérieur. Il me fit penser à un bourdon ivre de pollen qui dans sa pâmoison butte de corolle en corolle, à une jeune fille qui dissimule son bonheur en tenant à la main une lettre de son fiancé, à un candidat à l'Académie qui savoure les encouragements du secrétaire perpétuel. J'étais bien sûr curieux de connaître la raison de la mystérieuse épiphanie qui rendait si guilleret le grand penseur. « Je viens de recevoir un coup de téléphone du président Giscard », s'empressa-t-il de dire à Jean d'O. Celui-ci, flatteusement railleur, s'exclama : « Il veut vous nommer ministre ? » Aron haussa les épaules comme une jeune fille gênée devant un compliment exagéré. « Non, il voulait me parler de mon article de ce matin. — Et que vous en a-t-il dit ? » demanda Jean d'O, dont les yeux brillaient de curiosité, moins pour le commentaire du président, dont il se fichait, que pour voir comment le grand homme allait se tirer du piège de la vanité qu'il venait de se tendre à lui-même. Aron balaya l'air de sa main, comme si sa modestie était mise à la torture : « Oh ! je crois que mon éditorial ne lui a pas déplu. Il m'a même dit des choses que je rougirais de répéter… — Mais si, dites-les ! » l'excitait Jean d'O, jouant les démons tentateurs. Et Aron, vaincu, poussant un soupir, s'abandonna : « Eh bien, il m'a dit que jamais, au grand jamais, il n'avait lu un article aussi intelligent, aussi profond, aussi… » Je m'éclipsai, laissant Jean d'O, lui-même expert dans ces mômeries de vieilles coquettes, mais que son sens aigu des bonnes manières rendait supérieurement habile à déjouer les pièges de la vanité, savourer cette forme de supériorité sur Aron. Une demi-heure plus tard, je repassai devant la porte directoriale. Aron avait jeté son grappin sur le patron du service étranger, vieux matou cordial et bon vivant appelé Roger Massip : « Cher ami, vous savez qui vient de m'appeler ? » J'évitai de revenir, craignant que mon admiration ne soit encore écornée par l'étrange faiblesse du pauvre grand penseur.

À quelque temps de là, patatras ! Prouvost, en homme d'action lassé des pourparlers oiseux, décida de vendre *Le Figaro*. S'installa alors une période de confusion. Les noms de possibles acquéreurs circulaient. On se mit à regretter Prouvost. Puis un nom tomba, chargé d'une puissance maléfique et d'une réputation exécrable de tueur de journaux : Robert Hersant. Ce fut la consternation. C'était bien la peine d'avoir fait la fine bouche avec Prouvost, pour l'échanger contre un monstre qui cumulait tous les inconvénients. Sa réputation pour le moins douteuse était aggravée par des soupçons d'antisémitisme. N'avait-il pas collaboré dans sa jeunesse à *Au Pilori*, brûlot infâme qui dénonçait les Juifs à l'occupant ? La seule recommandation dont il pouvait se prévaloir était d'être appuyé par Marie-France Garaud et Valéry Giscard d'Estaing. Pour le reste, son entourage, une camarilla, qui mêlait un ancien Waffen SS, un journaliste politique écumeur de cabinets ministériels, poisson-pilote de ce grand squale, et des francs-maçons d'une obédience dont le principal intérêt ne semblait pas être les secrets d'Hiram et l'Orient éternel, non, cet entourage ne sentait pas la violette.

Périer-Daville se mit à fourbir ses armes juridiques et à mettre la société des rédacteurs en ordre de bataille. L'intoxication battait son plein. On voyait partout des traîtres en puissance. Dans la hiérarchie, on humait le vent en se demandant vers où il allait tourner. Jean d'O, toujours légitimiste, ne voyait pas pourquoi la rédaction s'affolait. D'une famille de diplomates, il se disait que, de la même manière que les siens avaient avalé la pilule amère de la République, il pouvait tout aussi bien s'adapter à Hersant. Aron, toujours réaliste, aronien, se demandait si par hasard cette situation si menaçante ne lui permettrait pas d'arriver à ses fins. Après tout, si Hersant était intelligent, et il paraissait l'être, s'il voulait redorer son blason déjà bien terni, ce ne serait certainement pas en se débarrassant d'une haute figure d'intelligence, qui plus est juive, même si Aron avait à cœur de n'exciper jamais de ses origines. En l'occurrence, cela pouvait lui servir devant l'Ogre prétendument antisémite.

Il se laissa approcher. Il discuta. Hersant fut charmant, délicat, flatteur. Et il se montra prêt à lui offrir en cadeau de noces ce qu'il désirait si ardemment, depuis si longtemps : la direction politique du *Figaro*. Décidément, cet homme n'était pas aussi méchant qu'on le disait. Il était même fin et perspicace. En conséquence Aron, que la flatterie désarmait, se proposa de plaider sa cause devant la rédaction.

Profitant de ces grandes tractations dans les hautes sphères qui mobilisaient l'attention, Max Clos tenta de me régler mon compte au coin d'un bois. Pour m'humilier et si possible me pousser vers la sortie, il entreprit de me faire redescendre l'échelle de toutes les promotions qui m'avaient été accordées. Il décida de me muter au service des informations générales, là où commencent les journalistes avant de se spécialiser, « pour m'apprendre le métier », me dit-il en ricanant.

Je me précipitai dans le bureau de Jean d'O. Avais-je vraiment le sentiment qu'il me soutiendrait ? J'avais hélas maintenant trop d'expérience de l'évanescence de son caractère pour nourrir beaucoup d'espoir. Il me reçut, cette fois, sans dissimuler son agacement. Il fixait sur moi ses yeux d'azur qui prenaient une teinte foncée comme celle d'un ciel que menace l'orage. Quelle nouvelle tuile allais-je encore lui apporter alors qu'il était dans des négociations oiseuses avec l'Ogre ? Je lui dis tout à trac que je contestais cette injuste mise au rancart. Il m'opposa que je ne devais pas être snob et que les informations générales, après tout… Je me permis de lui rappeler ses propres éloges, les lettres de félicitations qu'il m'avait adressées. J'avais tort de le mettre en face de ses contradictions. Il s'en tira par la mauvaise foi : « Je faisais surtout l'éloge de tes articles littéraires », me dit-il en fixant ses chaussures. J'étais abasourdi. Je tombai de très haut. Ainsi l'homme que j'avais follement admiré s'emberlificotait dans le plus hypocrite jésuitisme. Oublieux de tout ce qui nous avait liés, du rôle que j'avais joué dans sa désignation, il m'abandonnait à mon sort. J'avais un grave tort, inexpiable à ses yeux : je lui posais un problème. Un de ces problèmes qu'il détestait affronter et que toute sa vie il avait cherché à fuir en les niant.

Alors commença entre nous un de ces dialogues dont la grandiloquence et le ridicule semblaient sortis de la plume de quelque mauvais auteur de mélodrame. Nous prononcions des paroles qui nous paraissaient dictées par des circonstances étrangères à nous-mêmes, comme si, égarés, nous cherchions refuge dans des formules convenues.

Moi, *avec véhémence* : « Comment pouvez-vous accepter qu'on me rétrograde alors que j'ai eu raison sur toute la ligne. Et vous le savez ! »

Lui, *se défaussant comme toujours sur sa référence* : « Aron me dit que les juges, qui sont de gauche, n'ont rien compris. »

Moi, *tentant de réveiller ses scrupules endormis* : « Mais vous, dans votre for intérieur, vous savez qu'on m'intente un mauvais procès pour épargner les pétroliers ! »

Lui, *prenant de la hauteur et empruntant le costume du grand capitaine* : « La vérité n'appartient qu'à Dieu. Moi je dois veiller aux équilibres de la rédaction. Et tu t'es mis tout le monde à dos en jouant les justiciers. »

Moi, *indigné, le buissonnant dans ses retranchements* : « Vous ne pouvez pas souscrire à un déni de justice ! »

Lui, *devenu philosophe pyrrhonien* : « Il est des situations où il faut accepter d'avoir tort même si on a raison. C'est tout le drame de la vie. C'est même l'essence de la tragédie. »

C'était un mur. Mes arguments rebondissaient sur lui sans entamer son obstination. Assailli de tous côtés par des influences contraires, il s'enfermait dans le parti pris de l'intransigeance. En se désolidarisant de lui-même, l'être profondément conciliant, aimable, compréhensif qu'il était, et qui à l'évidence n'avait pas fait la preuve de son efficacité dans l'action, il pensait ressembler aux vrais hommes de pouvoir qu'il enviait. Comme les faibles envient les forts, les délicats les brutes, les esthètes les barbares. Ce renoncement à lui-même lui procurait une sorte de jouissance : l'épée dans les reins, il rejoignait enfin le monde positif des adultes, des hommes d'action, des Hersant, des de Gaulle. Il se donnait l'illusion d'être un chef. Cet entêtement, c'était la ligne Maginot derrière laquelle il se réfugiait, craignant son penchant qui le poussait à tout abandonner au doute, à l'à-quoi-bon, à la démission du réel. Il sentait que, s'il cédait au sentiment de ce qui était juste, à l'amitié, il allait ouvrir les vannes de tous les possibles et perdre le contrôle de lui-même, alors qu'il était déjà en train de perdre celui des évènements. J'assistais impuissant à cette lutte entre lui et lui. En fait, en se parant de cette rigueur qui sonnait faux, il croyait recueillir les suffrages posthumes de son père qui n'avait cessé de lui reprocher son inconséquence et sa légèreté.

Nourrissant naïvement l'illusion que l'amitié serait finalement la plus forte et qu'il allait essayer de me retenir, je lui lançai mon va-tout : « Puisque vous refusez de me soutenir, je n'ai pas d'autre solution que de vous donner ma démission. »

Il prit ma proposition au vol. Loin de provoquer en lui une émotion salvatrice, un mouvement venu du cœur, je vis avec peine que cela le soulageait. Il n'en attendait pas tant.

« Ton geste ne manque pas de noblesse », me dit-il, sans esquisser le moindre argument pour me faire changer d'avis, heureux que je le débarrasse du problème que je lui posais. Il s'en tirait en louant mon élégance. C'était sa manière de me donner mes huit jours.

Nous nous serrâmes la main froidement. J'abandonnai un Jean d'O libéré de ses scrupules. Dans ce vaste bureau directorial, trop grand pour lui, il espérait sans doute que tous les problèmes humains qu'il allait devoir affronter se résoudraient de la même façon, par cette délicate forme de suicide de ses solliciteurs, lui évitant l'insupportable corvée qu'il fuyait : trancher, décider, gouverner. C'est d'ailleurs ainsi qu'il agit avec Bernard

Pivot : le poussant à la démission, non par une décision franche, mais par ses tergiversations décourageantes.

Je me retrouvai sur le rond-point des Champs-Élysées, dans ce lieu même où, huit ans plus tôt, j'avais franchi avec tant d'émotion la porte du *Figaro*. J'avais le cœur bien lourd. C'était un jour gris. L'automne était déjà là. Commençait-il à faire froid ou était-ce le sentiment de froid intérieur qu'inspire la solitude ? Ainsi Jean d'O que j'avais tant aimé, tant admiré, me sacrifiait sans pitié. Je me sentais glisser dans un puits sans fond. L'angoisse de l'avenir me tenaillait. Allais-je à nouveau sombrer dans cette déchéance qui était mon angoisse ? Puis me revinrent tous les délicieux moments passés avec Jean d'O, nos fous rires, nos discussions littéraires éperdues, et à ce moment, devant toutes ces promesses de bonheur gâchées, je compris à quel point j'étais triste.

LA SOLITUDE DANS L'ÉPURATION

Aron errait dans les bureaux déserts du Rond-Point, ces vastes salons désaffectés, tendus de velours frappé, hier encore grouillant de journalistes. D'un air pénétré, comme un conquérant sur le champ de bataille le soir de sa victoire, il inspectait le terrain de ses anciens affrontements : vide, le service étranger, vide, le service politique, vides, les informations générales. Ne demeuraient qu'une odeur de poussière et quelques cartons abandonnés que rangeaient des secrétaires craintives. Quels étaient ses sentiments devant ces bureaux désertés ? Certes, ces journalistes, il ne les portait pas tous dans son cœur. Il lui était difficile de ne pas leur garder rancune de s'être si obstinément refusés à sa nomination comme directeur. Il vouait même à certains une animosité exaspérée, ceux-là qu'il n'était pas loin de considérer comme des gauchistes. Tout comme aux étudiants contestataires qui l'avaient hué à la Sorbonne. Même s'il n'avait pas une responsabilité directe dans l'épuration qui avait décimé leurs rangs, il ne s'était nullement opposé, pas plus que Jean d'O, à ce que l'Ogre les sacrifie. Pourtant, cent trente journalistes mis à pied, cela ne passait pas inaperçu. En demeurant avec Hersant, sa solidarité avec eux ne crevait pas les yeux. S'il avait des scrupules, ce qui n'est pas certain, il pouvait toujours s'en délivrer en se disant que la proscription avait surtout frappé des journalistes trop enclins à se laisser séduire par les sirènes de la pensée de gauche. Mais alors pourquoi avaient-ils rejoint *Le Figaro* ? Étaient-ils coupables d'avoir écrit des articles tendancieux ou seulement coupables de ne pas être d'accord avec lui ?

Il se rendait au service économique, là où il était certain d'être accueilli selon son rang. Alain Vernay, le chef, petit homme nerveux, agité et atrabilaire, se pliait en courbettes, en *kôtô*, en génuflexion. Voilà les journalistes selon son cœur. Et déjà il imaginait tous ces recrutements auxquels il allait demander à Hersant de procéder. La liste était toute prête : des petits Aron, il en voulait partout pour remplir les vides ; des petits Aron au service étranger, ayant sucé la douce mamelle de l'atlantisme, du libéralisme et de la *pax americana* ; même chose au service politique, il imaginait déjà de petits Aron qui, fervents lecteurs de *L'Opium des intellectuels* et de l'*Introduction à la philosophie de l'histoire*, l'écouteraient dans un silence recueilli. Ils lui poseraient des questions intelligentes comme des élèves doués, et lui les corrigerait, les remettrait dans le droit chemin s'il leur prenait l'envie d'en sortir. Ce serait le monde idéal : l'Aronie parfaite. Lui aussi dirigerait un journal dont il serait l'alpha et l'oméga. Enfin il rejoindrait Sartre dans le pouvoir absolu. Mais comme tout cela avait mis du temps à venir.

Quant à Jean d'O, soulagé d'un poids énorme de responsabilité, comme si Hersant l'avait délivré d'une douloureuse dent de sagesse, il respirait. Son problème n'était pas de diriger un journal, mais de diriger une rédaction. Et maintenant il n'y avait plus de rédaction. Puff, envolée. Aron, devenu directeur politique, lui retirait ce qui lui restait de pouvoir. Bien sûr, au fond de lui-même, il n'était pas tout à fait satisfait : un doute le taraudait. Des voix s'élevaient pour le traiter de carpette et stigmatiser son inféodation à Hersant. Il sentait qu'il suscitait une sourde animosité et, cela, il ne le supportait pas. Il détestait de ne plus être aimé. C'était la première fois. Il se sentait gêné, comme lorsque, enfant, sa mère le surprenait devant les débris d'une précieuse potiche de Chine. Même si elle ne lui adressait aucun reproche, il décelait à son air navré qu'il avait commis une bêtise, une grosse, une énorme bêtise. Sa conscience, pourtant bonne fille, le titillait : tous ces journalistes mis à la porte, réduits au chômage, à l'indigence, qui le maudissaient. Ce n'était pas l'idée qu'il s'était faite du journalisme quand on lui avait donné les rênes du journal. Il pensait alors qu'il serait le seigneur du *Figaro*. Cela avait tourné à l'aigre. Le carrosse s'était mué en citrouille. Peiné, il se raccrochait à Aron, Aron si intelligent qu'il était impossible qu'il eût jamais eu tort. Il craignait d'être pris pour un Pinochet, le grand ami de l'ami d'Aron, Kissinger. Quand il esquissait des craintes devant lui – la normalisation n'avait-elle pas été un peu drastique ? Était-il nécessaire de faire couler autant de sang ? –, Aron avait une réponse toute prête : l'Histoire. Que serait devenue la France si Thiers n'avait pas réprimé les communards, et l'Allemagne de Weimar si le chancelier Ebert n'avait pas noyé dans le sang la révolution spartakiste ? Ces gauchistes du *Figaro* n'étaient-ils pas, à leur manière, aussi dangereux que Rosa Luxemburg ? Et Aron, tel Richelieu devant Louis XIII après l'exécution de De Thou et de Cinq-Mars, tentait de le convaincre que, si pénible que soit l'opération sacrificielle qu'ils avaient laissé faire, il fallait se montrer digne de la raison d'État.

Du haut de cette ivresse que donne à des intellectuels leur soudaine immixtion dans l'action concrète, fût-elle néfaste, y avait-il une place, une toute petite place, pour la lucidité ? Pour des scrupules ? Y avait-il de quoi être fier pour des intelligences d'un si haut calibre d'avoir associé leurs formidables capacités de philosophes pour un si pitoyable résultat ? Car force est de dire que, plus préoccupés de ménager leurs intérêts et leur pouvoir que soucieux de freiner tant soit peu la frénésie décimatrice de l'Ogre, ils l'observaient sans broncher, du donjon de leur invulnérabilité, opérer une épuration drastique, parfois d'un œil complice quand la hache s'abattait sur un de ces prétendus gauchistes objets de leur ressentiment ; purge qui laissait ce grand journal exsangue, vidé de sa substance, territoire aussi mort, desséché, stérilisé, que les rizières vietnamiennes après le passage des B-52.

Une des raisons qui pourraient expliquer, sinon justifier, chez Aron, son indifférence olympienne, son absence de compassion à l'égard des journalistes licenciés, tenait peut-être à ce qu'il les considérait, en pur intellectuel, moins comme des hommes de chair et de sang que comme des êtres de raison mus par des mobiles politiques. Il extrapolait son expérience des revues d'opinion à la grande presse, où une mise à l'écart n'a pas la même signification : dans un cas, une démission n'a pas de conséquence pécuniaire, alors qu'un journaliste professionnel, s'il adhère certes souvent à la ligne éditoriale d'un journal, à ses opinions, considère avant tout celui-ci comme un gagne-pain. La perte de son emploi revêt alors des conséquences dramatiques : il risque de se retrouver au chômage et de voir sa famille sur la paille. Aveuglé là encore par son moi tout-puissant, source de son génie, Aron avait du mal à se mettre à la place des autres.

Mais, patatras, tout s'écroula. Hersant n'était pas si bête, bien que non bachelier, pour, ayant conquis le *Figaro* de haute lutte, s'en laisser déposséder par qui que ce soit, fût-ce Aron. Il lui avait tendu un piège en lui proposant cette direction politique tant convoitée. Un appeau qui ne visait qu'à le retenir au journal et éviter la fâcheuse contre-publicité de son départ. Piège dans lequel l'ami de Machiavel était tombé à pieds joints. Aron s'était fié naïvement à ce chiffon de papier. Un mois ne s'était pas passé qu'Hersant reprit violemment les rênes du pouvoir. Il signifia que le directeur politique, c'était lui et personne d'autre. Aron déconfit donna sa démission, tentant d'entraîner dans sa démission Jean d'O avec lequel il avait conclu un pacte digne du prince Éric et des héros du *Bracelet de Vermeil*. C'est tout juste s'ils n'avaient pas échangé leur sang. Mais, là encore, Aron fut la dupe de lui-même. Il voyait Jean d'O à son image, attaché au pouvoir, brûlant de le détenir comme Lady Macbeth. Or l'auteur d'*Au plaisir de Dieu* détestait ce pouvoir calamiteux qui le détournait de tout ce qu'il aimait. Il allait enfin retrouver les plaisirs dont on l'avait privé : le soleil, le ski, les bains de mer, les jolies femmes, Venise. De plus, Hersant, confiant dans sa docilité, lui proposait de le délivrer de la corvée des responsabilités, d'écrire à sa guise sur tous les sujets qui lui plairaient. Jean d'O qui, cinq ans plus tôt, avait du mal à placer ses chroniques auprès de Louis-Gabriel Robinet, ne se le fit pas dire deux fois. Sans hésiter, il se désolidarisa d'Aron. Il l'abandonna à ses débats d'amour-propre avec cette brutalité soudaine qui surgissait chez ce pacifique quand on voulait entraver sa liberté et ses plaisirs.

De mon petit appartement de la rue du Cherche-Midi, j'observais de loin cette lutte de titans. Quelle leçon je venais de prendre, grâce à eux, à mon détriment. Incurablement idéaliste, j'avais imaginé les grands esprits et les hautes intelligences dotés de caractères et de vertus exceptionnels, de courage, d'abnégation, je devais en rabattre. J'étais aussi déconfit qu'une jeune fille naïve qui s'est laissé séduire par les boniments enchanteurs d'un don Juan. Aron, poids lourd de l'intelligence, mêlé de près aux conflagrations de l'Histoire, me paraissait plus coupable que le léger Jean d'O que sa fantaisie protégeait. Quel coup porté à mon admiration, moi qui n'étais pas loin de partager sur le philosophe le jugement de De Gaulle : « Votre philosophie de l'Histoire, quand vous l'appliquez à ce qui est contemporain, porte la lumière sur un abîme. » Le superbe et lâche détachement de ces deux grandes figures faisait un décevant contraste avec le courage de ces journalistes, que ne protégeaient ni leur génie ni leurs ressources financières, qui préféraient s'immoler en démissionnant plutôt que d'abdiquer leur idéal.

Bien calfeutré au milieu des tableaux de famille, sorte d'arche de Noé des catastrophes familiales, respirant le parfum du figuier de ma cour pavée, je soignais mon traumatisme en écoutant l'*Adagio d'Albinoni* qui me poignardait de son lamento. Je revoyais comme un rêve tout ce que j'avais vécu. Je n'étais pas loin de comparer les terribles conflits, les déchaînements de haine dont j'avais été le témoin comme une sorte de guerre civile. Au détail près que personne n'avait été fusillé. Mais que d'injustices avaient été commises. J'allais prendre mon tour dans la file des chômeurs, ces hommes et ces femmes dont je sentais la tristesse d'avoir perdu leur raison de vivre. Je gardais le contact avec un bon nombre de ceux qui avaient dû quitter le journal. J'admirais leur courage, la bonne humeur avec laquelle ils affrontaient le séisme qui bouleversait leur vie. Je savais que beaucoup d'entre eux, pourtant talentueux, se retrouveraient sur le carreau. Ce serait peut-être aussi mon cas.

Mes parents ne me disaient rien, mais je sentais leur déception. Leur enfant prodige était tombé de son petit piédestal. Car les vrais lecteurs d'un journal, les plus assidus, les plus passionnés, ce ne sont pas tant les abonnés, ce sont les parents. Avec quelle passion ils lisent chaque matin la prose de l'enfant qu'ils ont vu naître. Est-ce bien lui qu'ils ont connu faisant le désespoir des professeurs et dont ils peuvent lire chaque matin cette prose qui les enchante ? Mes parents ne parvenaient pas à comprendre mon inexplicable brouille avec Jean d'O, ni pourquoi, après avoir frôlé les sommets du journalisme, j'acceptais cette dégringolade. Quitter *Le Figaro*, quelle qu'en soit la raison, frappait d'une sorte d'infamie : cela apparaissait comme un reniement de la bourgeoisie. Sans me le dire, ils étaient inquiets. Moi aussi.

Si bizarre que cela puisse paraître, je trouvais une forme de délivrance dans ce départ du *Figaro*. Max Clos m'avait certes facilité la tâche en me poursuivant de sa haine et en m'envoyant en punition dans un cul-de-basse-fosse. Mais n'était-ce pas l'occasion que le destin m'offrait de me mettre à écrire en toute liberté, à écrire le matin, le soir, la nuit, si cela me chantait, sans autre obligation que de remplir ma page blanche ? Et cette idée de me plonger dans une orgie de littérature m'aidait à apaiser les angoisses sur mon avenir. Quant à Jean d'O qui m'avait tellement déçu, qui avait été complice de cette épuration, je lui en voulais autant que je m'en voulais de l'avoir à ce point idéalisé. Pis, d'avoir été tant soit peu à l'origine de sa nomination. C'était la fin de notre idylle. Je me résignais en songeant à la phrase de Sartre après sa séparation avec Camus : « Être brouillés, c'est seulement une autre façon de vivre ensemble. »

L'avantage d'écrire un roman, c'est que plus rien d'autre n'existe. La réalité s'efface et on pénètre dans un autre monde. C'est ce que je croyais. Mais ce livre allait me replonger au cœur ardent du drame que je venais de vivre, tout en le hissant, magie de la littérature, à une dimension spirituelle que je n'imaginais pas. C'était une autre forme d'aventure.

Troisième partie

LE MIRACLE

UNE BLESSURE QUI DEVIENT LUMIÈRE

Donc, ce roman, je me mis à l'écrire. Il n'est pas d'opération plus mystérieuse que celle qui consiste à tenter de transfigurer une vie qui vous a déçu en la transportant dans un autre monde. Quels motifs impérieux me poussaient ? Ils étaient trop nombreux pour que je puisse les discerner. Un reste d'indignation demeurait et cherchait son expression, mais cela comptait peu par rapport à cette force obscure que je ne peux appeler autrement que la nécessité. Elle seule me guidait. Si de mauvais sentiments pouvaient se glisser dans mon entreprise, ils se diluaient vite dans une ambition plus profonde. Je voulais comprendre. Trouver le sens profond des évènements que je venais de vivre pour ne plus en subir la blessure, tel un animal qui souffre sans connaître la cause de sa souffrance. Essayer de voir clair dans cet embrouillamini d'épisodes qui m'avait projeté vers la lumière, puis, d'une façon tout aussi énigmatique, m'avait amené à me retrouver sur le pavé. Pourquoi, après l'épiphanie qu'avait représentée ma rencontre avec Jean d'O, m'étais-je irrésistiblement laissé entraîner à rompre avec lui ? Pourquoi cette société des heureux du monde, qui m'avait tellement attiré, me semblait-elle avec le recul aussi décevante ? N'était-ce pas moi le fautif, qui avais projeté trop de rêves en imaginant que la réalité ressemblerait aux livres qui avaient enfiévré mon imagination ?

De plus, en transposant mon expérience vécue, j'avais une chance de me délivrer de ses poisons et de mener à bien ce processus qui mène à la naissance non seulement d'un livre, mais d'un roman. Création aussi peu naturelle que possible. Autant le désir de raconter sa vie, d'en narrer les épisodes plus ou moins heureux, correspond à un besoin compréhensible, autant se lancer dans la construction d'une fiction est un pari d'un autre ordre. C'est retrouver la veine de la fabulation à l'origine de toutes les mythologies. Tentative poétique pour expliquer le monde à travers des monstres, des dieux, et leurs aventures extravagantes. Explication qui se retrouve dans les délires pathologiques des victimes d'un traumatisme étudiées par Otto Rank. Mais obscurément je cherchais aussi à percer autre chose de plus essentiel : l'énigme de la destinée. Car je pressentais, ma vie n'étant pas finie, que de ce mal, qui m'avait jeté à terre, pourrait jaillir un bien. Je remettais mes pas dans ceux de Leibniz. Je le devinais, mais l'avenir allait me le confirmer : toute souffrance trouve sa justification dans un plus grand bien. Donc, de ce roman, je n'attendais pas seulement un éclairage sur moi-même, mais une prédiction sur ce que j'allais devenir.

Je creusais un tunnel, et ce tunnel, je ne savais pas où il me conduirait. Parfois je discernais une lumière, l'espoir d'un chemin se dessinait, puis c'était à nouveau la nuit. Une nuit pleine d'angoisse et d'ombres. Combien de mois, d'années, me faudrait-il pour savoir si, ce tunnel, j'en verrais un jour le bout ? N'étais-je pas en train de m'enfoncer dans une aventure incertaine qui se terminerait – qui sait – par un naufrage ? Je pensais au malheureux Magellan, errant au large du cap Horn, cherchant désespérément un passage. Aucune boussole ne pouvait m'indiquer la direction à suivre. J'avançais à l'aveugle. Parfois l'idée me venait de renoncer. Je la chassais. Elle revenait. Le confort de la vie de journaliste me faisait miroiter ses séductions. Quel délice que ces articles si vite rédigés, si vite parus, écrits dans la quiétude, même s'ils étaient oubliés le lendemain.

Ce qui me désolait le plus, c'était l'idée que mes sacrifices ne serviraient peut-être à rien. De ma fenêtre, je voyais la cour pavée où jouait un chat noir et blanc ; au-delà, derrière la lourde porte cochère, c'était la rue du Cherche-Midi, avec ses magasins, ses cafés ; et, après, la place de la Croix-Rouge, l'éventail de toutes les tentations : le café de Flore, les Deux Magots, la brasserie Lipp, tous ces lieux où la vie s'épanouit dans la nonchalance. Que n'aurais-je pas donné pour deux heures d'insouciance, à bavarder devant un café amer, en regardant passer les jolies filles ?

Les seules personnes que je voyais passer devant moi, c'étaient mes personnages : Luc, un jeune peintre arriviste, inspiré d'un ami écrivain, Éric Ollivier, un peu de moi, et bizarrement de Gabriel Aranda, jeune homme pauvre qui s'était hissé, grâce à la protection d'un ministre, dans un cabinet ministériel ; Dorsac, autre personnage clé, était né, lui, de Jean d'O – plus tard celui-ci signerait de ce nom les lettres qu'il m'adresserait pour me signifier que la littérature était plus forte que tout –, mais il empruntait aussi des traits à Albin Chalandon, à Chaban-Delmas, et à quelques ministres que j'avais croisés dans les couloirs de l'Assemblée. Bien d'autres héros de mon roman tiraient leur existence de mon expérience journalistique : des pétroliers, des inspecteurs des finances, des patrons de presse et ces séduisantes femmes fatales sans lesquelles, comme le dit Julien Gracq, aucun roman n'est lisible. Ce qui les reliait, les entremêlait, les faisait se déchirer, c'était l'ambition, drogue dure dont j'avais vu s'exercer les ravages, et qui pour cela me séduisait.

Et puis, un jour, comme on découvre derrière la brume un paysage ensoleillé, j'arrivai, non pas au but, mais à la fin du roman. Bien sûr, il ne m'apportait pas les éclaircissements que j'en attendais. Du moins j'éprouvais le soulagement de l'avoir fini. Le reste, le succès, était sur les genoux des dieux. Et ces dieux ne me furent, cette fois, pas hostiles : j'obtins le prix Interallié. Si heureux que je fusse ce jour-là, je me sentis assailli par mes questions leibniziennes : fallait-il donc qu'il y ait eu ces drames, ces illusions, ces déceptions, un tel maelström de souffrances et d'humiliations, pour obtenir cette lumière ? Oui, je me posais cette question. L'ennui, c'est que je me la pose toujours.

UNE FÊTE PERPÉTUELLE

Soudain je m'éveillais dans un rêve. Un pays de Cocagne. Comme le héros de *La vie est un songe* passé subitement d'un cachot au palais de son père. La vie était simple et facile. Il n'y avait pas de guerre, aucun ennemi embusqué pour me faire la peau, aucun tortionnaire pour me contraindre à avouer que j'étais un gauchiste. Dans quel Éden avais-je été transporté ? Philippe Tesson n'était pas un journaliste, il était le journalisme, du moins tel que j'en avais rêvé, comme s'il avait été inventé pour combler mes désirs contradictoires, et tel qu'il n'existera plus jamais. Ce journal, *Le Quotidien de Paris*, il en était le créateur, le propriétaire, l'animateur, l'inspirateur, le gourou, l'essence et l'existence, sans pour autant en être le dictateur. Un chef d'orchestre qui, loin de vouloir imposer sa loi, se plaisait à tirer le meilleur des divas et des virtuoses qu'il avait rassemblés. Je retrouvais à l'âge adulte le climat que j'avais connu à l'institution La Source, fondée sur les principes de Mme Montessori, où il s'agissait autant d'apprendre que d'être heureux. Je renouais, dans le cadre d'une entreprise, avec la bienveillance, le respect de la personnalité de chacun qui, par miracle, n'aboutissaient pas à l'anarchie. Tesson était l'inventeur d'une sensibilité en matière de journalisme, issue de sa propre personnalité vraiment atypique, sorte de généreux pervers polymorphe : désirant tout, voulant tout, et se sentant toujours frustré de l'œuvre qu'il voulait accomplir.

Son inspiration puisait sa source dans le courant d'esprit de la revue *La Table ronde* : après les déchirements de l'Occupation et de la Libération, des intellectuels et des écrivains plutôt de droite, mais mêlés à des gens de gauche, avaient, sous le magistère de François Mauriac et l'aiguillon de Roger Nimier, voulu mettre fin aux clivages et aux haines provoqués par une forme de guerre civile. On avait choisi d'abolir les oppositions politiques au bénéfice de deux dieux : le talent et la liberté d'esprit. On voulait respirer. Prouver qu'il existait un autre monde, léger, libre et profond, loin de Sartre, de ses oukases, de ses vérités révélées.

Tesson m'aimait pour les raisons mêmes qui m'avaient fait détester par Max Clos. Que je fusse un écrivain, loin de me disqualifier, était porté à mon crédit par un homme qui au fond de lui-même révérait l'art, et en particulier la littérature. Il l'idolâtrait au point de ne pas se trouver digne d'être lui-même un écrivain. Sa dévotion glaçait son élan. Aussi trouvait-il dans l'expression journalistique un canal de dérivation à cette passion. Car tout était littéraire chez lui, son éclectisme, son personnage, ses contractions, son aspiration spirituelle, et le fait que l'ensemble de ces qualités ne soient pas abstraites, mais incarnées : rien n'est plus incarné que le journalisme. Son terrain de jeu était le plus vaste qui soit, puisque lui-même exerçait son talent de l'Assemblée au théâtre où il était chaque soir un spectateur passionné, des salles de rédaction aux faits divers, il n'était aucune activité humaine qui n'excitât sa curiosité d'homme-orchestre.

Pour moi, c'était une délivrance. Fini le caporalisme de Max Clos, son jansénisme professoral, ses œillères dogmatiques, cette conception masochiste ennemie de la fantaisie, qui envisageait ce métier comme un purgatoire : on devait pour dompter les individualités employer les méthodes en usage dans les maisons de correction. Fini ce carcan de cohérence spinozienne, obsession de Raymond Aron, qui jugeait insupportable que l'on pût émettre une opinion différente de la sienne. Finie la crainte sourde de déplaire au pouvoir, aux annonceurs, aux juges, à la police. Non seulement Tesson ne regardait pas avec suspicion les enquêtes sur des sujets dangereux ou explosifs, mais il excitait ses journalistes pour qu'ils poussent le plus loin possible le fer de leurs investigations.

C'était d'ailleurs la mauvaise réputation d'incontrôlable que m'avait donnée ce genre d'enquête qu'il avait appréciée chez moi. Il regrettait que je me sois assagi. Une sorte d'à-quoi-bon s'était emparée de moi. Un fatalisme ! Parfois, avec nostalgie, il ironisait sur mon manque d'allant pour ces sujets brûlants : « Quand vous étiez journaliste... », estimant que j'étais devenu non pas un rond-de-cuir, mais un journaliste trop sage, trop modéré. Un commentateur mesuré.

Fini aussi ce débat byzantin qui avait usé *Le Figaro* pendant dix longues années entre le propriétaire et la rédaction, opposant le capital financier au capital intellectuel. Il cumulait les deux comme propriétaire fondateur et directeur, et – là encore original – il privilégiait les intérêts de son journal quitte à perdre de l'argent.

Journaliste politique tout terrain, je rencontrai François Mitterrand avec lequel j'allais nouer une relation bizarre, aussi bizarre que l'homme lui-même. D'abord au cours d'un séjour à Château-Chinon d'où je devais tirer un portrait dont le titre en disait long sur la séduction qu'il avait exercée sur moi – « Un homme libre aux portes de la légende » –, ce qui montrait l'esprit tolérant de ce journal de droite ; puis lors de nombreux déjeuners au restaurant Dodin-Bouffant, non loin de son domicile, rue de Bièvre, et, après son élection, à l'Élysée. Était-ce l'illustration de mes contradictions – et des siennes – ou simplement une entente barrésienne fondée sur une passion commune pour la littérature ?

C'est Paul Guilbert qui m'avait fait rencontrer Tesson. Un personnage auquel allait me lier une longue amitié. Lui aussi journaliste politique passionné de littérature, il avait été le secrétaire et l'ami de Kessel. Il l'avait aidé à terminer son roman *Les Cavaliers* et avait rédigé son discours d'entrée à l'Académie, l'éloge de son prédécesseur le duc de La Force, que Kessel regardait comme un pensum. Il devait être durant de longues années le compagnon de la romancière Raphaële Billetdoux. Rares sont ceux qui ne sont pas tombés sous le charme de sa personnalité généreuse. Talent libre, grand, massif, l'air altier, à l'allure virile de condottiere, il promenait dans les allées du pouvoir sa crinière de lion roux, sa bonhomie souriante que rien ne semblait entamer. Doué d'une chaleur humaine réconfortante, ignorant superbement la mesquinerie, toujours prêt à s'enthousiasmer et à aimer, sa curiosité pour les êtres était inlassable. Ce gaulliste ignorait le sectarisme. Devant pareille nature tout en élévation, je ne pouvais m'empêcher de penser à son propos au jugement d'Anatole de Monzie sur Henry de Jouvenel : « Le journalisme était pour lui l'occasion de dilapider chaque matin de la noblesse. » Il aimait la politique comme un condensé des passions humaines. Plus en artiste, en écrivain, qu'en analyste froid. Il en savourait tout : le lourd remugle des congrès, l'atmosphère électrique de la Chambre des députés, la force des amitiés et la non moins forte persistance des haines, ce mélange d'idéal et d'intrigues, de songes et de mensonges, de grandes idées et de maquignonnage, de désintéressement et d'intérêts médiocres. Je le revois revenant de la Chambre, où il avait côtoyé les fauves de la politique, la gibecière pleine d'anecdotes, de notations psychologiques, mêlant les secrets d'État et les potins, il en faisait revivre les figures majeures de sa belle voix chaude de tribun. Il trouvait là la nature humaine portée à l'incandescence.

La qualité qu'il appréciait le plus, c'était la fidélité. Il avait pour ses amis une passion presque religieuse, à quelque parti qu'ils appartinssent, quelles que fussent leurs opinions, de Chirac à Thierry Lévy, de BHL à Catherine Nay, de Claude Perdriel à Philippe Tesson. Des mille déjeuners que j'ai eus avec lui, je suis toujours revenu avec le sentiment que le monde était riche, surprenant, fantasque et que quoi qu'il arrive le soleil brillait, même s'il pleuvait des cordes. Désintéressé, n'ayant d'autre ambition que le bonheur de ses amis, il paraissait traverser la vie comme une aventure amusante, n'en voyant que le cocasse ou l'humain, le trop humain. Juger de manière péremptoire ne l'intéressait pas : il se plaisait à comprendre un caractère, à expliquer l'origine d'un comportement, d'un vice, d'une opinion et à les disséquer. Grand confesseur et médecin des âmes, chacun lui confiait ses peines de cœur. Il avait pour la race humaine, qui passe beaucoup de temps dans le labyrinthe des complications sentimentales, les soupirs, les illusions et les pleurs, une immense compréhension. C'est dire le bonheur que j'ai eu à jouir de son amitié et la tristesse que je garde de l'avoir perdu.

Très vite, devant la lassitude que j'éprouvais pour la politique institutionnelle, Tesson me propulsa vers les questions culturelles et me proposa la direction d'un supplément littéraire que j'aurais la charge de créer. C'était là encore un rêve réalisé. Bien sûr cela ne se fit pas simplement. Tesson mettait toujours un séduisant byzantinisme dans ses relations personnelles et professionnelles. Comme les femmes coquettes, il promettait beaucoup, tant était grand son désir de séduire et d'être aimé, et, parfois, au dernier moment, après avoir allumé vos désirs, il vous frustrait de leur réalisation. Ce qui créait un climat passionnel qui aurait pu tourner à l'aigre si, au dernier moment, il n'avait trouvé un moyen de remplir sa promesse, mais d'une autre façon. Faisant mon deuil des *Nouvelles littéraires* qu'il m'avait fait miroiter, j'acceptai avec enthousiasme d'animer ce supplément. Et il faut admettre que je m'y suis follement amusé avec la petite équipe que j'avais recrutée, qui avait l'originalité d'être composée de débutants très jeunes et de chevaux de retour de la critique qui avaient largement dépassé l'âge canonique. Quand je dis « amusé », il faut le prendre dans son acception tessonienne où plaisir et œuvre utile s'accomplissent en harmonie. Comme lorsque Corot disait à ses élèves, après un déjeuner bien arrosé à Barbizon : « Eh bien mes enfants, allons nous amuser, allons travailler. »

De jeunes écrivains étaient vite adoptés dans ce qui était moins un journal qu'une famille : Laurence Cossé, catholique, trouvant son inspiration dans Bernanos, devait écrire de beaux romans qui traduiraient les tourments des âmes exigeantes ; Dominique Bona, jeune et belle, s'essayait au journalisme, et nul ne pouvait encore deviner qu'elle portait en elle une œuvre de romancière et qu'elle trouverait dans la vie réelle tant de personnages douloureux et tragiques dont elle tirerait de magnifiques biographies ; Éric Neuhoff, passionné de Drieu La Rochelle, faisait ses premières armes, comme son ami Patrick Besson, talentueux scorpion, pervers, qui piquait les autres autant qu'il se piquait lui-même. Christian Charrière, passionné d'occultisme et de voyages dans tous les arcanes. Gilles Pudlowski, qui mêlait pour son plus grand plaisir bonne chère et littérature gouleyante. Patrick Grainville donnait des articles coruscants dans ce style rococo qui est sa marque.

Mais une des raisons pour lesquelles le journalisme d'enquête avait cessé de me séduire, c'est que la littérature occupait toute la place dans mon esprit. Celle des autres et aussi la mienne. Chaque jour, à l'heure du déjeuner, seul moment de liberté, je m'installais dans l'arrière-salle d'un restaurant chinois, avenue de la République. Sur une nappe en papier, devant un riz cantonais, dans l'odeur entêtante de la sauce de soja, j'écrivais un roman. Il m'emportait bien loin dans le passé puisqu'il se déroulait sous l'Occupation. Un de mes héros était inspiré de Pucheu et de la tragédie qui l'avait amené devant le peloton d'exécution. Si éloigné dans le temps que fût ce roman, dans son contexte politique, l'épuration, il se ressentait encore de mon expérience du *Figaro*, des haines politiques qui s'étaient affrontées. Mais il s'agissait de transcender ces conflits pour tenter de comprendre leur complexité. Je détestais le noir et blanc, en littérature comme dans la vie. Tandis que je décrivais un groupe d'amis que les évènements allaient séparer, passant des vacances insouciantes à Guéthary, jouant au tennis, flirtant, inconscients des prodromes de la guerre, Davé, le patron du restaurant, jeune Chinois cérémonieux, m'apportait un café. Il s'asseyait à côté de moi, et, tirant un jeu de cartes d'une propreté douteuse, me prédisait un avenir non moins douteux.

C'est dans ce restaurant que je revis Jean d'O. À l'initiative d'une de mes amies, Malcy, son égérie. Il souhaitait renouer le contact. La rencontre fut d'abord glacée. Le lourd différend qui nous avait séparés pesait de tout son poids de rancune. Nous nous en voulions réciproquement : moi d'avoir été si cruellement déçu, lui du mauvais souvenir de ce passé qui lui rappelait à quel point il n'avait pas été à la hauteur de lui-même. Trop orgueilleux pour admettre ses erreurs, et encore plus sa culpabilité, il était trop intelligent pour nier les ravages d'une inconséquence pour laquelle, comme vis-à-vis de tout ce qui le touchait, il ne pouvait se départir d'une indulgence plénière. L'atmosphère se réchauffa peu à peu. Le vin rosé aidant, et surtout le charme de Jean d'O, qui avait l'art de dédramatiser la vie, nous retrouvâmes le chemin de l'amitié perdue. Quelque chose entre nous était impérissable, qu'aucune querelle ne pouvait ternir, une conception ludique et passionnée de la littérature que je n'ai connue qu'avec lui. Sans que cela fût dit, nous décidâmes d'enterrer ce passé qui nous parut soudain très lointain et comme étranger à notre nature profonde.

À quelque temps de là, je retrouvai Raymond Aron au Salon du livre. Campé dans son orgueil, il était seul devant un pupitre et nul n'osait l'approcher. Je pressentis pour la première fois à quel point sa gloire lui semblait vaine en comparaison d'un terrible manque : le bonheur d'être aimé. Car dans le lien qui l'unissait à ses admirateurs, en dépit d'une forme de vénération pour son intelligence, il n'était personne pour lui manifester cette chaleureuse affection qu'on réserve à ses idoles. Dans une salle proche, une trentaine de spectateurs regardaient sur un poste de télévision une série d'entretiens qu'il avait accordés à des journalistes. J'allai le saluer. Il me regarda d'un air triste. Nous étions comme deux rescapés du *Titanic* qui auraient eu une violente querelle avant que le paquebot invincible ne rencontre l'iceberg fatal, et qui se retrouvent, enveloppés dans une couverture, devant un verre de vin chaud, au fond heureux d'être sains et saufs. Il s'animait, curieux de partager une expérience historique que nul ne pouvait plus comprendre, et qui d'ailleurs n'intéressait personne. Que pensait-il au fond de lui-même ? Avait-il des regrets ? Des remords ? Nous nous contentâmes de rester à la surface des choses. D'évoquer non pas la pluie et le beau temps, mais les menus évènements qui sont l'écume de la vie. Pourtant, beaucoup de questions me brûlaient les lèvres. Sans doute aurais-je dû les lui poser pour crever l'abcès. Elles me reviennent aujourd'hui qu'il n'est plus là.

« Pourquoi, lui aurais-je dit, avec toute votre intelligence, votre génie, avez-vous nourri cette ambition presque médiocre, eu égard à qui vous étiez, de devenir directeur politique du *Figaro* ? N'étiez-vous pas plus libre, plus fort, jouissant d'une totale liberté, en publiant vos éditoriaux qui étaient attendus, admirés, qu'en occupant ce poste que vous envisagiez – avouez-le – comme celui, sinon d'un censeur – le terme vous déplairait –, mais d'un contrôleur de la pensée des autres ? Pourquoi ressentiez-vous leurs désaccords comme des offenses personnelles ? D'où vous venait, de quelle insécurité, cette crainte de n'être plus une voix unique ? Puis, l'âge et Hersant venant, quel démon de midi vous a pris de faire à nouveau ce bras de fer pour obtenir ce poste ? Et à ce moment pourquoi ne pas avoir tenté de plaider auprès de lui la cause de ces journalistes, d'apaiser sa frénésie de les mettre à la porte, ces journalistes qui n'auraient demandé qu'à vous admirer – si vous n'étiez pas sans cesse intervenu pour les remettre dans le droit chemin, le vôtre exclusivement. Pourquoi vous êtes-vous puni vous-même, au lieu de vous ménager une fin de vie heureuse comme éditorialiste dans ce journal dont vous étiez un des piliers depuis trente ans, entouré comme un vieux sage de considération et de reconnaissance ? »

Tels sont les mots que j'aurais voulu dire à Aron. Je doute que mes arguments l'eussent convaincu. Il tenait l'intelligence pour tout. Et la bonté pour peu de chose. L'Histoire lui donnait raison. Mais la vie ? Ce fossé nous séparait irrémédiablement.

LE RETOUR DE L'ENFANT PRODIGUE

C'était un superbe paquebot immobilisé en plein Paris, dans l'ancien quartier des Halles. Sa proue semblait échouée à la suite d'un cataclysme. Les passants qui se pressaient rue du Louvre donnaient l'impression qu'ils allaient embarquer. Pour quelle croisière, pour quelle aventure immobile ? Robert Hersant avait transféré la rédaction du *Figaro*, du moins ce qu'il en restait après les purges, dans cet immeuble Art déco, ancien siège du journal communiste *Ce soir*. Finis les beaux quartiers, on s'immergeait dans le populaire.

Dans mon bureau, plutôt ma vaste cabine, tout en acajou et en ébène de Macassar, du mobilier aux lambris, car l'architecte avait décliné partout son style naval, j'avais l'impression de voguer dans une longue histoire. N'étais-je pas dans le lieu même où Aragon avait écrit tant d'odes serviles à Staline ? Mais c'est à l'Aragon de *La Semaine sainte* que j'avais l'impression de succéder. Mon esprit s'envolait. Quelle aventure ! La vie était donc faite de cette suite d'incohérences devant laquelle la volonté semblait inopérante. Quelle Parque tissait ce destin inimaginable ? J'étais troublé. L'essentiel m'échappait. Mieux valait renoncer à comprendre. J'étais le jouet de forces obscures.

Car j'étais là où je n'aurais jamais dû être. Et je n'en éprouvais nulle gêne. Tous mes débats moraux, autrefois si urticants, s'effaçaient devant un ordre supérieur qui traçait mon chemin. Et, signe suprême que je ne devais pas me préoccuper de l'inconséquence de ma conduite, j'étais heureux. Heureux au point que, si je m'étais rencontré à cette époque, je pense que j'aurais été jaloux de moi-même. À mi-vie, n'avais-je pas obtenu miraculeusement tout ce que j'aurais pu souhaiter ? Hersant m'avait rappelé au *Figaro* pour édifier un nouveau *Figaro littéraire*, j'avais obtenu le prix Renaudot, et Jean d'O et moi étions redevenus amis, d'une manière encore plus étroite que par le passé. Et non seulement Hersant ne m'en voulait pas d'avoir fait jouer la clause de conscience contre lui lors de sa prise en main du journal, mais il ne m'avait pas tenu rigueur de l'épouvantable portrait que j'avais brossé de lui dans mon roman *Les Feux du pouvoir*. De plus, comble de délicate attention, il m'avait soustrait à la férule de l'indéboulonnable Max Clos, m'évitant ainsi de dépendre de mon ancien tortionnaire. Ce qui signifiait la liberté totale. Je dois dire que ce comportement bienveillant me fit réfléchir. La vie était-elle à ce point incohérente ? Les pires ennemis devenaient les amis les plus chers. Les épurateurs se muaient en bienfaiteurs.

C'était un peu comme si dans un délirant ballet uchronique Pétain s'était réconcilié avec de Gaulle pour former un gouvernement où Thorez aurait côtoyé Pucheu, et Laval d'Astier de La Vigerie.

Une situation aussi folle que celle que l'on voit dans les

romans : Swann qui finit par épouser Odette qui n'était pas son genre, le prince André blessé qui se prend de compassion, dans l'infirmerie militaire, pour Anatole Kouraguine, son pire ennemi à qui le chirurgien doit couper la jambe. Un roman donc qui me propulsait au *Figaro*, où en bonne logique je n'aurais pas dû revenir, à un poste prestigieux, alors que dix ans plus tôt on me considérait comme la plus lamentable des recrues, avec Hersant, que je considérais comme la lie de la terre, qui s'était mué en protecteur, côtoyant chaque jour l'acide Max Clos, qui, levant les yeux au ciel, regardait mon retour comme une punition divine. C'étaient toujours les mêmes cartes, mais redistribuées.

Pourquoi avait-il fallu tant de malheurs pour en arriver là ? Et, dans ce sentiment de revanche sur ma propre vie, ne comptait pas pour rien cette impression d'avoir frôlé si souvent le précipice. Il me semblait avoir gagné ce pari que mon pauvre père dans son idéalisme n'avait pu concilier, une vocation artistique et une reconnaissance sociale, écrire sans pour autant être condamné à la vache enragée.

Oui, la vie était une fête. J'avais reconstitué la famille littéraire du *Quotidien de Paris*. Nous nous amusions à faire un journal sérieux auquel collaboraient tous les écrivains qui le souhaitaient. Ionesco me donnait son testament que je publiais chaque semaine ; Félicien Marceau, Michel Déon, Michel Mohrt, Paul Guth, Le Roy Ladurie, Marc Fumaroli étaient chez eux. Lévi-Strauss dialoguait avec Maurice Rheims ; Jean-François Deniau, Lucien Bodard, Pierre Schoendoerffer, Jean Raspail apportaient l'air du grand large. Alain Peyrefitte auscultait le mal français. Et même Alain Krivine abandonnait quelques instants la Révolution pour parler de Balzac. Quant à Jean d'O, il faisait office de parrain. Débarrassé de toute responsabilité, rendu à sa fantaisie, à la littérature, c'est-à-dire à lui-même, il avait l'art de faire danser la vie. Climat irénique, au-delà de la politique, où chacun avait l'impression de retrouver dans la littérature sa douce langue natale.

De jeunes écrivains comme Jean-René Van der Plaetsen ou Olivier Frébourg y faisaient leurs premières armes. Étienne de Montety apportait une enquête désopilante : il avait fait lire un manuscrit de Duras dont il avait changé le titre à ses trois principaux éditeurs, qui l'avaient refusé. Jeu littéraire pourtant sans méchanceté qui montrait la relativité du jugement littéraire, mais qui n'était pas au goût de tout le monde. Les plats littéraires, pour ne pas paraître trop fades, doivent parfois être relevés de poivre et de piment.

Autre épisode cocasse, l'éreintement par Renaud Matignon du roman de Valéry Giscard d'Estaing, *Le Passage*, dont il disait sans ménagement qu'il était la rencontre de la comtesse de Ségur et de Bécassine. Hersant m'appela de sa voix douce mais persuasive : « Je ne conteste pas le jugement de votre journaliste. Mais vous me mettez dans une position gênante : j'ai besoin de Giscard. » Celui-ci lui accordait une investiture électorale qui lui donnait une bien utile immunité parlementaire. « Trouvez-moi un moyen de l'apaiser sans pour autant vous déjuger. Soyez gentil, je compte sur vous. » Tel était le ton de l'Ogre ; ce ravageur de rédaction, cet Attila de la presse était devenu doux et paisible.

Que des passions dilapidées au cours de ces dix-huit années. Que de moments heureux ! Le talent foisonnait.

Vieux écrivains et journalistes débutants, loin d'être en concurrence, s'enrichissaient de leurs qualités. Magie de la littérature, elle créait un lien entre les générations, apaisait les oppositions, donnait un horizon aussi bien à ceux qui allaient mourir qu'à ceux dont elle serait la raison de vivre. Quel dommage que les contempteurs de cette profession n'aient pas été là : en partageant nos ivresses, ils eussent été convaincus que le journalisme, à certaines heures bénies, peut être le plus beau et le plus noble métier du monde.

Ce qu'Hersant ignorait, ce que mes jeunes collaborateurs et ceux qui me côtoyaient ignoraient également, c'est que sous cette apparence de félicité, de réussite facile, je dissimulais un gouffre. Comment appeler autrement ce sentiment de vide profond en moi, avec sa résonance tragique, son désespoir, que je ne pouvais tenter de combler qu'en m'échappant, au cœur de l'après-midi, comme un homme qui a un rendez-vous secret avec son vice ? Et ce gouffre, il m'accompagnait depuis toujours, il n'était lié ni à l'insuccès ni au succès. Quelles que soient les circonstances, je sentais sa présence. En écrivant, je lui échappais. Ou plutôt j'échangeais des angoisses contre d'autres angoisses. Qui pouvait me comprendre ? Couvert d'amis, de femmes, vivant dans un tourbillon de gens divers, me brûlant à ce feu sacré, j'étais condamné à la solitude.

Cette solitude me reliait à mon père. Il avait dû ressentir ce même sentiment de gouffre qui le jetait sur sa toile et ses pinceaux, lui dissimulant les aléas d'une existence ternie par la médiocrité, qu'il compensait par cet accès fervent à la lumière.

QUAND LE SOLEIL ET LA MER JOUENT AVEC LES MOTS

Et puis il y avait les vacances. D'autres vacances, devrais-je dire. Elles semblaient un autre visage de la littérature. Un maillot de bain suffit à changer bien des choses. Le soleil, la Méditerranée, l'amour étaient conviés pour jouer avec les mots. Si la douceur de vivre a existé, c'est bien dans ce coin de la Corse, à Saint-Florent, lieu mystérieusement privilégié. Là s'était constituée une colonie d'écrivains telle qu'il n'en a peut-être jamais existé, sinon à Bloomsburry, autour de Virginia Woolf, ou dans la Grèce d'Asie Mineure, à Éphèse. Que de conversations, de promenades, de dîners se sont déroulés dans ce paysage d'une beauté foudroyante, entre la montagne et la mer, fleurant les herbes du maquis, dans l'assourdissant concert des cigales et des criquets. L'esprit a soufflé comme nulle part ailleurs. Puis il s'est dissipé, ainsi que vont toutes les belles choses. Rarement il y aura eu autant d'harmonie entre les plaisirs du corps, les bains de mer, les promenades en bateau, les veillées sous un figuier dans la tiédeur du soir, et la saveur des conversations avec des esprits libres, sur lesquels ne pesait aucune convention. Comment, par quel miracle, autant d'hommes et de femmes exceptionnels s'étaient-ils retrouvés, naturellement, unis seulement par leurs affinités électives, sans aucun plan établi ni aucun autre but que de savourer des instants exceptionnels ?

C'est une femme que j'ai connue et aimée, Paule de Beaumont, qui avait réussi ce prodige. Nullement sur un projet délibéré visant à rivaliser avec les Décades de Pontigny qui réunissaient, au début du siècle dernier, des intellectuels de haute volée pour évoquer l'avenir du monde ; son inspiration consistait, dans un mouvement généreusement égoïste, à réunir autour d'elle, avec un fol éclectisme, des écrivains ou des gens intéressants, brillants, susceptibles d'apporter un frisson d'intelligence et de fantaisie dans le papotage mondain. Autrefois très belle, abîmée par la chirurgie par laquelle elle tentait de reconquérir sa beauté perdue, elle exprimait de tout son être la volonté farouche de ne pas céder un pouce de terrain au temps. Elle luttait de toute son énergie pour que la vie soit le plus riche possible : riche d'étreintes autant que de joutes verbales, de prouesses physiques autant qu'intellectuelles. C'est par cette sensualité qu'elle appréhendait tout : elle aimait autant se baigner nue dans la mer, se donner éperdument au soleil, que discuter à perdre haleine du dernier livre qu'elle avait lu, de ses conversations avec Drieu la Rochelle, des mérites de Thomas Mann ou de Zweig. Elle dévorait toutes les nourritures terrestres, au premier rang desquelles elle plaçait les nourritures de l'esprit. Je sortais épuisé et ravi des conversations qu'elle lançait, émaillées de son rire, et surtout de cette forme d'originalité si rare dans le milieu mondain qu'elle fréquentait et dont elle était issue. Car elle restait sauvage et fantasque dans ce monde trop policé. Aucune femme ne m'a jamais inspiré l'impression d'une telle liberté : liberté vis-à-vis de l'argent, qui l'avait archifavorisée sans jamais la contraindre, vis-à-vis des codes mondains, des barrières sociales que son goût du plaisir enjambait allègrement. Jamais quelqu'un n'a autant démenti la sentence : « Les possédants sont possédés par ce qu'ils possèdent. »

Mariée à Jean de Beaumont, héritière de la banque Rivaud, pieuvre financière gigantesque plongeant ses tentacules dans l'exploitation du caoutchouc en Birmanie, elle avait été longtemps la maîtresse de Bertrand de Jouvenel, le Chéri de Colette, puis du général Corniglion-Molinier, qui avait piloté Malraux dans sa quête du château de la reine de Saba. Mais le mariage n'avait jamais été pour elle, ni pour son mari, coureur invétéré, un obstacle à l'amour, aux passades et aux baisers volés. Dans sa maison de Saint-Florent, elle mêlait dans un joyeux désordre des politiques, comme Pompidou, André et Liliane Bettencourt, Albin Chalandon, à des écrivains comme Michel Mohrt ou Éric Ollivier. À ses moments perdus, elle peignait, ou traduisait le beau livre de Hemingway *Au-delà du fleuve et sous les arbres*, ou, s'entichant à New York du jeune dramaturge Tennessee Williams, elle faisait monter ses pièces à Paris.

Accueillant toute cette bande de joyeux hédonistes fous de littérature, elle avait proposé à Maurice Rheims, personnage tout aussi délicieux et extravagant qu'elle, de lui céder une partie de son immense propriété. Cette nouvelle alliance avait été l'occasion de faire venir à Saint-Florent d'autres écrivains, François Nourissier ou

Jean-François Deniau, qui se mêlaient à des artistes comme Niki de Saint Phalle et son compagnon le non moins excentrique Jean Tinguely, ou encore Leonor Fini. Tous ces convives se retrouvaient pêle-mêle, s'invitant de maison à maison. C'était un mélange de milliardaires comme Gianni et Marella Agnelli, Michel David-Weill, et de plumitifs désargentés, nageant ensemble, se livrant à des oursinades en buvant un âpre vin rosé. Il semblait que les disparités de fortune ou de talent n'existaient plus. Le soleil, la mer, la joie de vivre semblaient avoir aboli les stupides barrières sociales qui n'existaient plus que pour faire barrage aux imbéciles ou aux fâcheux. On n'avait de religion que le soleil et l'amour.

Puis, comme s'il n'y avait pas déjà un trop-plein d'intelligences, Jean d'O entra en scène. Il ne manquait que lui. Son beau-père Ferdinand Béghin acquit l'ancienne maison de Paule, Fornali, sorte de château gothique, hanté par un lord écossais venu ici pour chasser le renard. Jean d'O introduisit dans cette fête perpétuelle cette magie si séduisante qui émanait de lui. Adorant le soleil et la mer, il avait aussi le culte de l'amitié. Soutenu par Françoise, sa belle et imposante épouse, il aimait partager cette vie païenne avec ses amis Michel Déon, Félicien Marceau, et bien sûr Michel Mohrt, qui promenait son personnage de major anglais d'une maison à l'autre, enchantant les soirées sous les étoiles par des chansons de marin terriblement mélancoliques. On pouvait voir Marc Fumaroli, après un déjeuner où il avait brillé de toute son immense érudition, se métamorphoser en plongeur sous-marin : muni de palmes qui lui donnaient une démarche de canard et d'un masque de plongée, il partait de longues heures explorer les fonds de la baie de Saint-Florent. Il en revenait ensanglanté, harassé et ravi.

Paule de Beaumont avait jeté son dévolu sur moi, un soir, au cours d'un dîner à Paris. Elle me lorgna avec cet intérêt qu'elle portait aux hommes jeunes épris de littérature. Elle m'invita aussitôt en Corse. Les quarante années qui nous séparaient ne paraissaient pas un obstacle dirimant pour elle. Je réussis à la convaincre délicatement que nous pouvions avoir une union supérieure, plus spirituelle que celle qu'elle envisageait peut-être. Et nous eûmes une amitié passionnée, faite de conversations et de rires, de propos fous, qui nous attachèrent plus l'un à l'autre que ne l'aurait fait une liaison amoureuse. Elle m'apprit à piloter des Laser, ces petits voiliers perfides et instables qu'il fallait dompter comme des étalons sauvages.

Peu à peu je fus invité chez Maurice Rheims puis chez Jean d'O. Je devenais l'enfant adoptif de cette grande famille. Un enfant ébloui moins par la richesse de mes hôtes que par la merveilleuse alliance qu'ils étaient parvenus à conclure entre leur argent, le goût passionné des lettres et un véritable art de vivre. J'avais l'impression de me retrouver en plein XVIIIe siècle, époque amorale vouée aux plaisirs et à l'art. Je retrouvais – l'amoralité mise à part – ce climat que j'avais adoré chez ma tante Julie au milieu des Manet, des Renoir, la même liberté de ton, la même indifférence pour ce qui n'élève pas l'esprit. Sauf qu'ici, les chefs-d'œuvre, c'étaient les merveilleux paysages – la vue sur Saint-Florent me faisait penser à un Corot d'Italie, le coucher de soleil à un Tiepolo. Chaque jour je m'attendais à voir apparaître Mme du Deffand, le duc de Choiseul, l'abbé de Bernis, Mme de Pompadour.

Ils n'auraient certainement pas été dépaysés, ici, au milieu de leurs descendants.

Mes retrouvailles avec Jean d'O se faisaient sous les meilleurs auspices : le soleil et la mer. Notre ancienne querelle s'était évaporée au point que nous aurions pu douter l'un et l'autre qu'elle eût jamais existé. Ce qui nous reliait, c'était une conception adolescente et joyeuse de la littérature et de la vie. Nous nous récitions des vers de P.-J. Toulet tout en nageant à l'ombre d'une tour génoise, nous cherchions à nous rappeler toutes les frasques amoureuses de Chateaubriand, et celles de Vigny, en marchant dans la touffeur du maquis ; sur le sable mouillé d'une plage, il écrivait les noms des académiciens qui m'étaient favorables en face de celles et de ceux qui l'étaient moins. Jamais campagne académique ne fut plus joyeuse et plus bon enfant. Et le soir, sous un figuier, après le dîner, observant la voûte étoilée, faisant le compte des étoiles filantes, Jean d'O me demandait : « À ton avis, combien d'années nous séparent-elles de la fin du monde ? » Je lui répondais : « Cinq cents ans — Oui, disait-il, tu es optimiste. » Dans la journée, il s'installait sur la terrasse, en plein soleil, le crayon à la main, son manuscrit sur les genoux, je savais alors que dans ce moment sacré, il ne fallait pas lui parler. Mais la conversation reprendrait le soir. Sans fin. Puisqu'elle continue encore aujourd'hui malgré sa disparition. Parfois j'ai l'impression qu'il me parle, que sa voix résonne encore dans les sentiers du maquis où il se plaisait à écorcher ses pieds nus.

C'est là aussi que je rencontrai Gianni et Marella Agnelli, deux êtres qui semblaient façonnés par la beauté, l'élégance et la légende. Ennemis des faux-semblants, ils ajoutaient cette gaieté italienne si particulière. Marella s'attacha à moi autant que je m'attachai à elle. J'avais l'impression d'avoir retrouvé la Sanseverina. Belle, fière, parfois hautaine, avec son long cou qui avait fait rêver Richard Avedon, elle pouvait être simple et même tendre. Et dès lors je fus invité dans la magnifique maison de Villar Perosa, près de Turin, dont les jardins avaient été dessinés par Russell Page, dans son monastère corse d'Alziprato, à Saint-Moritz dans son chalet où, portant nos skis pour traverser la salle à manger, nous risquions chaque jour d'éborgner deux Klimt et un Egon Schiele.

Si luxueux que soient ces palais, si légendaires que fussent leurs propriétaires, leur gentillesse effaçait toute gêne. Je me sentais bien. Je me sentais de plain-pied avec ces hôtes qui m'accueillaient. Les attentions qu'ils manifestaient comblaient les disparités de fortune qui nous séparaient. Et étrangement, si bizarre que fût ma présence en ces lieux, je l'acceptais non comme un dû, mais comme l'effet d'une loterie à laquelle ni mon mérite ni mon talent n'avaient leur part. Exactement comme en amour, quand une belle femme, tout aussi inexplicablement, vous ouvre ses bras.

Marella, en dépit de sa bienveillance, gardait parfois une forme de quant-à-soi hautain qui s'exprimait de manière sèche, révélant la morgue de l'aristocrate napolitaine. Un jour que je lui offrais *L'Invention de l'amour*, roman que je lui avais dédié et qui sous une forme transposée évoquait des épisodes que nous avions connus ensemble, elle me cingla : « Les gens qui vous offrent des livres devraient aussi nous donner le temps pour les lire. » Mais, le lendemain, elle était à nouveau ce qu'elle était vraiment sous sa carapace d'aristocrate, une femme généreuse et tendre que le malheur n'avait pas épargnée.

Le soir, sous un lit à baldaquin en toile de Jouy, l'esprit excité par ce monde nouveau et ses usages de cour, je ne parvenais pas à trouver le sommeil. Je pensais à ma chambre de bonne du boulevard du Montparnasse, assaillie par l'odeur aigre des harengs frits. Comment avais-je pu être transporté, par quel tapis volant, de ce monde déshérité de ma jeunesse chez les heureux du monde ? C'était un rêve. Non, un roman. Le roman de ma vie, dont je me demande toujours qui l'a écrit.

UNE PORTE OUVERTE
SUR LE PEUPLE DE L'ABÎME

Ouvrant sur une rue populeuse du quartier des Halles, c'était une salle sans charme, banale, sans aucun souci d'esthétique, comme celles dont les mairies et les administrations semblent avoir le secret. Tout le décor était en deuil de la joliesse, le mobilier fonctionnel en bois blanc soutenu par des tubulures chromées, sans qu'aucune reproduction artistique sur les murs puisse attacher le regard. Les récits que j'entendais venant d'anciens magistrats, de travailleurs sociaux, de ces vieilles dames grises qui avaient usé leur vie pour tenter de soulager le malheur des autres mais qui conservaient du feu dans leur regard, me glaçaient le sang. La fondation Scelles avait été créée par un résistant dont la vocation était née en partageant, à Alger, la cellule d'un proxénète. Ce bourgeois fortuné avait alors fait la découverte d'un monde dont il n'aurait jamais soupçonné l'existence. Il y avait une autre vie sous la surface policée des choses. Un monde grouillant où régnait un asservissement que la bonne société refusait de voir. Des femmes contraintes à se prostituer étaient l'objet de tortures, de viols, de meurtres. De la vie, elles ne connaîtraient jamais que l'outrage, l'abjection, un esclavage d'autant plus hypocrite qu'il donnait l'impression d'être consenti. Pis, de donner du plaisir.

Sorti de prison, Jean Scelles avait décidé de consacrer sa fortune à cette mission belle mais déraisonnable : venir en aide aux prostituées en soulageant leur misère, tenter de les sortir de ce peuple de l'abîme qui les emprisonnait. C'est ainsi qu'il avait créé cette fondation qui portait son nom.

Je m'étais singularisé en écrivant quelques articles sur ce sujet, qui suscitait plus d'ironie que de compassion. Car il n'est pas de domaine où la chape des préjugés soit si lourde. Les responsables de la fondation firent appel à moi. Ils voulaient essayer de sensibiliser l'opinion sur leur action, et il est vrai que celle-là montrait une totale indifférence. Ainsi, chaque semaine, je me rendais à leurs réunions. Expérience pénible car, outre les terribles témoignages qu'on me rapportait, les écailles me tombaient des yeux : je m'apercevais avec effroi à quel point j'avais été complice d'un mal ancré au plus profond de la société et dont l'étendue semblait de plus en plus vaste. Cette violence souterraine, je n'avais jamais voulu la voir. Comme il est difficile, quand on s'est inséré dans la routine d'une carrière, qu'on est happé comme je l'étais par mille préoccupations, de remettre soudain en cause un ordre où l'on a trouvé sa place.

Je dus alors opérer un travail sur moi-même pour me convertir à une autre vision des choses. Il me fallait supprimer un pilier fondamental : la morale. Pour reprendre la formule de Barrès, elle aussi était une petite chose à la surface de nous-mêmes, si on cessait de la circonscrire aux gens comme il faut chez qui elle était en usage. Que signifiait la vertu, la pudeur, la fidélité, la chasteté dans ce nouveau monde dont je découvrais les soubassements ? De la même manière que Karl Marx avait introduit dans la pensée sociale l'idée de la lutte des classes, je m'apercevais qu'une aliénation au moins aussi grave lui était liée, sans qu'on s'en indigne pour autant : l'exploitation sexuelle d'une classe sociale par une autre. Et comme frêle paravent, on tendait l'alibi de la morale.

Les écrivains semblaient insensibles à cette tragédie. S'ils l'évoquaient, c'était à la manière de Zola, de Marcel Aymé, de Carco, ou de Dumas fils, comme un élément de folklore, comme ils auraient évoqué le milieu du cirque ou celui des pêcheurs de perles. Ils n'en voyaient que la surface amusante, le froufrou aguicheur, l'air coquin ; l'horreur, jamais. Enfermés dans les préjugés de leurs temps, ils considéraient la femme damnée comme victime de son destin, non d'une prédestination sociale. Seul Maupassant s'approchait de la vérité par la force de sa compassion. Mais c'est Tolstoï qui, dans *Résurrection*, allait mettre fin à l'hypocrisie en rendant la société responsable d'un malheur qu'elle réprimait.

Comme il est difficile de casser la croûte des préjugés. Il faut un tenace amour de la vérité, une absence de conformisme, pour admettre que la liberté sexuelle dont nous disposons est un bien rare, accordé à une caste de privilégiés. Que les prostituées ne sont rien d'autre que des esclaves.

J'apprenais comment ces femmes descendent peu à peu les marches de l'abjection. Les procédés des proxénètes pour casser en elle le sentiment de la dignité afin de pouvoir les livrer comme des automates à toutes les dépravations. Car la violence de ces rapports sexuels contraints et répétés est insupportable à tout être normal. Pour le subir il faut avoir perdu toute estime de soi, se considérer comme une chose sans importance.

D'où me venait cette compassion particulière pour les prostituées ? L'origine est-elle dans mon âme chrétienne ? Bien que peu pratiquant, cette religion m'a façonné. Elle m'a, comme beaucoup, profondément ancré dans la croyance en la personne humaine. Ce sont d'ailleurs des prêtres qui se sont le plus impliqués dans la défense de ces femmes abandonnées à leur misère : le père Giros, animateur du mouvement Aux captifs la libération, le père Talvas, créateur du Nid. À travers ces femmes damnées, ce que voyait le chrétien avec une infinie pitié, sous une croûte d'abjection, c'était le visage même du Christ.

Cette réflexion sur la prostitution m'entraînait plus loin encore, sur les rapports incestueux avec la police plus ou moins chargée de la contrôler. Et, de là, à la complicité des pouvoirs publics qui admettait ce trafic sous conditions pour les soldats et les officiers des B.M.C. Et qui se chargeait de recruter ces filles pour le repos du guerrier ? Les proxénètes ! Et en échange de quel passe-droit ? Je mettais le doigt dans cette zone grise, indistincte, qui fait le lien entre la bonne société, la nôtre, si confortable dans ses valeurs, et ce monde trouble de mafia et de corruption.

Le fruit de ces témoignages donna un livre, *Le Livre noir de la prostitution*, que je préfaçai. Puis nous organisâmes un colloque à l'Unesco afin de sensibiliser l'opinion. Pari impossible. Nulle réunion n'est plus antipathique à la détresse humaine qu'un colloque ; le malheur s'évapore en abstractions, l'abjection en rhétorique. En majorité c'étaient des femmes qui intervenaient, souvent porte-parole de mouvements féministes. Certainement animées des meilleures intentions, elles étaient courageuses et dévouées, mais elles ne pouvaient s'empêcher de juger de ce malheur social à travers une grille étroite : elles-mêmes et leur conception étriquée de la vie. Ce qu'elles voulaient abolir, de manière sans doute inconsciente, c'était moins la prostitution en soi que l'angoisse de penser qu'un jour un mari, un parent, un fils, pourrait courir le risque de se perdre dans des voluptés tarifiées. C'était le sexe hors des normes et des conventions, hors du mariage, qu'elles voulaient punir pour exorciser leur appréhension. Peu à peu leur ennemi apparaissait : l'homme, cupide, esclavagiste, lubrique, sorte de gorille en proie au délire des sens. Et dans cet homme, être de raison, créature symbolique, on mêlait dans une même réprobation le proxénète tortionnaire, exploiteur cruel, appartenant souvent à un réseau, marquant les filles de la croix des vaches, et le client, cet homme gris, qui furtivement tente de trouver dans des bras stipendiés le plaisir autant qu'une réponse au vide de son existence. Ce client, que de formes il pouvait prendre : il était vous, il était moi, il était le mari d'une femme impotente cherchant dans l'ombre d'une futaie et dans la honte les gestes d'une tendresse disparue ; il était l'éternel masculin prédateur pour qui la femme ne peut que se soumettre à ses désirs ; il était aussi le pervers qui aime retrouver dans cette atmosphère glauque, dépravée, l'excitation que lui procurent le danger et le mal. Et c'est cet homme, au visage et aux désirs multiples, que les malheureuses créatures qui faisaient le pied de grue dans les allées du bois de Boulogne, ou le soir dans des camionnettes stationnées au bois de Vincennes, devaient accueillir. Angoissées, terrorisées, ne sachant jamais à qui elles auraient affaire, à un homme qui éclaterait en sanglots entre leur bras ou au malade qui les larderait de coups de couteau et les laisserait pour mortes ? Égarées, perdues, échappant à la loi commune, elles n'avaient de ressource que dans la résignation, l'espérance et parfois la prière. Car quelle autre issue offre ce genre de destin ?

Un jour, l'occasion me fut donnée de parler, au Sénat, devant les quelques rares personnes que cette question intéressait. Jacques Delors était présent. Après le portrait que je brossai de ce monde effroyable, cet homme, ce chrétien, vint me voir. Il était bouleversé. « Jamais, me dit-il, je n'aurais pu imaginer qu'un tel monde existât. » Et pourtant, de ce militant syndicaliste, conseiller de Chaban-Delmas, ancien ministre, on ne pouvait pas dire qu'il n'avait pas vécu. Non, il avait vécu, mais à côté de la vie.

Quel abîme séparait les femmes honnêtes qui peuplaient ce colloque à l'Unesco, souvent confites dans une vie simple, un célibat morose ou le train-train d'un mariage banal, de ces êtres revenus de tout, au contact permanent avec l'horreur ! Comment pouvaient-elles comprendre les aspirations de créatures dont elles étaient aussi éloignées qu'un missionnaire lisant son bréviaire au milieu du peuple bororo, adorateur du soleil et de la pluie ? J'étais navré. Tant d'aspirations à bien faire se heurtaient à un mur d'incompréhension. Ce qui manquait à ces pauvres femmes assoiffées de bonnes œuvres – dont certaines pouvaient être admirables de dévouement et d'abnégation –, c'était de tenter de comprendre la vie, une vie qui n'était pas la leur et qu'elles voulaient enfermer dans une morale de chaisière. Une mission aussi impossible que celle que raconte saint

Augustin de cet enfant qui creusait un trou sur la plage pour y faire entrer la mer. Je présentais l'erreur vers laquelle on s'acheminait en toute bonne conscience : faire condamner pénalement ce client objet d'exécration. Pourquoi ne pas vouloir aussi condamner la vie ? Là encore je me retrouvais seul. Je ne me sentais pas de force à lutter contre des doctrinaires. Ils trouveraient bientôt un allié au Sénat pour mettre en place une loi stupide, inhumaine, qui, marginalisant les malheureuses prostituées, les obligeant à se cacher loin des regards, à se dissimuler dans la profondeur des bois, allait non seulement à l'encontre du but recherché, mais les rendait encore plus fragiles, encore plus exposées aux dangers de leur pitoyable métier.

C'est alors, au milieu de ces débats aussi vains que théoriques, qu'intervint la mort de Ginka, bien loin de ce beau quartier, aux abords du périphérique, à la porte de Pantin. Tuée de vingt-trois coups de couteau, elle n'avait que dix-sept ans, un joli petit visage triste. Venue de Bulgarie, de quel trafic avait-elle fait l'objet ? Sa mort elle-même soulevait nombre d'interrogations. Un suspect avait avoué trop facilement, puis il s'était rétracté. Le proxénète qui semblait, lui, avoir eu un intérêt à la punir ne fut pas inquiété. On entrait dans le roman noir où policiers et trafiquants d'êtres humains nouaient des liens incestueux. Ginka était un de ces êtres qui semblent voués au malheur. Seule sa mort lui avait valu que l'on publie sa photo. Sa vie était interchangeable. Je me souviens du cortège qui nous mena dans ce quartier déshérité, là où elle était morte, où nous déposâmes, le cœur serré, un bouquet de violettes qui se fanerait aussi vite que s'était fanée sa vie.

UNE PASSION DANS LE DÉSERT

J'étais en Corse. Le mois de juin finissait. L'été n'offrait pas encore cette chaleur torride qui allait s'abattre sur le maquis, réveillant les parfums de ciste, d'immortelle et de lavande sauvage. La baie de Saint-Florent, avec sa joliesse italienne, offrait l'un des plus beaux paysages du monde. Étais-je en train d'écrire un roman, y songeais-je ? Plus simplement je m'absorbais dans ce merveilleux équilibre entre la beauté de la nature et la quiétude qui prélude aux vacances. Je songeais à aller me baigner dans une eau tiède et translucide aux irisations d'émeraude. J'avais un journal à portée de la main. Je commençai à le parcourir distraitement. Soudain je demeurai en arrêt devant le récit d'un fait divers. Un crime avait eu lieu, de l'autre côté de la Méditerranée, au-dessus de Cannes, à Mougins. L'épouse divorcée d'un industriel connu et fortuné, Jean-Pierre Marchal, avait été retrouvée dans sa cave baignant dans son sang. Deux inscriptions en lettres de sang sur les portes désignaient l'assassin, dont l'une que sa faute d'orthographe allait rendre célèbre : « Omar m'a tuer. » À la lecture de ce récit, je fus proprement électrisé par un sentiment étrange : l'intuition que ce que rapportait cet article n'était un tissu de mensonges. Rien ne tenait debout dans l'accusation contre l'auteur de ce crime. Était-il vraisemblable qu'une femme à l'agonie ait passé tant de temps à désigner son meurtrier ? À écrire des phrases pour l'accuser et non à tenter de s'échapper du lieu de son supplice ? C'est la première fois que j'appris l'existence d'Omar Raddad. Je fus aussi saisi d'effroi que si j'étais moi-même le suspect, et que dans une affaire kafkaïenne je ne parvenais pas à prouver mon innocence. Connaissant le contexte social de la Côte d'Azur, ses préjugés, le peu d'astuce de certains gendarmes et le processus implacable dc la machine judiciaire, je ne donnais pas cher de sa peau. Ce scénario préparé d'avance me révolta. De ce jour, Omar ne fut plus un jardinier marocain accusé d'un meurtre, un homme dont je ne partageais ni la culture, ni la religion, ni les origines, il était moi. Et vingt-six années durant, je ne parvins pas à séparer mon cas du sien. Que je connaisse des moments heureux ou malheureux, que je sois en train de me baigner ou sur des skis, sous le soleil, sous la pluie, sa présence était inscrite en filigrane de ce que je vivais.

Mon esprit a beaucoup erré dans cette cave obscure où le crime a été commis. Il me semble la connaître, avec son odeur de renfermé et d'humidité, semblable en tout point à celles de beaucoup de demeures que j'ai fréquentées. Tout comme les mœurs de cette société privilégiée venue chercher le soleil et un climat tempéré pour couler des jours paisibles alors que la vieillesse approche. Et ces renoncements qu'on trompe en jouant à la canasta, au gin-rami, en cherchant des mots oubliés au Scrabble ou en exerçant sa mémoire sur des mots fléchés. Seul le « Carnet du jour » du *Figaro* permet de garder le contact avec une vie parisienne dont la rumeur s'estompe. Le whisky, le soir, desserre les tenailles d'une angoisse diffuse que la solitude empire. La paix règne, et un ennui que ne parviennent pas à rompre ces déjeuners convenus dont aucun invité imprévu ne rompt la monotonie, épaisse, lourde, quand l'amour n'éclaire plus la vie de ses feux.

Je connaissais bien cette bourgeoisie dont était issue la victime, Ghislaine Marchal. Famille honorable fréquentant le golf de Mortefontaine, fière de ses liens avec le duc de Noailles, éprise de mondanités, de respectabilité, flattée d'occuper un rang social huppé. Des gens comme il faut, où l'on se marie entre soi, où les mésalliances sont vues d'un mauvais œil. Et je dis cela sans aucune sorte de prévention, car c'est dans ce milieu que se recrutent beaucoup de lecteurs de mes livres. D'ailleurs plus tard, quel que soit le lourd différend qui ait pu nous opposer, ses membres me regardèrent toujours comme l'un des leurs qui avait mal tourné, et d'une certaine façon les avait trahis. C'est ainsi que Mme du Granrut, femme du bâtonnier, fer de lance de la campagne lancée contre moi, ne put cependant se refuser, j'ose à peine le dire, au plaisir d'assister à certaines de mes conférences et de se planter devant la pile de mes livres, en me toisant avec cet air pincé de grande dame blessée dans son amour-propre : « Vous comprenez pourquoi je n'achèterai pas votre livre. » Bien sûr que je le comprenais et je comprenais aussi à quel point ce sentiment d'appartenance à une caste brimait son intelligence. Si inséré que je fusse dans cette classe sociale, si attaché que je puisse être au charme et à la délicatesse de ses usages, à la civilisation que par bien des aspects elle incarne – je devrais dire « incarnait » car elle est en phase terminale –, ce n'est pas pour autant qu'elle me fera perdre de vue la valeur supérieure que représente la vérité. Surtout quand cette vérité met en cause un homme innocent.

Car, dès le début, ce fut l'essence de mon interrogation fondamentale : pourquoi cette famille entrait-elle dans ce scénario invraisemblable dont il était impossible qu'elle crût un traître mot ? L'inscription en lettres de sang sur deux portes de la cave sortait du plus mauvais roman policier d'Agatha Christie. Des gens intelligents, tel le bâtonnier du Granrut, des plus rompus aux affaires judiciaires, ne pouvaient pas ne pas voir les incohérences du dossier. Et, à la limite, pourquoi s'acharnaient-ils de manière aussi obstinée à vouloir qu'Omar fût coupable sans tenter de chercher d'autres pistes ? Cet enfermement familial dans une certitude que ne justifiait nullement une intrigue aussi bancale me troublait. Loin de me dissuader de mener mon combat, cet aveuglement m'incitait au contraire à le poursuivre. On cachait quelque chose. Mais quoi ?

Deux années passèrent. Je lisais assidûment les journaux qui traitaient de cette affaire. J'observais les manipulations grossières des gendarmes, exploitant les ficelles les plus usées de leur profession. Faute de preuves, ils tentaient de créer des mobiles tous plus imaginaires les uns que les autres : malheureux pandores en quête de quelle prime ou simplement asservis à un préjugé ? C'était pathétique et c'était honteux. On tenta de faire croire qu'Omar fréquentait des prostituées, comme si cela pouvait avoir le moindre rapport avec un crime. Que, criblé de dettes, il se ruinait au jeu. Et là encore les gendarmes firent long feu. La polémique sur l'heure et le jour du meurtre, l'incinération du cadavre, la disparition des photos prises par la victime, faisaient apparaître toutes les lacunes de l'instruction. On cherchait moins la vérité qu'à donner du crédit à un préjugé. On voulait construire de toutes pièces un coupable présentable et on n'y parvenait pas. Crédule comme on l'est toujours face à la justice, j'estimais que ces manipulations grossières s'effondreraient devant une cour d'assises. Que la vérité l'emporterait. Aussi n'y eut-il pas lecteur plus attentif que moi des articles qui en relataient les audiences.

Le verdict m'accabla. Dix-huit ans de prison, avec, sinistre aveu d'un doute, cette aberration, les « circonstances atténuantes », comme si l'auteur de ce crime horrible commis sur cette femme longuement torturée ne méritait pas la prison à perpétuité. Le président du tribunal, M. Djian, avait simplement usé de cet artifice pour convaincre les jurés de ne pas voter l'acquittement.

Cette indignation je la manifestai, le lendemain, au cours d'une conférence de rédaction au *Figaro*. Franz-Olivier Giesbert pressentit que ce jugement dissimulait des ombres. Il m'ouvrit généreusement les colonnes du journal pour m'exprimer. Je ne m'en privai pas. Combien d'articles ai-je écrits alors pour protester ? J'allai plus loin, je créai un comité de défense en faveur d'Omar où j'enrôlai mes amis écrivains. Un ancien ministre de la Justice, Albin Chalandon, courageux, bravant les conformismes, n'hésita pas à m'apporter son soutien. Nombreux furent ceux qui me suivirent. À leur tête, je me rendis au ministère de la Justice pour dire à Jacques

Toubon toute notre indignation. Il nous reçut avec une incroyable légèreté. Quel dommage que l'inspiration qui allait faire de lui plus tard un intransigeant Défenseur des droits ne lui fût pas encore venue. Il nous renvoya à nos études. Je pus mesurer alors ce que je n'avais que trop bien observé durant mes longues années de journaliste politique : l'incapacité de la droite à montrer tant soit peu d'intérêt pour l'injustice. Elle abandonnait bizarrement ce monopole à la gauche. De plus, Jacques Vergès avait beau être un grand avocat, il était l'objet d'une campagne de dénigrement : sa récente défense de Klaus Barbie lui ôtait toute légitimité médiatique.

J'étais seul avec le petit groupe d'écrivains et d'avocats qui me soutenait. *Le Figaro*, grâce à F.-O.G., tenait bon. Les lecteurs comprenaient l'importance de ce combat. À travers un jardinier marocain, c'était une idée de la justice qui était en cause. Et chacun, oubliant sa qualité d'étranger, s'identifiait à lui.

Politiquement aussi, je dérangeais. Je remettais en cause la barrière des espèces entre une gauche qui préemptait le droit-de-l'hommisme et une droite qui s'entêtait à donner raison à la société contre l'individu. Je m'appropriais contre tous les usages un territoire réservé à la gauche. Et bizarrement la droite, plutôt débonnaire en l'occurrence, ne me faisait pas grief de cette incartade, puisque c'est *Le Figaro* lui-même qui était mon porte-voix, alors que la gauche s'insurgeait de me voir marcher sur ses plates-bandes. Elle me regardait comme un intrus pénétrant dans sa chasse gardée. D'autant plus intrus qu'il était facile de dire que j'incarnais jusqu'à la caricature l'écrivain de droite dans ses apanages de classe, de mon appartenance à un journal conservateur à ma famille catholique et à ma résidence dans le VIIe arrondissement. Ni mon appétence académique ni ma réputation de mondain ne m'aidait beaucoup, je le concède, à corriger ce cliché. Ce fut surtout le journal *Libération* qui se déchaîna, furibard de voir que, loin de me laisser impressionner par leur pedigree, je maltraitais ses deux intouchables gourous, Henri Leclerc et Georges Kiejman, embringués comme parties civiles pour accabler le jardinier marocain. On était donc à front renversé. Ces deux contempteurs professionnels de la justice de classe, abandonnant pour la circonstance leurs professions de foi tiers-mondistes, rejoignaient sans états d'âme le clan des bourreaux.

Mais mes adversaires eux-mêmes étaient politiquement et socialement divisés : les du Granrut n'avaient conclu qu'une alliance de circonstance avec Henri Leclerc et Georges Kiejman, plus mus par les besoins de leur cause que par sympathie politique. Ils eussent été bien embarrassés de présenter leurs encombrants mercenaires, l'un ancien dirigeant du PSU, l'autre porte-coton de la Mitterrandie, à leurs très chics fréquentations du golf de Mortefontaine, aux « Rededes » réactionnaires de l'hyper huppé Cercle de l'Union, ou au duc de Noailles au château de Mouchy, où le bâtonnier tentait de faire accepter son rond de serviette. Comme je l'ai dit, l'ironie du sort voulait que je fusse mondainement leur tasse de thé. Et encore ignoraient-ils que, pour accroître davantage cette proximité sociale dans le gratin, à la faveur de cette enquête, je m'étais lié à la belle princesse Sabine Poniatowska, fille d'un premier lit de M. Marchal, époux divorcé de la malheureuse assassinée. Comme la vie est mal faite. Un grain de sable s'était glissé dans les rouages de cette parfaite mais bien hypothétique harmonie sociale. Ayant le sentiment que nous appartenions au meilleur monde, les uns et les autres, on se demandait quel esprit malin, quel diabolique dibbouk, m'amenait à m'en désolidariser pour un gain qui échappait à leur entendement.

UN VOYAGE AVEC LE DIABLE

J'étais dans l'antre du diable. Cela sentait le soufre, le roussi, le chaudron de sorcière. Et je n'avais pas songé à me munir d'une gousse d'ail ou d'une pomme d'ambre pour conjurer ses maléfices. Jacques Vergès, dans son cabinet de la rue de Vintimille, se parait d'une séduction méphistophélique. Doucereux, onctueux, raffiné, le regard malicieux sous une paupière lourde, il semblait n'entretenir aucune illusion sur un monde dominé par le mal, dont il n'ignorait aucune turpitude. Il ne le condamnait ni ne l'approuvait, considérant que ce mal était consubstantiel au monde. Mais d'être revenu de tout lui donnait quand même l'espérance qu'une petite lumière pouvait soudain surgir. Comme un feu follet de la boue d'un marécage. Attentif aux formes, d'une courtoisie souriante, il me regardait moins qu'il ne me radiographiait. Il se demandait à quelle catégorie d'êtres j'appartenais. Prenant son temps, tétant son fameux bâton de chaise dont les volutes parfumaient son bureau, il faisait appel à son expérience des hommes pour savoir dans quelle catégorie il fallait me ranger. Eussé-je été un malfrat, un terroriste, un braqueur de banques, il m'eût accueilli avec moins de suspicion. Avec eux, il savait à qui il avait affaire. Il n'avait de prévention que vis-à-vis de l'honorabilité : ce vernis de faux-semblant lui semblait le plus trompeur qui soit. Il s'en méfiait. Les tueurs et la crapule avaient au moins le mérite de la franchise. Ils ne se dissimulaient pas sous l'uniforme d'un général, la robe d'un magistrat, la Légion d'honneur d'un financier. À l'inverse de ceux que les honnêtes gens rassurent, ils lui paraissaient suspects. La bonne société lui semblait la pire des impostures. Sa morale une devanture pour entretenir l'injustice ; son humanisme un alibi pour ses crimes. J'aurais aimé lui présenter Claude Lévi-Strauss. Nul doute qu'avec moins de nuance il eût partagé son relativisme et son peu d'estime pour la civilisation occidentale qui se prévaut de l'humanisme pour justifier ses pillages et ses crimes. Il n'était pas loin non plus de Montaigne, pas celui qu'on enseigne à l'école, mais le pyrrhonien, l'ami de La Boétie, autant d'hommes qui ont fait leur deuil de nos illusions. Il regardait les terroristes sans le moindre préjugé défavorable. N'étaient-ils pas des hommes et des femmes qui répondaient avec leurs moyens au terrorisme des États ? Une réaction quasi naturelle : n'éprouvaient-ils la nécessité de se défendre par la violence contre une oppression. Quant à leur légitimité, n'était-il pas cocasse, comme il le relevait, de voir d'anciens terroristes, pratiquant des attentats, condamnés par des gouvernements légaux, se retrouvant à leur tour porteurs de la légitimité : comme de Gaulle, Mao, Ben Gourion, Mandela et tant d'autres.

J'allais le rencontrer souvent. Son personnage, qu'il cultivait tout en ombres et en secrets, dégageait une trouble séduction. On sentait en lui un profond sentiment de solitude qu'il dissimulait sous l'humour : il avait atteint des rivages désertiques au-delà du désespoir. Il ne voulait pas rompre avec une société dont il pouvait encore tirer certains plaisirs, mais qui était incapable de le comprendre. Il savait qu'il se heurterait toujours à un mur. Elle le regardait tantôt comme un suppôt du terrorisme, tantôt comme un original, souriant de ses provocations, sans pour autant jamais songer à s'interroger sur elle-même. Il me faisait parfois penser à un survivant ; un de ces hommes qu'on retire des décombres, cliniquement mort, après un séisme, et qui miraculeusement survit, gardant en lui le sentiment de la vanité de toutes choses. Mais, ce premier jour où il m'avait donné rendez-vous, j'avais une question importante, presque naïve, à lui poser. Avant d'écrire un livre sur Omar Raddad, décidé à l'écrire coûte que coûte, ce qui m'amènerait de toute façon au-devant de mille difficultés, je voulais par acquit de conscience lui poser la question à laquelle aucun avocat n'accepte de répondre. « Au fond de vous-même, êtes-vous convaincu de l'innocence d'Omar ? » Son sourire me désarma. Il semblait jouir de mon innocence. Elle rafraîchissait cet homme habitué à déjouer les questions les plus retorses. « Vous savez, dans ma vie, j'ai défendu beaucoup d'hommes qui avaient du sang sur les mains : les militants du F.L.N. qui jetaient des bombes au milieu des enfants, les terroristes comme Carlos, je ne peux pas dire que c'étaient précisément des innocents. Avec Omar, c'est autre chose. Je vous avoue que c'est le premier innocent que je défends. Et cela me fait drôle. »

Je me lançai dans mon enquête. C'est un éditeur

passionné, Bernard de Fallois, qui m'avait proposé d'écrire ce livre. J'avais d'abord refusé. Le travail à accomplir me paraissait immense, et il risquait de me détourner pour longtemps de l'écriture d'un roman. Celui-ci employa un argument déloyal pour me convaincre : « Si vous croyez vraiment à son innocence, il faut écrire un livre. Vos articles ne vous mèneront à rien. » Je me souviens du débat épineux que j'eus alors avec moi-même. J'ai toujours fait la différence entre les articles, éditoriaux, réflexions ou comptes rendus, que je n'ai jamais considérés comme ressortissant de la littérature. Bien qu'il faille affiner ce jugement : les articles de Mauriac portent toujours la marque d'un écrivain. C'est sa respiration naturelle. Son âme est toujours au bout de sa plume. Je pourrais en dire autant de Colette : les comptes rendus d'audience des procès qu'elle a couverts ont la saveur fruitée qui est sa marque. Mener une enquête, interroger des témoins, analyser des dossiers, est une autre paire de manches. La réalité l'emporte et elle limite la part de l'écrivain, elle risque de l'acculer dans un rôle de scribe. Il est toujours présent, son style est le même, mais il est contraint, domestiqué par le réel qu'il explore. Tel est le risque qui me détournait d'écrire ce livre. Quelque convaincu que je fusse de son utilité et de son importance, j'avais l'impression de trahir ma vocation profonde.

Pourtant j'acceptai. Un impératif plus fort que moi l'avait emporté dans cette lutte avec l'ange. Et, dès que je fus sur place à Mougins, je ne regrettai pas ma décision. Pourtant la Provence n'avait à m'offrir qu'un pâle soleil d'hiver, d'aigres courants d'air, un mistral polaire qui soufflait sur des arbres décharnés. Mais ce qui n'était à l'origine qu'une certitude intellectuelle, fondée sur des arguments, se réchauffa soudain au contact des voisins de la Chamade, la villa où avait eu lieu le crime : ils s'étaient spontanément mobilisés pour prendre la défense d'Omar. Eux aussi l'avaient employé, ainsi que son père, comme jardinier, et leurs protestations leur avaient valu d'être mis sur écoutes par les gendarmes. Unis, désireux de bien faire, meurtris de savoir pourrir en prison un homme dont ils savaient l'innocence, ils se sentaient impuissants devant les auxiliaires d'une machine judiciaire qui, loin d'attacher la moindre importance à leurs témoignages, les suspectaient.

Pendant une semaine à Mougins, je les interrogeai. Je visitai les lieux. Et je revins à Paris encore plus convaincu que je ne l'étais au départ : Omar était innocent. Mais comment ce qui m'apparaissait comme une évidence ne révoltait pas ceux qui avaient eu le dossier en main, à commencer par les juges ? Comment un procès aussi médiatique, à Nice, en présence d'une centaine de journalistes, avait-il pu aboutir à une parodie de justice ?

Jacques Vergès ne partageait pas mon émotion. Rien ne l'étonnait. Il était vacciné contre l'injustice. Elle lui semblait le fonctionnement naturel des choses. Il préparait une demande de révision sans vraiment croire qu'il pourrait aboutir à ébranler la machine judiciaire. Néanmoins il se battait, sachant qu'il avait affaire à forte partie : non seulement l'institution judiciaire, qui sacralise la chose jugée, mais des hommes de loi, ses confrères, le bâtonnier du Granrut, Me Henri Leclerc, qui créaient une sorte de bataillon sacré et s'attachaient de toutes leurs forces à empêcher que ne soit remise en cause la culpabilité d'Omar.

J'ai beaucoup attaqué Me Henri Leclerc. Non parce qu'il était la bête noire de Vergès, qui voyait en lui le prototype de ces hommes prétendument de gauche, humanistes en peau de lapin, qui opportunément pactisent avec la répression. Comme François Mitterrand en son temps qui, ministre de la Justice, n'hésitait pas à refuser la demande de grâce des terroristes algériens et les envoyait sans états d'âme sous le couteau de la guillotine. De tous ceux qui accablaient Omar, il me paraissait le plus condamnable, car il était celui qui connaissait le mieux ce processus insidieux par lequel la procédure judiciaire transforme un innocent en coupable. Il l'avait prouvé à maintes reprises. Il en avait tiré une sorte de gloire qui lui avait valu d'être élu président de la Ligue des droits de l'homme, ce dont il se prévalait pour justifier la condamnation d'Omar. Quand, beaucoup plus tard, je lus ses Mémoires, je ne pus m'empêcher d'éprouver un plus grand malaise encore : cet homme, intelligent, cultivé, dont la conduite avait été jusqu'alors sans reproche, quel démon avait pu le pousser à s'engager dans une cause dont il était impossible qu'il ne vît pas qu'elle était gangrenée par le mensonge, la falsification, la mystification la plus grossière ? Mystère de l'âme humaine.

De mon côté, je m'efforçais d'alerter l'opinion. Je ne voulais pas que le feu de l'indignation s'éteigne. Mon livre *Omar. La construction d'un coupable* permit d'entretenir la flamme. Bernard Pivot m'accueillit à « Apostrophes ». Je sus plus tard que mon intervention avait permis à Omar, au fond de sa cellule à la prison de Muret, de reprendre un peu d'espoir.

Grâce à l'appui de Philippe Ardant, président de Paris-II, et à l'active participation du directeur de l'Institut de criminologie du Panthéon, le professeur Jacques-Henri Robert, j'organisai un colloque autour du procès pour en montrer les lacunes et les manipulations : Vincent Lesclous, premier substitut au parquet de Paris, Pierre Touraine, ancien directeur de la police judiciaire, l'avocat Thierry Lévy, Jean-Francois Deniau, des graphologues, des médecins légistes témoignèrent. Leurs conclusions furent unanimes : jamais une instruction judiciaire n'avait été aussi bâclée, menée uniquement à charge, afin de parvenir à la condamnation d'un suspect. Rarement tant de grands professeurs de droit et de responsables d'institutions judiciaires auront mis en pièces les actes d'une instruction cafouilleuse et d'un procès inique.

Enfin Omar sortit de prison. Sept années s'étaient écoulées. Vergès organisa un déjeuner avec lui dans un restaurant marocain du VIIIe arrondissement. Je le voyais pour la première fois. J'avais toujours refusé d'entrer en contact avec lui. Je ne voulais pas sentimentaliser mon combat. Et sans doute avais-je eu tort. L'homme que je voyais devant moi était émouvant dans sa simplicité, son absence de haine vis-à-vis de ceux qui l'avaient fait condamner. Sous sa discrétion, il émanait de lui une singulière force de caractère. Il en imposait. Étrangement, se dégageait de lui une lumière particulière, une véritable aura propre aux êtres habités par une singulière force spirituelle, comme les chamans. Et ce sentiment devait être partagé par tous ceux qui le rencontreraient par la suite. Notamment lorsque je l'invitai pour ma réception à l'Académie française. Je ne sais plus ce que nous nous dîmes. L'émotion était trop forte. J'avais envie de pleurer. En me quittant, il m'offrit une belle écritoire marocaine en cuir noir avec des incrustations dorées au pochoir. Ce cadeau, qui me marquait sa reconnaissance, bien sûr me toucha, mais plus encore la phrase qu'il prononça à cette époque en réponse à un journaliste qui l'interrogeait sur les raisons qui m'avaient poussé à le soutenir : « Rouart ne m'a pas défendu, il a défendu la justice, il a défendu la France. » Quel plus beau cadeau aurais-je pu imaginer ? À la suite de ce combat, je me la répétai souvent et elle me dédommagea bien au-delà de tout des avanies que je devais subir. Cette libération d'Omar n'était qu'en surface la fin d'une histoire, en réalité tout commençait.

LE THÉÂTRE DE LA JUSTICE

Rien ne ressemble plus à une représentation théâtrale qu'une audience au palais de Justice. Les grands acteurs, leurs travestissements, le décor solennel, les discours empruntés, le public, tout fait penser à la scène. Tout, y compris cette impression d'irréalité. On est dans la vie et on est à côté de la vie. Tout semble artificiel, la lumière, le cérémonial. Ces formes appuyées de respect qui dissimulent un enjeu implacable. La distance géographique entre les interlocuteurs paraît moindre que l'éloignement qu'inspire la solennité. Mais la plus grande irréalité de ce procès qu'on m'intentait devant la XVIIe Chambre, et que je ressentais comme une sorte d'invraisemblable malentendu, était ma présence en ce lieu. Quel délit, quel crime avais-je commis pour monopoliser l'appareil judiciaire autour de ma personne ? Pourquoi ces avocats en robe, ces juges à leur bureau, ces parties civiles en rang d'oignons à leur banc, ces témoins qui allaient défiler ? Pour me juger, et de quoi ? D'avoir tenté de voir clair dans une décision de justice qui, aux yeux de tous, était inique. En réalité, il me semblait que j'aurais dû recevoir des félicitations pour le travail que j'avais accompli afin d'ouvrir les yeux des juges. La justice, n'était-ce pas notre but commun ? Il faut croire que non. J'avais soulevé la question épineuse du rôle que la famille de Ghislaine Marchal avait joué dans la condamnation d'Omar, son influence, ses moyens de pression, en tout point dignes de cette justice du Moyen Âge rendue par une caste à son seul profit. Et, aujourd'hui, cette même famille, loin de faire son mea culpa, d'admettre son rôle, se sentait offensée et voulait me faire rendre gorge. C'était là le paradoxe ! J'avais mis en cause les liens incestueux entretenus par la grande famille judiciaire, bâtonnier et juges, et, comme pour me prouver la vérité de mon intuition, ils s'associaient à nouveau pour me mettre en pièces.

Si ému que je fusse de me retrouver dans le box des accusés, ce n'était nullement un sentiment de culpabilité que j'éprouvais, mais du dégoût. Je savais que, quel que soit le bien-fondé de ma démarche, la force de mon argumentation, la cause était entendue. Et le grand talent de mon défenseur, mon ami Thierry Lévy, n'y changerait rien. Mal à l'aise dans ce procès civil, l'œil acéré dardant l'assistance, les maxillaires serrés comme s'il ne pouvait se départir d'une permanente exaspération, je le sentais engoncé. Les grandes ailes de son verbe ne pouvaient se déployer. Il lui manquait le vaste espace des Assises, leur enjeu tragique, pour que ses poumons puissent aspirer l'air nécessaire aux mouvements symphoniques de son éloquence. L'enjeu, une condamnation civile, des dommages et intérêts, lui paraissaient une peccadille qui ne méritait pas le déploiement de son génie. Cette cause secondaire frustrait son tempérament tout en violence rentrée qui aspirait au tumulte et aux menaces des grands châtiments. Il ne donnait sa mesure qu'au « levez-vous, orages désirés » des grandes causes criminelles. Il n'était venu me soutenir que mû par l'amitié qui nous liait, étrangement tendre chez ce personnage en apparence austère, froid, lugubre, comme si l'atmosphère des geôles et des exécutions capitales avait imprégné de son effroi son visage pâle et grisâtre. Ce visage, pourtant, dans le cadre intime, celui des vacances que nous passions souvent ensemble, s'ensoleillait d'un sourire bon enfant et d'une fantaisie gamine. Une étrange fraternité nous reliait malgré nos dissemblances : abrupt, cassant, intransigeant autant que j'étais conciliant, diplomate et tolérant, il vouait à la bonne société, à ses accommodements et ses divertissements coupables, une exécration que j'étais loin de partager. À une autre époque, je l'aurais bien vu sous les traits d'un impitoyable Saint-Just : trouvant une volupté masochiste dans le sacrifice d'un ami cher, il m'aurait envoyé sans hésitation sous le couteau de la guillotine.

Défendu par cet ami si paradoxal, je me sentais pourtant immunisé de l'hostilité oppressante qui m'entourait. Au-delà de la condamnation que je sentais inéluctable, je me sentais plus fort que mes adversaires. Au-dessus de leurs attaques qui ne pourraient jamais ternir mon sentiment de défendre une vérité qui mystérieusement me protégeait.

Je regardais mon principal accusateur, le bâtonnier du Granrut, flanqué de son épouse, elle aussi magistrate : l'air pincé, les lèvres serrées, vêtue sur son trente-et-un, elle me jetait des regards empoisonnés. Le bâtonnier, élégant, respirant l'assurance de l'homme qui a réussi, faisait un effort de sobriété pour que son éloquence ne trahît pas la passion qu'il plaçait dans cette cause, dont il avait été le deus ex machina. Il s'exprimait avec calme, une pondération forcée. Son visage gris, son maintien raide ne trahissaient aucune émotion. Me Kiejman, avocat des parties civiles, s'adressait à lui avec déférence. Je sentais entre eux cette connivence des grands cyniques, mercenaires du droit revenus de toute illusion en matière de justice. Comme de bons acteurs, ce qu'ils étaient, ils avaient mis au point leurs répliques. Il fallait que cette famille apparût affligée, frappée non seulement du deuil d'une parente assassinée, mais atteinte dans son chagrin par un homme qui voulait, pour une raison inexplicable, triturer leur plaie, jeter du sel sur leur blessure.

Me Kiejman, grand, élancé, la taille bien prise dans sa robe, le front luisant d'une calvitie agressive, des traits pointus et cabossés qui lui conféraient cette laideur séduisante qui séduit les femmes perverses, moulinait ses bras pour se donner l'air désinvolte d'un aristocrate de la basoche. Il se grisait de son bagout de robin et inondait le prétoire d'un flot de paroles sourdement fielleuses, sournoisement dépréciatrices, comme s'il voulait créer un climat de réprobation propre à engluer son adversaire. Il agissait à la manière captieuse d'une veuve noire tissant sa toile de suggestions péjoratives. De cet arachnide maléfique, il avait la noirceur, noirceur du poil et de l'œil pointu comme un dard, et aussi l'âme – si tant est que l'on puisse qualifier ainsi ce principe vital d'entrepreneur de démolitions. Il émanait de lui les fluides capiteux du séducteur concupiscent qui méprisait ses proies ; on devinait sous son air faraud, paravent transparent de son complexe social, l'ambitieux poli par les flatteries, les reins assouplis par les courbettes, qui, faible et mielleux avec les puissants, se montrait assuré et plein de morgue avec les faibles. Il s'adressait à moi de manière ironique, grossière, ne m'appelant que « le petit marquis » : attitude que le président du tribunal, s'il avait tenu à maintenir la dignité des débats, aurait dû corriger. Mais celui-ci se contentait de sourire, comme s'il s'agissait là d'un bon mot, proféré par un avocat connu pour son tempérament fougueux. Au fond de moi, si irrité que je pusse être par son attitude, je plaignais Kiejman de ce rôle qu'il acceptait de jouer, lui, l'homme prétendument de gauche, l'ami de Mitterrand, ternissant sa carrière brillante par une ultime sale besogne. Cette affaire, je pressentais qu'elle pèserait longtemps sur lui. De quelle complaisance à se vautrer dans de mauvais draps tirait-il son inspiration de tenir ce rôle sans panache ?

Christian Veilleux, le fils de la victime, semblait être là à son corps défendant. Grisâtre, les épaules rentrées, se sentant sous surveillance, craignant de commettre un impair, il donnait l'impression de subir l'audience, comme un enfant à qui on a imposé une visite obligée à une veillée funèbre. Au-dessus de lui planait une ombre, celle de sa mère. Et une ombre plus lourde encore, celle du rôle que certains – certes condamnés pour diffamation – avaient cru devoir lui prêter dans sa disparition.

Vint l'appel des témoins. L'éditeur Thierry Pfister raconta dans quelles conditions Mme du Granrut lui avait demandé un rendez-vous, aux Éditions Albin Michel, pour lui proposer un livre contre moi.

Cette philippique émanait d'un journaliste à la conscience élastique, François Foucart. Commandé et dûment instrumentalisé par son instigatrice, il visait à démonter les arguments du livre que j'avais écrit et à réaffirmer la culpabilité d'Omar. Mme du Granrut était prête à se charger des frais d'impression dans ce qu'on appelle une publication à compte d'auteur. Thierry Pfister, ainsi qu'il le dit à la barre, avait rétorqué à cette dame qu'il ne voyait pas beaucoup d'intérêt à publier un livre qui visait à confirmer une décision de justice ayant frappé un malheureux qui moisissait dans sa prison. Mme du Granrut, voulant prendre l'éditeur par les sentiments, lui avait dit : « Nous paierons le prix qu'il faudra. » Argument qui n'avait pas convaincu. Le livre avait paru ultérieurement chez un éditeur plus complaisant.

Quand Mme du Granrut vint se justifier à la barre, elle était, comme on dit, dans ses petits souliers. La grande dame avait ourdi son projet dans le secret. Et voilà que sa manœuvre éclatait au grand jour. Elle balbutia quelques mots où perçaient la gêne, l'humiliation de voir ses manigances révélées publiquement. Heureusement pour elle, le président du tribunal ne voulait pas laisser une dame aussi honorable dans cette position inconfortable. Il déplaça le débat sur un autre chapitre. Et pourtant, n'était-ce pas là la preuve manifeste de ce que j'avais toujours avancé ? La famille, loin de s'être tenue à l'écart, non seulement avait pesé de tout son poids pour faire condamner Omar mais, la condamnation obtenue, s'était acharnée à éviter une révision de son procès. Alors, la question se posait avec ses terribles implications : pourquoi ?

Le théâtre continua, avec des acteurs qui, par l'envergure de leur personnalité, étaient attendus et ne pouvaient décevoir. Jean d'Ormesson, charmeur, séducteur, tenait plus à me prouver publiquement son amitié qu'à vraiment s'engager sur le fond d'une affaire dont il jugeait malséant de contester le bien-fondé. C'était le seul point où nous nous séparions. Il croyait en la société, en ses ambassadeurs, en ses ministres et donc en ses juges. Sauf en littérature, il était du parti de l'ordre. Et il me regardait certes avec tendresse, peut-être même avec un brin d'envie, s'il n'avait pas été ce qu'il était, peut-être aurait-il voulu lui aussi ruer dans les brancards. En fait, il se voulait fidèle à son esthétique de l'amitié. Il renchérissait sur mes qualités, mon honnêteté, ma passion de la justice, pour éviter qu'on puisse l'enrôler dans une cause dont les risques lui étaient antipathiques. Il fut drôle, ce qui était aussi une façon de prendre une hauteur platonique. Quand Me Kiejman m'accusa de m'être servi de cette cause pour me faire élire à l'Académie, il le renvoya avec humour dans les cordes : « Maître, vous connaissez mal les usages de l'Académie : si on veut s'y faire élire, mieux vaut écrire la biographie du roi du Maroc plutôt que celle d'un jardinier marocain. »

Philippe Tesson se montra lui plus offensif. Condamné de multiples fois pour délit de presse, il avait l'âme aventureuse, et aimait les tempêtes. Il ne craignait ni la justice ni la réprobation sociale. Brimant en lui cette légèreté, ce délicieux cabotinage qui l'amenait parfois à s'égarer dans les facéties et l'anecdote, il brossa un portrait de moi qui était chaleureux, car il s'identifiait à ce combat. Il conclut que je n'avais dans cette affaire que des coups à prendre et aucun avantage à tirer.

Le tribunal lui donna raison en me condamnant lourdement. Près de cent mille euros de dommages et intérêts étaient accordés à la partie civile. Ils furent en partie réduits en appel. Me Kiejman, jamais en manque d'une élégance, regretta que la diffamation ne soit pas assortie, comme autrefois, d'une peine de prison.

Étrange sentiment que celui que je ressentis en sortant du tribunal, tandis que je me promenais dans la fraîcheur rassurante des arbres de la place Dauphine. J'avais l'impression qu'un rouleau compresseur était passé sur moi. Et malgré tout, j'étais vivant.

Il me restait encore à subir la condamnation du journal *Libération*. Bien oublieux de son passé gauchiste et tiers-mondiste, il m'éreintait dans son compte rendu des audiences. Oui, *Libération*, le journal créé par Sartre qui, sous le titre « Le "petit marquis" Rouart rattrapé par son "complot" », m'accablait. Il me déniait la légitimité de défendre un innocent, qui plus est jardinier marocain. Qu'Henri Leclerc fût l'avocat attitré de ce journal si à cheval sur la déontologie et la morale n'était évidemment pour rien dans cette hargne contre moi.

Quant au président du *Figaro*, le cauteleux Yves de Chaisemartin, il décida de m'appliquer la double peine en me destituant du *Figaro littéraire*. Une décision que rien ne justifiait : aucun délit de presse n'a jamais porté préjudice à un journaliste. Elle ne visait sans doute qu'à complaire à certains magistrats dont ce procédurier, toujours en délicatesse avec la légalité, avait le plus grand besoin de s'attirer les bonnes grâces. Cette manœuvre torve, bien dans la manière chafouine de son auteur, évitait le scandale du renvoi d'un Académicien tout en impliquant de manière sournoise mon éviction du journal, que j'avais recréé à la demande de Robert Hersant et dont j'avais été élu, quatre ans durant, président de la société des rédacteurs. Je laissai tristement derrière moi dix-huit années heureuses.

Je quittai donc *Le Figaro* pour la deuxième fois. Cela devenait une habitude. Je me souvins d'une paterne prédiction de Maurice Druon, lors d'une de nos conversations chez lui devant un verre de sauternes : « Maintenant que vous êtes à l'Académie, il ne peut plus rien vous arriver. » Heureusement, il se trompait. Le tumulte de l'existence ne s'interrompait pas aux portes du quai Conti : la vie continuait avec ses espoirs, ses illusions, ses humiliations et ses tristesses. Et c'était tant mieux. Si pénible que fût mon deuil du *Figaro littéraire* auquel j'avais consacré tant de passion, je ne regrettai rien. J'étais si peu échaudé que je ne désarmai pas. Je me relançai dans la défense d'un autre malheureux, Bruno Joushomme, injustement accusé d'avoir tué son épouse. Mais ceci est une autre histoire, comme dirait Kipling.

LA VIE AU BORD D'UN PRÉCIPICE

Un jour, il y a longtemps, sur l'île de Samos, la voiture dans laquelle je me trouvais a fait une chute dans un ravin. Cette île n'avait pourtant rien de maléfique. Avec son petit port d'opérette, Pythagorion, sa population accueillante, elle réunissait tous les charmes de la Grèce. Une immense plage de sable où s'élevaient sur le rivage les colonnes doriques d'un sanctuaire d'Héra jadis fameux et, plus haut, sur une colline, une forêt de pins créaient une atmosphère particulièrement paisible. Certes son passé, comme celui de toutes les îles du Dodécanèse qui bordent la Turquie, avait été riche en massacres et en guerres de toutes sortes. Polycrate, le tyran de Samos, dont la forteresse dominait le port de ses vestiges, avait longtemps régné fastueusement avant de finir assassiné. Dans ses ruines, on avait construit un tout petit monastère, qui n'abritait qu'un moine, un papas à la barbe hirsute, son église et une grotte profonde et fraîche abritant une source qu'on disait miraculeuse. C'est là que j'avais loué une vaste chambre très rustique, peinte à la chaux, dont le confort plus que rudimentaire était largement compensé par une vue magnifique sur la côte turque.

Quand je vis le chauffeur de taxi, à la sortie du virage d'une route de montagne, effrayé par la voiture qui arrivait droit sur nous, lâcher subitement le volant, je compris avec plus de lucidité que d'affolement que c'était la fin. Fin du roman que j'étais en train d'écrire et point final à ma vie. Car rien ne nous protégeait du ravin. Nous étions condamnés, après une chute de trois cents mètres, à nous fracasser sur les rochers d'une rivière asséchée. J'éprouvai alors un curieux sentiment : cette mort m'apparut totalement idiote. Mais n'est-ce pas le sentiment que l'on doit éprouver à n'importe quel âge, dans n'importe quelle circonstance, quand arrive le moment fatal ? Moins l'indignation que la résignation devant une issue extraordinairement banale.

Après tout, je finissais dans un paysage sublime, hanté par le souvenir de Pythagore et d'Eupalinos, parfumé par l'odeur du ciste et du myrte, dans un concert de grillons que le fracas de notre chute ne troublerait pas. C'était un destin aussi poétique celui de Rupert Brooke dont j'avais vu la tombe dans l'île de Skyros.

La voiture, une grosse berline, dégringola dans le ravin. Elle fit trois tonneaux et s'immobilisa verticalement, sur un étroit terre-plein, retenue par un frêle arbrisseau qui, ployant sous sa masse, risquait à tout moment de ne plus retenir notre chute. Je m'empressai de m'extraire par le pare-brise qui avait volé en éclats. Ses débris me couvraient comme autant de diamants scintillant au soleil. J'étais indemne. Et plus bizarrement vivant.

Un attroupement se fit sur la route au-dessus de nous.

Des gens nous hélaient. Beaucoup se signaient. Sachant que j'habitais le monastère, ils criaient au miracle. Certains descendaient avec précaution de la paroi rocheuse pour nous porter secours. La voiture restait suspendue, branlante, au-dessus de l'abîme. La sirène d'une ambulance se fit entendre.

Je me demande si je n'ai pas vécu ce qui m'est advenu par la suite comme une forme de sursis. Je regardais tout ce qui m'advenait avec le même sentiment d'étrangeté que si j'étais encore dans cette voiture suspendue au-dessus du vide. Est-ce de cette époque que l'idée du destin s'est imposée à moi ? Elle n'a fait que confirmer une intuition ancienne. Je n'ai jamais cru que la vie n'était qu'une accumulation fortuite de moments bons ou mauvais, heureux ou malheureux. Cette distribution ne m'a jamais paru être le fait du hasard. Ce n'était pas une loterie qui faisait se succéder chance et malchance. Une nécessité s'imposait, gouvernait l'ordre des évènements, et conduisait à un but mystérieux.

La fréquentation de nombre d'hommes politiques m'ancra dans cette idée. Aussi celle des grands personnages de l'Histoire. Je n'étais donc pas le seul à sentir cet accompagnement de forces invisibles. D'ailleurs, leur acharnement à conquérir le pouvoir trouvait là son origine. Ils répondaient à un mystérieux appel. Une voix intérieure les incitait à ne pas renoncer. Ce bizarre sentiment d'élection était si fort qu'aucun obstacle ne les rebutait. Aucune épreuve ne les arrêtait. Au contraire ils trouvaient dans l'adversité un surcroît de force. François Mitterrand est certainement l'homme qui m'a donné le sentiment le plus fort de cette croyance en son invincibilité. Il avançait coûte que coûte. À l'époque où je l'ai connu, après son échec face à Giscard, alors que tous les augures le voyaient en passe d'être à nouveau battu, ses ressources intérieures étaient inépuisables. À aucun moment je n'ai senti chez lui un doute sur l'avenir qui l'attendait. Il est vrai qu'il appuyait cette certitude en consultant des voyantes. Mais c'est plutôt qu'à travers elles il maintenait son dialogue avec les forces de l'esprit. Il pensait que son avenir était dans d'autres mains que les siennes.

À l'occasion d'un voyage au Vietnam, j'ai rencontré un ancien officier d'Indochine, Charles-Henry de Pirey, qui avait écrit un livre passionnant sur la R.C.4. Cette route du Tonkin, qui relie Lang Son à Cao Bang, à la frontière chinoise, devenue légendaire en raison des affrontements qui ont ensanglanté son parcours. Engagé volontaire dans les spahis marocains, il avait embarqué à l'âge de vingt ans sur le *Ville de Strasbourg* qui transportait les régiments du corps expéditionnaire d'Alger à Saigon. Féru d'astrologie, il s'était amusé au cours de la traversée à calculer le thème astral de ses camarades. Un passe-temps qui s'était vite mué en angoisse et en cauchemar. Tous ceux dont il dessinait la carte du ciel lui apparaissaient inéluctablement condamnés. Il se voyait entouré de morts en sursis. Il interrogea les astres sur son propre destin : il réchappait à la mort. Deux ans plus tard, sa terrible prédiction se réalisa lors du désastre de Cao Bang. Aucun des camarades dont il avait tiré l'horoscope ne survécut. Il était le seul survivant. Il gardait de cette expérience une étrange philosophie : rien ne pouvait ébranler sa bonne humeur. Toujours souriant, il se regardait sans doute comme Lazare après sa résurrection.

À plusieurs reprises je consultai des voyantes, et même le célèbre astrologue André Barbault. C'était toujours pour moi un moment fébrile. Quelle que soit la personnalité que l'on a en face de soi, ou l'accessoire de divination employé, les cartes, le jeu de tarot, la boule de cristal ou l'interprétation du thème astral, je n'ai jamais pu me défaire du sentiment que j'allais sans doute apprendre quelque chose sur mon avenir, mais surtout que cet avenir était programmé. Quoi que je fisse, il m'attendait. Si je restais parfois incrédule quant aux prédictions – pourtant beaucoup se réalisèrent –, je ne l'étais pas sur l'enjeu : la vie était tracée. Une autre puissance que la mienne en avait la maîtrise. La volonté qu'on imagine si importante n'était que l'instrument que j'employais pour réaliser ce qui était prévu.

Et le merveilleux de l'existence m'apparut très vite. Non tant l'extase devant le miracle qu'elle représentait que le lien qui réunissait dans ma vie tant d'éléments disparates, les reliait entre eux et en constituait la cohérence. Comme une marqueterie savamment agencée, souvent artistiquement dessinée, qui me donnait l'impression que chaque rencontre était un rendez-vous. Les évènements eux-mêmes semblaient venir renforcer cette magie des rencontres. Était-ce une illusion, la reconstruction a posteriori d'une existence de la part d'un écrivain peut-être trop prédisposé à chercher en tout des signes et des symboles ?

Mais la littérature elle-même ne représente-t-elle pas cette vaste géographie à travers laquelle je tentais de décrypter le message de tant d'âmes sœurs ? Et elle-même n'exprime-t-elle pas une réparation de toutes les formes d'injustice ? L'injustice, c'est cet obstacle mystérieux placé sur le chemin d'une existence ordinaire et qui soudain, en perturbant son cours, enrichit sa trajectoire.

Je butais toujours sur une énigme. Pourquoi littérature et justice me semblaient-elles contre toute raison inséparables ? Le lien mystérieux qui les unissait, si difficile qu'il soit de le justifier, ne cessait de me tourmenter. Mais, comme un paysage se révèle peu à peu sous la brume qui se dissipe, je commençais à saisir le pourquoi de ce qui restait pour moi si obscur. La clé qui me manquait m'apparaissait : la société elle-même. Sous ses dehors si policés, ses raffinements plaisants, ses délicieux accommodements avec ceux qui se plient à ses exigences, elle pouvait se muer en impitoyable machine à broyer les faibles, les marginaux, les indomptés. Sous le vernis doré et la patine de la civilisation surgissait un monstre implacable, une bétonneuse de vérités approximatives, de décrets injustes et d'Histoire falsifiée. Sous couvert d'une illusoire démocratie, n'imposait-elle pas une tyrannie incessante ? Qui a alors la force, le courage, de s'opposer à elle, puisque comme Dieu elle semble seule connaître la raison de l'asservissement et des crimes qu'elle impose ? Les écrivains, les poètes ! Eux seuls lui opposent la saine révolte de l'individu, son insoumission, en dénonçant sans cesse l'ignominie banale des guerres, l'iniquité tranquille des lois, la tartufferie de la morale collective. C'est en eux seuls que se réfugie la justice, petite lumière de vérité tapie au fond de la conscience. La justice, si on y réfléchit bien, dans sa pleine acception, pas seulement celle des cours d'assises et des juges, c'est en eux qu'elle réside. En Montaigne protégeant les cannibales contre les préjugés qui les condamnent, en Voltaire sauvant l'honneur du chevalier de La Barre, en Maupassant seul avocat de Boule de Suif, en Tolstoï pleurant de tendresse sur le destin humilié de la pauvre Maslova. La vraie justice, celle dont nous sommes épris, qui vient directement du cœur, et que bafouent si souvent la vie sociale autant que la grande mécanique judiciaire revêtue d'hermine, n'est-ce pas eux qui la rendent ? La littérature a ce pouvoir de nous réconcilier avec ce monde injuste, puisque soudain nous assistons, en lisant un livre, à ce miracle, un écrivain qui s'indigne, qui ne dort pas au cœur d'un monde assoupi dans les faux-semblants et la bonne conscience.

Quand je rencontrai Omar Raddad, à sa sortie de prison, en compagnie de Jacques Vergès, dans le restaurant marocain du VIIIe arrondissement, je fus pris d'une sorte de vertige. Je ne pouvais m'empêcher d'opposer la vie dramatique qui était la sienne et celle qu'il aurait menée si le destin n'y avait introduit la folie inhérente à toute procédure judiciaire. Cet homme simple, sans histoires, dont l'existence ne présentait aucune anicroche, qui était même banale à force de routine, et laissait peu de place à l'improvisation, avait été subitement emporté par une bourrasque, qui en faisait une victime sur le modèle du comte de Monte-Cristo. La pire des accusations, celle d'être un meurtrier, et des épisodes tragiques avaient fait irruption, bouleversant la vie d'un homme qui n'aspirait qu'à la tranquillité. Car rien ni dans sa personnalité, ni dans ses actes, ne le prédisposait à devenir le héros d'un fait divers d'une dimension presque légendaire. Et il opposait au déchaînement des passions et à la pression déraisonnable des évènements un front serein. Une sorte de détachement, comme s'il s'agissait d'un autre. Aucune colère n'était perceptible, seulement une détermination à obtenir raison.

Notre rencontre elle-même était paradoxale. Dans quelle autre circonstance aurions-nous pu nous croiser ? Entre lui et moi, il y avait un monde. Et pourtant nous étions l'un en face de l'autre. Quelque chose d'extérieur à nous-mêmes nous réunissait. Jacques Vergès, si sensible à l'incohérence de nos parcours sociaux, y compris le sien, observait avec curiosité l'étrange carrefour de races et de cultures que nous formions. Nous sentions tous que des voies obscures nous avaient arrachés à nos vies respectives et nous avaient conduits à notre insu sur le même chemin. Au-delà des propos que nous échangions, inaptes à réduire la distance qui nous séparait, nous éprouvions un étrange sentiment de fraternité.

Pourquoi chercher une explication ? C'était écrit.

Première partie

LA DÉCHÉANCE

Deuxième partie

LES ILLUSIONS

Troisième partie

LE MIRACLE

Œuvres de Jean-Marie Rouart (suite)

MES FAUVES, *essai*, 2005.

DEVOIR D'INSOLENCE, *essai*, 2008.

CETTE OPPOSITION QUI S'APPELLE LA VIE, *essai*, 2009.

Chez d'autres éditeurs

OMAR, LA CONSTRUCTION D'UN COUPABLE, *essai*, Éditions de Fallois, 2001.

LIBERTIN ET CHRÉTIEN, *entretiens avec Marc Leboucher*, Éditions Desclée de Brouwer, 2004.

GORKI, L'EXILÉ DE CAPRI, *théâtre*, L'avant-scène théâtre, 2006.

CES AMIS QUI ENCHANTENT LA VIE, *essai*, Robert Laffont, 2015.

LE PSYCHODRAME FRANÇAIS, *essai*, Robert Laffont, 2017.

ILS VOYAGÈRENT VERS DES PAYS PERDUS, *roman*, Albin Michel, 2020.

LE PAYS DES HOMMES SANS DIEU, *essai*, Bouquins, 2021.

Composition : IGS-CP à L'Isle-d'Espagnac (16)
Achevé d'imprimer
par CPI Firmin-Didot
à Mesnil-sur-l'Estrée, en février 2022
Dépôt légal : février 2022
Numéro d'imprimeur : 168719

ISBN : 978-2-07-296885-3/Imprimé en France

403613